前沿

庞巧 著

九州出版社
JIUZHOUPRESS

图书在版编目（CIP）数据

前沿 / 庞巧著 . -- 北京：九州出版社，2023. 9
ISBN 978 - 7 - 5225 - 2039 - 1

Ⅰ. ①前… Ⅱ. ①庞… Ⅲ. ①长篇小说—中国—当代
Ⅳ. ①I247. 5

中国国家版本馆 CIP 数据核字（2023）第 172154 号

前沿

作　　者　庞　巧　著
责任编辑　沧　桑
出版发行　九州出版社
地　　址　北京市西城区阜外大街甲 35 号（100037）
发行电话　（010）68992190/3/5/6
网　　址　www. jiuzhoupress. com
印　　刷　唐山才智印刷有限公司
开　　本　710 毫米×1000 毫米　16 开
印　　张　16
字　　数　270 千字
版　　次　2024 年 1 月第 1 版
印　　次　2024 年 1 月第 1 次印刷
书　　号　ISBN 978 - 7 - 5225 - 2039 - 1
定　　价　78. 00 元

目录
CONTENTS

第一章　到前沿去

许多任职那年是精准扶贫、脱贫进入攻坚战的关键年。初冬，全县召开一次超常规的动员大会，县四套班子、省市驻点单位、乡镇正副职、机关正副职、村党支部书记、主任，以及驻村干部等两千多人参加。县城所有会议室容不下，拉到县一中露天足球场召开。进场时，如果不是人人穿着正装，会令外人猜测是不是在看一场超级足球赛。

许多从未参加过如此声势浩大的会议。与会的全体人员被用高音喇叭放大的县委书记的讲话声压得规规矩矩，寂然无声。

足球场绿草茵茵。换作平时一个人，许多或许会坐下或躺上半刻，放松身心，享受蓝蓝天空的致远和绿草散发的芳香，陷入诗的境界里，来一次宛如热恋中的迷失。而此时此刻，县委书记像一位激昂的演讲员，抑扬顿挫地宣讲，传达给所有人的意思是：这是一场誓师大会。许多心潮起伏，似乎看到一副千斤重担放在眼前，即将要挑于肩上。这种负重，对于许多，有点突然。

会议长达四个半小时，许多忘我了，仿佛不足四分半钟。

二十年前，许多从部队转业回来分配到档案局，报到的第一天顿感失落。单位单独一幢三层楼，表面看上去可以，但进了办公室就不可以了。办公室两间，一间坐正、副局长，一间坐三位科员，自然，许多是其中之一。

麻雀单位，太小了。

许多心有不甘。仕途上雄心勃勃说不上，小小野心是有的，他的愿望是到乡镇基层去显显身手。毕竟，是在部队的大熔炉里淬过火的，自认为是有点能力的。但人生不如意十有八九，既来之则安之吧。

会前，许多拿到扶贫名单时，心里有一股火直冲脑门，接着，仿佛闻到头发被烧焦的味道。真是岂有此理！档案局五个人，指标下达是十三户三十人，这么重的任务！二十年来，档案局每年扶贫都是三五户，一下子的陡增令许多有点懵。后来许多向几个小单位打听，指标都不比档案局少。许多明白了，离2020年没几年了，这是一场坚决要打赢的脱贫攻坚战。

没有硝烟的战场，手上没有枪，心中得有枪。

动员大会的第二天清早，许多领着单位三个人坐一辆小车下扶贫点，落实“精准”户人口。二十分钟左右，小车进了园田镇地界村委会，村委会党支部李书记已等在办公室。许多与李书记握过手，李书记要坐下来介绍困难户情况。

许多对李书记说我们今天要走访完所有困难户，时间紧，一边行车一边车上介绍好不好？

李书记皱了皱眉，昨晚许多打电话说今天要下来落实贫困户，他就皱眉了，谁知这般急，说不定一些单位春节后才行动呢。李书记的想法没错，确实，不少数单位是在春节后才行动。

动员会烧的是一把大火，有火烧眉毛之感。许多是这样，至于别人什么感受，不多想。雷声大，雨点小，许多人习惯如此这般。许多也知道这个陋习，但他感觉到这一次脱贫不同以往，“精准”“攻坚”，2020年全面脱贫，一个不能漏。

俗话说今时不同往日。

李书记皱眉归皱眉，听许多的，上了副驾驶座领路，一路不停嘴地介绍。许多叫吕芳菲记录。吕芳菲是单位驻村人员，单位主要负责人原则上不驻村。一位男科员年近六十了，另两位女同志孩子小，常年驻村不合乎人情，吕芳菲儿子上中学了，家里负担轻些，再有是三个女人中只有她会开车。

小车行驶在逶迤的水泥路上。路面虽窄，却还算平坦，车平稳地行进。园田镇早两年已经建成硬底化村村通了。许多望着车窗外，初冬，没有呈现满目萧条，庄稼地倒是多半略显空洞，而岭地、杂木灌丛依然常绿着。半岛的大地，无论是秋天或冬天，很难用满目萧条来形容。许多想，这些杂木灌丛的岭地，可以开发为庄稼地。许多老家的村子四周早已看不到杂木灌丛了，村里人相互间寸土必争、你抢我掠，开垦种植。许多又想，这样是好还是不好。绿水青山，金山银山，从这个角度说，原生态还是保留好。

每见一户都没有展开来询问情况，是时间上不允许。许多是计划好了的，先与帮扶户见面、拍照合影作为资料录入系统，之后抽时间一户一户摸清情况，不断完善系统，完成第一步工作后，对照帮扶指标、项目等一一贯彻落实。

走访完所有困难户时，太阳已半遮半掩挂在村子上方，若落不落，犹抱琵琶半遮面。

中午餐是在镇子边缘一个小饭店吃的。李书记挽留许多吃过晚饭再走，许多没找理由，说一句不吃，几个人上车回县城。

于许多来说，更换扶贫点来得毫无预兆。

脱贫攻坚战进行到近半年，档案局在地界村委会的工作开展得顺顺利利，许多带领单位全体人员用不到一个月的时间摸清掌握了所有困难户的底细，用两个月时间将所有户、人、六十多项指标、情况等录入了系统。跟着，许多用能用的时间跑每家每户，面对面与户主谈话，听他们的诉求，提出自己的建议，商量怎样在几年内摘掉贫困的帽子。跟着，许多着手谋划如何一个问题一个问题去解决。就在这个阶段，县里又开了一次大会，重点是调整各单位扶贫点和户数。档案局的扶贫点和户数都被变更了，从园田镇地界村委会撤出，换到海风镇团结村委会，扶贫户数从十三户增加到二十三户。许多在会场上拿到变更文件，心里就骂开了，抽的什么疯！他明白这是一次战略性调整，但还是忍不住骂了。

许多没有再找扶贫主任吵架，他知道，事情一旦定下来，打一架也没用。

又是会议的第二天，许多带领单位几个人奔赴海风镇团结村委会。一路上，许多一肚子气，近半年攻坚扶贫所付出的心血白费了，一切得从头开始。中央的政策是到 2020 年全国要全面脱贫，全面进入小康社会；省里下达先行一步提前一年脱贫。省里提出的时间是四年，近半年的工作归零，剩下的三年半，肩上担子不是千斤重而是万斤重了。可以用气急败坏来形容此刻许多的心情。

许多天生是个有想法的人，当年高考差几分落榜，没复读选择去当兵。他想到部队考军事学院，结果去的是野战部队，超强度的训练令他难以抽出丁点时间看书，初衷打了水漂，他没有失落，调整了自己的方向，通过部队这个大熔炉淬火成钢，抵达自己向往愿望的另一个目的地。目标明确，心无旁骛，一年下来，许多成为连队的尖兵战士，全团军事大比武拿了第一。第二年代表团参加全师军事五项比赛又来一个第一，代表师参加全军军事五项比赛没能拿第一，但以第二名的身份参加全军军事五项训练也足以让他扬名了。回连队不久提了干，四年后任连长，又三年即将迈向营级时，连队一名士兵在实弹演习中死亡，问责下来，军旅生涯结束。转业回来，他最希望的是能到乡镇基层去，从底层开始，一步一脚印往上走，抵达他所想抵达的目标，却被分到档案局。这一来，许多的人生目标再一次不如他所愿。许多感慨万千，人呢，多数时候，前面有多条路，却不是你想走哪条就能走哪条的，而且，所有的路，坎坷不平都不一样，一个个未知等着你，或许，有一天来到一条大江大河前，却没有船……

朝九晚五，上班下班，许多天天整理资料入档归档，日子一长，悟出一些意思来，感觉有用做了笔录，作为素材，编写成故事，有的像小说，有的像散文，甚至写成诗歌。当一份乐趣、一份爱好。写了几年，试着向报刊投稿，竟能发表，在市级报刊发，偶尔也在省级报刊发发。许多用的是笔名，县里没人知道他能写，而市里报刊编辑知道P县档案局有一个写作的叫文农，但只闻其名不识其人。人家当他是文学圈子的人，而他没想过归类，就算十多年后，县、市许多人知道了，他还是不在意。他不赶什么潮流，也不需要船，而是心中有自己的“海”。

到园田镇是二十分钟车程，到海风镇是一小时二十分钟，足足多出一个小时。

车穿海风镇子而过，西拐去团结村委会。十分钟到了团结村委会办公楼，下了车，许多面对两层小楼，一时有些茫然，以为来错了地方，办公楼几乎与地界村委会的一模一样，孪生似的。不同的是，地界村委会楼前是一片榕树，而团结村是木棉树。

楼下所有的门、窗都关着，楼上有说话声。许多领着几位上了二楼，几位村干部围坐一圈聊天，见许多他们进来，纷纷站了起来。

一个高个子中年人抢先握了许多的手，旁边一个年轻人说：“我们村支部赵书记，赵伟，平时大家叫他伟哥。”

许多先介绍单位的人，然后才介绍自己：“我叫许多，从今天起，我们就是一根绳上的蚂蚱了。”

一句话，逗起一室笑声。

村委会五个人，赵伟、赵得福、支芬、赵桥、谷小花。赵桥、谷小花一个会计一个出纳。村委会账户上没几个钱，平时，村委会若不需要集中，赵桥、谷小花很少来。

许多来前向海风镇一个朋友打听赵伟的经历和脾性。

朋友说赵伟年轻时就出门四处闯荡打工，十年后在省城一家工厂做经理。经理是小经理，挣的钱却不少，几年下来计划在省城买楼呢，有一天，他父亲一个电话改变了他的人生轨迹。他父亲说："阿伟啊，我们村呢，臭名昭著了，没得救了。"赵伟是知道团结村村风不好，但应该不至于像父亲说的那样不堪吧。赵伟问："怎么回事?"他父亲说："前天我去趁墟，回来时叫搭客的摩托，上了车开摩托的问我去哪，我说去团结村，开摩托的不愿意，拉我下车，我糊涂呢，怎么啦，有钱不挣?接着叫了几辆，一听去团结村，都不肯去。我问最后的那人，他说：'哪个敢去团结村，怕是有命去无命回!'你说说我们村还有救吗?"这事令赵伟震撼。他听出父亲话音里的痛心疾首。父亲原来是村支书，得了一场重病，身子弱了让了位。父亲对村子的感情深着呢，会牵挂一辈子的。赵伟再三思量，最终决定回村。他竞选当上村书记。几年下来，村风大变，外面人所说的争强好胜、打架斗殴绝迹了，村中十多个吃"粉"的也戒了。村中老嫩不叫赵伟书记，叫伟哥，敬重着呢。见过世面的人就是不同。

许多说：那赵伟是个性很硬的人?

朋友说：也不是，挺和善的，有时刮一耳刮子当玩笑。

笑声容易将人拉近，当即拉手拍肩膀，热热闹闹。许多需要的就是这样的效果，到了一个陌生的地头，得尽快将自己熔进去，一起燃烧。

入庙烧香叩个头。

刚打过招呼，许多说打开电脑，看看系统。

赵伟的脸由蜡黄变醋黑，说没有系统!

许多一下心生怒火，却控制住，刚刚打过招呼，不好变脸如翻书，问为何?

许多的火没烧到脸上，赵伟的脸却烧黑了，甚至头发都冒出烟来了，说什么王八蛋单位，只派一个人来，装模作样去这户到那户，用手机拍照，连一个记录都没有，能建系统?我跟他说精准脱贫啊，攻坚战啊，你们单位就这么糊弄?他说："我一个人忙不过来，慢慢来。我急啊，给他单位领导打电话，那领导说忙没时间下来，他就挂电话，后来再打就没接了。你说什么人，这样下去，害人害己。"

赵伟胡骂一通，许多听懂了，接着赵伟的骂，也骂一通。真是，近半年了，连个系统都没建起来。许多问赵伟要那领导的电话，打通后连连质问，那领导狡辩："那是海风镇的事，团结村委会的事，我们只不过是挂点，是配角。"但许多大声说："你不知道农村的情况？年轻人都往外跑了，留在村中的电脑不熟，工作需要我们来做，你这么个态度，就不怕丢乌纱帽？"那领导静了一下，说："现在不是你们接手了吗？"许多终于爆炸了："你个王八蛋！"许多的骂有两个意思，一是那个领导为官不为，用如此的态度对待帮扶脱贫工作，二是近半年，留给接替自己的单位一张白纸。真是岂有此理！

许多对赵伟说立即行动，说不定明天就出事。

赵伟说好，先从我们村开始。

一帮人下了楼，赵伟走在前面，看来他也是个急性子。许多想，这次调整，一定县委县政府发现了问题。脱贫攻坚战是天大的事，弄不好所有人都吃不了兜着走。

赵伟见许多没跟上来，放慢脚步等他，两人并排走。

许多说：今年要脱贫百分之三十，目前这么个情况，怎么办？

赵伟说：除了登记造册、建立系统，其他工作我们村委会也不敢怠慢，该做的都做了，总体情况我掌握，今年的脱贫指标，我们已勾出十户对象。

许多说：按比例不是八户吗？

赵伟说：对，到时再排列，锁定。

许多重重地拍拍赵伟的肩膀，千言万语在其中。

赵伟明白，说：换了你们来，我的心就踏实了。

跟在许多和赵伟身后的妇女主任支芬，小声对吕芳菲说：许局不像一个做表面工作的。

团结村近二千人，大巷小巷，七弯八拐，像走迷宫。以致后来很长的一段日子，许多要见困难户都是村委会的人领着。驻村的吕芳菲也一样，初期她曾经几次试图自己行动，结果就算能找到困难户，却走不出村子，求助村人引路才脱身。

上午只采集五户。中午吃盒饭。吃过饭没休息，下午采集完第八户时天已黑了。工作进度慢得令许多无可奈何。许多从未见过如此混乱不堪的村庄。

出了村子回到村委会，许多委婉拒绝赵伟挽留。

车行夜路，后来成为常态。

车上，许多说：明天下来早一点，争取采集完。芳菲，系统建立后，每隔一段时间打一份纸质的给我。

许多要掌握所有情况，以便一旦发现问题尽快解决。

吕芳菲说：这个没问题，问题是我真要天天驻村啊？

原来在地界村，吕芳菲是不留夜的，二十分钟车程，早去晚归，不会有大问题。现在是一个多小时车程，过于奔波。

许多说：我知道不少单位驻村的不常驻村，你尽量吧。无论如何我们的工作一定要做到位，考核时各项指标要达标。

许多的这番话，吕芳菲没完全听进去，她在后来的两年多的时间里，驻村，当成自己的一个新家。

莫副县长打电话给许多，叫他到他办公室。莫副县长扶贫挂海风镇。许多到了莫副县长办公室。莫副县长直奔主题问扶贫脱贫情况。

许多详细做了汇报，然后略带不满的口吻说："搞不懂原来的单位为何如此的不负责任？搞不懂为何将我们弱势单位做了调整？我们在地界村按计划一步一步落实，已启动困难户脱贫的实施方案，这一调整，我们前功尽弃了，而团结村这边，给我个空白，起步迟了半年多，我觉得被欺负了。"

莫副县长说：我对你们单位做了了解，大致与你汇报的一样。这次调整是根据前阶段出现的问题，这个你应该会想到，你发牢骚我理解，但没有用，现在你要做的是抢时间，你能不能将时间抢回来？

许多说：抢得回抢不回都得抢啊，我还能怎么的？打了我的左脸，我伸出右脸来呗。

莫副县长笑笑道：你是个做文章的人，这话比喻不恰当。

许多又要说话，莫副县长伸出长长的右手，大大的手掌，像要掩住许多的嘴巴，说：事情已这般了，心里有气也得干，有困难来找我，能做到的一定给你们解决。

许多说：领导的许诺我听多了。

莫副县长变了脸色，愠怒道：许多，你回去想想，别不识好歹！

许多出来，觉得自己屁股夹着尾巴。是自己的确嘴碎了，莫副县长的话应该是真挚的，他挂的扶贫点，你许多做不好，会累及他。

第二章　摸底

吕芳菲重点负责收集困难户资料录入系统，许多负责找困难户谈话。

许多见的第一户是赵杰。赵杰的房子是一层平楼，楼年应该不超过三年。大约六十平方米，一家六口人平均每人十平方米，表面看划不上困难户，但实际上是老特困户，十年八年来贫困名单上都有他家的名单，是那种贫了脱，脱了贫的那种。许多明白，像赵杰这类人家，过去负责“脱”的单位，为应付考核过关，绞尽脑汁让他脱贫。脱了贫又陷入贫困的，许多见多了。许多看过赵杰家的资料后，头也大：这块骨头难啃！一家六口，赵杰左手缺三指，村人见面不叫他的正名，叫“三指”，虽然不算严重亦是残疾。老婆是个痴呆，生活不能自理，孩子三女一男，大的十二岁，小的五岁。这么一个家庭，单靠一个残疾的赵杰，要想彻底脱贫，难于登天。

许多和赵杰面对面坐在平楼的黄皮果树下。许多指着平楼说：这房子是上一次扶贫单位找政府要来钱建的吧？

赵杰脸上有笑容，说：是呀，感谢政府，感谢他们。

许多说：房子有得住了，可你还是贫穷，你有什么想法？

赵杰收了笑容，一副的苦瓜面。这个五十岁的中年男子，看上去六七十岁。生活的艰辛，令他往岁月深处走得有些急。

赵杰试探性地说：能不能给我买头水牛？

一头水牛一万元出头，赵杰所想的还是眼前。

许多说：你家就那么几亩地，加上一头牛就可以致富了？

赵杰说：有好过没有吧。

许多说：那当然，但我想的是让你彻底脱贫。

赵杰苦笑，说：我天生穷苦命，做梦都不敢想。

赵杰除了耕种几亩薄地，有闲开摩托车去镇子搭客，不可谓不勤快，但几张口几个肚子，温饱都成问题。

许多说：养一群山羊如何？

赵杰瞪大眼睛：养山羊？

许多说：对，养山羊，我看过你们村周边的环境，杂树多，适合养山羊，再说母羊可以生仔，年年养下去，日子就会慢慢好起来。

赵杰说：养几头羊富什么富。

许多说：我是说一群，几十只或上百只。

赵杰用怀疑的目光看着许多，说：那得多少钱？政府出？

许多说：这个你不用管，羊羔我给你弄。

赵杰还是不信，低下眼，说：给我一头牛吧。

许多轻轻叹了一口气，心里说这是个朴实的农民，不敢有向往的农民。

许多与赵杰谈完，起身要离开时，赵杰的老婆悄无声息地出现了。干巴巴的一个女人，像一个幽灵。看不出年纪。许多想象不出，这样一个女人，如何生出四个儿女。女人侧左头看着许多，那浑浊的眼神如一潭死水。她定定地看了许多一会儿，侧右头看赵杰，傻呵呵地笑，边笑边咕噜咕噜地说话。

许多听不懂她在说什么，问赵杰：她说什么？

赵杰说：我也听不懂。

许多心里一阵悲凉，赵杰的残疾，令他找不到爱人，将就或者说无奈找这么个女人。是要过一辈子的，赵杰啊，能说什么呢。好在四个儿女都正常。

许多不是随口那么一说，前几天他去市里见战友陈新。陈新是一家公司老总，近几年常常捐钱做善事。陈新招待许多吃大餐。战友相见，自然聊当年当兵的事，自然也聊今天的日子。

两人边吃边扯闲话，许多扯到扶贫上，陈新就笑了，说：许多呀许多，你躲我两年了，今天来见我一定是冲钱来的，说吧，要多少？

陈新说许多躲他两年，是有由头的，前两年两人相见，陈新对许多说：我想写个自传，你来给我写如何？

许多说：自传是自己写啊，与我何干？

陈新嬉皮笑脸地说：我肚里有几滴墨水你清楚，就烦劳你了。

许多说：你找个大作家吧，那才配得起你这个级别的大老板。

陈新说：大作家吧，开天价，再说他们也写不出我们当过兵的味道来，你就帮帮忙嘛。

许多说：你不怕我也开天价啊。

陈新说：你我是谁？战友！你开你开。

许多认真地说：算了，我写不好。

后来陈新又赖脸催许多几次，许多也赖脸推搪。

许多笑笑，说：也不算躲避吧，这两年我忙你也忙，咫尺之距竟然不见面。

陈新用食指点点许多说：说不过你们文人。

许多装出一副不屑的表情，也指着陈新说：你全家都是文人！

两人哈哈大笑。

陈新认真说：要多少？

许多说：我不要你的钱，你给我弄 80 只山羊羔。

陈新眨眨眼，张嘴要说话，许多抢在前面说：你是生意人，路子多。

陈新笑道：我是做羊生意的了。好吧，我来弄。

许多说：我就知道你够战友。

陈新说：可你不够战友。

许多说：等我闲下来再说，好吧。

陈新说：君子一言，五马分尸。

两人大笑，差点没笑岔过去。

市扶贫办抽查海风镇。海风镇通知所有扶贫单位驻村人员八点前到位。也就是说有些单位驻村人员不在位。吕芳菲也不在位，是单位有点事要她回来处理没及时下村。驻村人员到位就可以了，但许多跟吕芳菲一起去。许多挂心脱贫工作有疏漏。

车行至半路时许多接了一个电话：你是许多吗？

许多说：我是，您是哪位？

对方说：我是市委曾有强。

许多一怔，曾有强市委书记？没答话，他分辨不出真假。

曾有强说：你对口帮扶的有几户，户主都有谁，说出姓和名。

来真的了。许多坐正身子，背书般说出了户主的名字。

曾有强追问：各个人头要录入多少项指标。

许多说：68 项。

曾有强静了一下，没有再问，挂了机。

许多问吕芳菲：真是市委书记询问吗？

吕芳菲说：应该不会错，被问的人不少呢，所有公务人员都有可能被问，但不一定是书记，市扶贫办的人也会问。你问我要资料是对的，若不恐怕你今天答不上来。一些单位负责人答不上来，被通告了呢。

许多心一凛，这场攻坚战丝毫马虎不得，但他知道有些人并不太重视，这会出事的。八点整，许多和吕芳菲到了团结村委会，赵伟已在办公室了，其他委员也陆续到来。

大家等待抽查。

吕芳菲查看系统，检查纸质资料。大家扯闲话，许多将话题引到困难户上。

支芬说：许局，好奇怪，赵三见到你就亲。

支芬说的赵三是个智障青年，许多第一次见到赵三，赵三像一个矫健运动员飞一般冲刺离开，许多一脸的疑惑。

村主任赵得福对许多说：赵三一见村外人就跑。

赵三跑出一百米左右停下，像撞线了，完成了他的比赛，回头拿眼睛看许多，边看边摇头晃脑。

许多抽烟，见赵三望过来，就拿一支朝他晃，赵三就跑回来跟前，拿过香烟叼在嘴上，还要许多给他点火。之后，赵三见了许多不再跑，还敢摸许多的裤袋要香烟。

许多说：我也傻呀，所以赵三亲我。

大家就笑。

村委会主任赵得福说："猪粪"将许局说傻了。

大家又笑。支芬，村委会的人平时叫成"猪粪"。

许多问：赵三平常做事吗？

赵伟说：小时不做事，大了不会做。

许多说：这不是办法，智障的人也可以学会做事的，赵三的父母也老了，活做不动时他怎么活？

赵伟说：赵三两个姐姐出嫁前不让他干活，他就习惯这样了。

许多说：他今年十六岁了吧，现在送他去智障学校学手艺应该不迟。

赵伟说：我们不懂。

许多说：我打听打听。

又扯别的困难户，时间到了十点钟了。赵得福说：伟哥给镇农办打个电话，问问是不是定了抽查我们村委会。

赵伟就打了电话，农办回答还没定，可能要到下午才确定。

许多说：搞什么名堂？

十二点，伟哥打电话叫了快餐。

吃过午餐，许多说：赵书记和赵主任留下，其他人员回去吧，用不着那么多人等。

支芬说：上午白等了。

许多说：上午没叫你们回去，是等于开个会。

支芬说：是吗，我怎么觉得不像。

赵伟白了支芬一眼，说："猪粪"真是猪粪，一个上午说的事都是脱贫的事，不是开会是什么？

支芬眨眨眼，说：好吧。

等到下午四点钟，还没消息。其间，赵伟打了两次电话，农办的人说继续等待。许多心想什么意思？

吕芳菲说：应该不会来我们团结村，镇领导知道调整我们过来时间不长，一定会考虑我们有些工作来不及做，不轻易抽查团结村委会。

赵得福说：有道理。

赵伟说：是市里抽查，镇政府定不了的。

赵得福说：是一般抽查，可能听镇政府意见。

正说着，办公室电话响了，赵伟接。赵伟只回一句，知道了。

放下电话，赵伟说：抽查我们。

四个人你看我，我看你。八只眼睛里流出的话一个样：真来团结村啊？

吕芳菲说：奇怪。

十分钟左右，郑东良镇长和镇农办二个人带市检查组到了团结村委会。

郑东良见了许多，说：哎呀，许局亲自坐镇啊。

许多说：我只不过碰巧，不是专门来的。

市检查组组长说：开始吧。

检查组三个人，一人查电脑系统看资料，一人翻看纸质资料，神情专注严肃。没人说话，连呼吸都小心谨慎，怕弄出声音来会出事。检查花了近一小时，停下后，组长问了一些情况，吕芳菲或赵伟作回答。最后，组长做了小结，总体肯定了团结村委会的工作。大家听了，呼吸顺畅了，赵得福还打了一个响亮的喷嚏，是憋久了打出的那种。

回县城的路上，许多说：我感觉不好。

吕芳菲说：结果不是挺好的吗？

许多说：你想想，单单抽查一个村委会，市检查组上午就到了，到下午四点钟才行动，你不觉得异常吗？

吕芳菲说：你这么说是有点异常。

许多说：是不是镇农办找不到一个能让检查组查起来没问题，或者问题不大的村委会？

吕芳菲说：不可能吧，抽查嘛，检查组哪会由镇农办来指定？

许多说：早上市委书记的电话，后来我才想起海风镇是他挂的点，抽查，如果海风镇的村委会出问题，那镇委那帮人不是打他的脸吗？

吕芳菲说：你是说检查组考虑到这个问题，所以让镇农办找一个能过关的村委会检查？

许多说：可不可能？

吕芳菲想了想才说：可能。但其他村委会做了近一年的工作，而我们不过三个多月，难道比不上我们？我有点不相信。

许多说：或是我想多了，但愿吧。

第二天，许多上班听到同一层楼其他单位有人议论，说昨天市下来抽查扶贫情况，某某镇、某某镇被查出了问题，听说问题还不小呢。许多想起昨晚回来路上与吕芳菲的对话，海风镇的情况应该如他所想。许多想，许多人的思维还停留在过去扶贫的模式上，除了政府出钱铺一段路、建一个项目，挂点单位在节假日下去送点钱物就万事大吉了。可这场精准脱贫攻坚战是大国策啊，是全面奔小康的关键几年，像过去那样一定是不成的。

下午，许多接到通知，明天上午八点三十分在县委第一会议室召开全县科局级单位主要负责人会议。

许多进会议室，第一眼看横额：坚决打赢精准脱贫攻坚战。

主席台上坐三个人：书记、县长、常务副县长。

会议由全面负责扶贫的常务副县长骆图文主持。

会议开始，骆图文站了起来，点名：某局长请站起来，然后提问题，某单位负责人回答。一个问题一个问题地问，一个问题一个问题地答。问完答完，县长打分，某局长，你得0分！接着骆图文点下一个，问，答，县长打分。

……

许多没有被点名。

一个上午会议就这么走下来，所有单位负责人如坐针毡，无声的骚动。

不少单位负责人被问得汗流浃背，颜面尽失。

书记没有做指示，黑着脸说，哪位觉得自己不能胜任职位的，给我一句话，散会！

许多站在文学语言角度想：这是一次很特别的会议，或者说出其不意的会议，见血封喉的会议。

下午继续开会，是每个镇召开挂点单位负责人会议。海风镇的会议在农信社三楼会议室召开。

许多到农信社，上楼时遇到政协副主席程广文。两人是老熟人，关系还算好。

程广文说：许局，你可以申请退出啊，你们单位这么几个人，任务这么重，哪能扛得下来？

许多两眼望程广文，说：可以退出吗？

程广文说：我也不敢肯定，但你可以试试。

许多说：听程主席的。

许多想，如果真可以退出，也是一件好事。这是一场不见硝烟的战场，守不住阵地会“死人”，攻不下山头也会“死人”。许多又想：退出，算不算临阵逃跑？

参加会议的县领导有莫副长、程副主席、海风镇党委书记成正东，镇长郑东良和十二个挂点单位主要负责人，围坐一张圆台。莫副县长先命令挂点单位汇报情况。各单位汇报时不敢正眼看莫副县长，亮不开嗓子，显然掌握情况不充分，底气不足。许多也低调，最后一句说的是：我们单位应该不会落在后面。这话听上去有点出风头了。

莫副县长盯着许多说：什么叫“应该”？你的应该是麻木大意的思想，上午大会上没点你回答问题是吧，现在你能不能回答我的提问？

许多意识到自己多话了，红着脸小声说：可以。

莫副县长就提了几个问题，许多都做了准确地回答。

莫副县长侧脸问成正东：前天市抽查就他们单位？

成正东点点头。莫副县长转过脸对许多说：今天我表扬你，但你不要翘尾巴，兔子和乌龟的故事你应该听过。

许多没有接话，心里说什么比喻？是上战场呢，扯什么兔子乌龟的事。

莫副长说：我也不点名提问各位了，你们刚才的汇报我很不满意，都醒醒吧，拜托了，再不重视你们都完蛋！

散会后，许多跟上程广文，说：我要不要申请退出？

程广文说：你退不出来了。

许多问：为什么？

程广文说：你自己想。

许多与赵光谈话是在海风镇子一幢二层楼下的院子里。收集资料时，第一次见赵光时也在这里。

当时许多问赵光：没搞错吧，这次是“精准”脱贫哦，住上二层楼算得上贫困？

赵光说：我敢搞错吗？你给个天大的胆我也不敢，我是借住亲戚家里，接送两个孩子上学。

后来许多做了调查落实：赵光在一次车祸中失去一条腿，老婆嫌弃他，丢下两个孩子跟别人跑了。赵光失去做田地活能力，成为一个“闲人”，一家三口靠吃低保、残疾费活着。

许多对赵光说：你们家这样下去不是办法，你有什么想法？

赵光低着头不说话。第一次见面时赵光话也少，问一句答一句，不问不答。赵伟私下跟许多说，赵光原来是个话多的人，老婆跟别人跑后就少言寡语了，连与自己的孩子也不怎么交流。

许多说：赵光，人生的路还长着呢，你不为自己、也得为孩子着想，振作点，生活得继续下去。

赵光抬起头，犹疑着说：镇政府正在建工业园，能不能给我找个门卫岗位？

许多看赵光的那条残腿。赵光卷起裤腿，镶好了的，不妨走路。

许多说：工业园都是民营企业来投资，招人有讲究，我试着去沟通沟通吧。

赵光说：谢谢。却是两眼无神。许多说：谢什么，还不知道怎么样呢。

赵光低下了头。

许多别过赵光，走在镇子街上，天，像是谁得罪了它，阴着脸。许多的脸也晴不起来，这些困难户，各有各的困难，要一一脱贫，得多费脑汁。此时的许多，看上去，纯粹是一个镇子上的游民，吃了上餐没下餐的那种瘦子游民。是的，许多是一个瘦子，是放进油锅里炸上三天三夜，捞出锅来也不沾油的那种。

许多在一个大排档门口，看到一个眼熟的背影，定定地看着，等他转过身来。那人一转过身，许多就认出来了，赵毕来，是许多的对口帮扶户。许多知道，赵毕来常镇子大排档给人家打散工

赵毕来见了许多，走到跟前说：许局来吃饭？

许多说：哪有这么早吃饭的，随意走走。

赵毕来算是个半孤儿，三岁时没了父母，讨不到老婆的堂大伯收他做继子，目的是将来养老送终。赵毕来二十出头，堂大伯年近六十。按理，这么个一老一少日子不会太拮据，俗话说天有不测风云，三年前养父大伯中风，虽然没瘫在床，但手颠脚颤下不了地，生活上也不能完全自理，日子就被拖垮了。赵毕来是个孝子，也是个勤快人，悉心照顾养父，勤劳做好地里活，一有空闲就跑到镇子来打散工。许多自找一张椅子坐下，示意赵毕来也坐下，赵毕来望望正在忙活的老板，见老板点头才拿过椅子坐在许多对面。

许多问：你有什么想法？

许多面对所有帮扶户，开口头一句算得上千篇一律。

赵毕来笑了笑，摇摇头。

许多说：你也开个大排档，前期资金多我来给你弄。

赵毕来摆摆手，说：我弄不来，再说老父要照顾。

许多也明白，一些人天生不会经营生意，要不，人人都是老板了。

许多说：养山羊会吗？

赵毕来两眼发亮，说：我曾想过呢。

许多说：那就这样定了，你跟赵杰合伙养，一人放一天。

赵毕来眨眨眼，说：许局好主意，这样也不耽误地里活。

许多说：是啊，田地是不能丢荒的。

赵毕来说：养多少?

许多说：80只。

赵毕来说：那得不少钱，国家有政策?

许多说：这个你不用管，我有办法。

赵毕来一脸的高兴，连说谢谢。

赵毕来望望天，说：天也挨黑了，我请你吃饭。

许多站起来说：我还得赶回县城呢，你也得回去照顾老人家吃饭吧。

许多说完离开大排档，赵毕来在后面喊：改天你得赏我个面。

许多没有回话，掏出手机给在村委会的吕芳菲打电话。

许多远去后，一个圆脸、柳眉姑娘到了赵毕来面前，问：谁呀?赵毕来说：县里下来扶贫的一个局长，姓许，人挺好的。

姑娘说：不像个当官的，不过面善，一定是好心人。

姑娘说完伸手理了一下赵毕来的衣领，一副亲昵的神态。

回县城的路上，许多接了战友陈新的电话。

陈新说：许多，羊崽春暖时才好养，现在入秋了呢。

许多说：南方的天气应该没问题吧。

陈新说：羊崽毕竟是羊崽，季节不对，不好侍候，我是提个醒，你考虑。到时存活率不理想你不要埋怨我。

许多说：要等春天?

陈新说：你考虑。

许多说：我跟人家说了，盼着我放出的屁呢。

陈新笑道：你是大局长啊，放出的屁臭不堪闻也是香的。

许多说：去你大局长。

陈新也说：去你的。说完挂了电话。

许多想了一会儿，给陈新回电话，说：听你的，等明年春天。

陈新说：我以为你当官当昏了呢。

许多笑道：我算个什么鸟官，还昏官了呢。

陈新也笑道：人民公仆，好了吧。

许多说：有电话进来，我挂了。

就挂了。其实没电话进来，只是不想跟陈新说下去，从政的人与经商的人，若是没有利益往来，很难聊得下去。两人两年不见，不像许多说的那样，因为工作忙。许多要不是为了脱贫工作，一辈子不见陈新也可以。都说文人清高，许多不算文人，也清高。本来许多与这个陈新关系是不错的，但自从他身家过亿后，对一般战友渐渐疏远了，连八一战友聚会请他回来也请不动，借口工作忙推掉。

人，多数时候，身不由己。

第三章　台风

台风来了。每年夏天台风都要来，像走亲戚一样，一年总得一次两次或三次。

立秋后，又来台风。雷州半岛立秋的台风，不来多年不来，一旦来了，来者不善，其凶恶绝对称得上穷凶极恶，不是哪个随意说的，是有历史记录的。

这次会不一样吗？

按惯例，许多吃过晚饭赶到海风镇参加抗台风会议。成正东主持，莫副县长讲话。莫副县长强调一、二、三、四、五、六、七、八、九个要点。大约半个小时，散会，各挂点单位各就各位，到村委会去。

许多到位时，团结村委会班子成员和各村村主任在楼下会议室等着了。吕芳菲也在。平时会议室很少开门，召开参加人数多的会议才开，或者让上面来检查工作需要开的时候开……

许多基本按照莫副县长强调的，说了一、二、三、四、五、六、七、八、九条要点。然后询问五条自然村的情况，有多少危房户，该转移的群众转移了没有，有没有拒绝不想动窝的，再想想有没有漏的等等，各村主任一一做了汇报。

听完汇报，许多再次强调：人员安全放在第一，我和伟哥、芳菲留守村委会，大家回去，想想有没有没想到的，处理好。有事随时联络。

各自散去。

台风第二天清晨六点钟来，而此时，应该来了打前哨的风，却没有，似乎随安静的夜睡熟了，安安然然。

许多说：伟哥，立秋后的台风啊。我感觉这场台风不简单。

赵伟说：是啊，我心里有点不安呢。

许多想了想，说：还有没想到的工作没到位吗？

赵伟说：应该没差漏了，心却还是安不下来。

许多对吕芳菲说：你上楼回房间去休息，台风来时再下来。

吕芳菲说：你们也休息吧，那样明天才有精神体力。

许多说：没事，我和伟哥困了靠椅眯一会儿，或者上桌子躺一下。再说楼上办公室就一张小床，我们也挤不下，也是睡不稳。

吕芳菲没话了，上楼去。

许多和赵伟躺在桌子上，两人扯些闲话，扯着扯着扯到脱贫上。

三个多月来，许多深入困难户，基本上掌握了各户的情况。

赵伟说：许局，你是我见过第一个对扶贫这般上心的单位负责人。许多说：现在与过去不同，我想呀，现在所有单位的头头，都一样吧。这次脱贫当一场攻坚战来打，过去是没这么提法的。一票否决，哪个头头不上心？

赵伟说：道理是这么个道理，但据我所知，一些单位头头并不像你这般想，思维还停留在过去的扶贫方式方法上，重要节日下来慰问一下，不像你家家户户跑。

许多说：不会吧，谁不把这次攻坚战当回事，到时吃不了兜着走。赵伟说：你认识到位不代表另一些人认识到位，你等着看吧。

许多没接过话题，问有几户是脱了贫又陷入贫的。

赵伟说：你点的几户人家都是，赵杰是第三次了，还有巫生。

许多对这两个人印象最深。赵杰的女人是花钱从广西买来的，一家六口靠他一人种几亩薄地，闲时开一辆破烂摩托车到镇里拉客，日子怎么过？像赵杰这种无一技之长、每天都要为全家人填饱肚子而劳碌奔波的人家，是贫困中的特困户，想彻底脱贫谈何容易，一次次陷入贫困是很自然的事。

两人说话断了几分钟，许多又要开口时，赵伟起了鼾声。许多合上眼睛想睡一会儿，却没睡意。

夜静得死寂。

许多按亮手机看时间。差不多六点了，心想怎么一点迹象都没有？台风也贪睡吗，或者正在密谋更大的阴谋？来者不善，总是以其出其不意的憎恶面目出现。

门被拍响了，许多第一反应是，要来的，终于来了，静静一听却不是，门响窗不响，显然不是风伸手拍出响声。

啪啪声不断。许多起身拉开门，是吕芳菲。吕芳菲进屋。赵伟也醒了。

台风来了，似乎一直在等三人醒来聚齐，看看他们接下来如何的对付它。

够准时的，够守约的。台风来了，门外院子里的木棉树呼啦啦地摆动起来了，姿态像大妈们在跳广场舞。如果一直这么跳下去，那倒是一份欣赏。但过度不是打前哨，而是猝不及防，在丝毫没有提防的情况下，一卷面露狰狞、迅雷不及掩耳、让人防不胜防的恶风以偷袭的方式要将三个人一口吞掉。站在门口的三个人，赵伟倒退了几步，差点没摔倒，而许多往后退时撞到站在他身后吕芳菲的怀里，她抱着许多一起摔倒在地。

台风如此瞬间变脸，其所抱的祸心必定是阴险狠毒的。

许多和吕芳菲从地上站起来。吕芳菲涨红了脸，只是许多没有看到。

许多大喊：把门关上。

三个人费了半分钟用劲才关上门。门一关上，似乎激怒了台风，在外面轰鸣咆哮，将天和地全占去了。从小到大，许多最讨厌台风中咆哮中的呜咽声，总让脑海里生出一支庞大的送葬队伍从眼前走过。

许多的脸有点扭曲，痛苦不堪的样子，吕芳菲看到了说：许局长身体不舒服？

许多没看吕芳菲，也不说话。

许多清楚自己此时此刻的表情，尽量放松自己，说检查一下窗门。三个人就一个一个的检查。这幢已被封闭的小楼是不能留给台风空隙的，一旦让台风有机可乘，那情景不堪想象。

从咆哮和呜咽声中能听出，台风正一步步走向穷凶极恶。

三个人没怎么交流，因为说话得大着嗓子，累。赵伟坐得安稳些，像在自己的家里，台风嘛，见怪不怪。吕芳菲没那么淡定，主要是受许多的影响，他一动她的眼睛就跟着动，见许多坐下、站起、走动，走动、坐下、站起，心里有点忐忑，想说话却又不知道说什么好。

天亮了，却看不到外面的场景。此时此刻，每一分一秒，被无限地拉长，天地日月，混沌无边，所处的处境，陷入虚无中的束手无策。从脑海里走过的是漫长，漫长，漫长。

倏地，一直被灌满的耳朵听出台风咆哮和呜咽声静了下来。三个人一下了愣住了。许多脑子里浮现一只妖魔被一个降妖大师制伏的情景。

吕芳菲一脸疑虑地说：台风停了？

赵伟说：不是，风要回南了。

许多同意赵伟的说法，“台风回南，风停见阳”这是一句俗语，也是生长在半岛的人的常识。回南风是够不上前面台风盘旋的时间长，“风停见阳”，但台风最大的风口在回南风上，也就是最为迅猛、凶狠的最后一击，常常有见血封喉的凶险。

三个人没来得及将话说开，咆哮和呜咽声再次灌满耳朵，且更加撕裂。

“见血封喉”的一刻终于还是来了：狂风将门撕开了，像撕手中的一张纸，轻易得很。风，张血盆大口，吃完屋外的食物，要将屋内一切也吞噬。

许多和赵伟反应过来，差不多同时跳到门前，两人并尽全力也不能将门关上。许多尖叫芳菲！芳菲!! 芳菲!!! 吕芳菲扑过来。但三个人依然没能将门关上。门没能关上，窗门被撕破了。玻璃的撕裂破碎声在咆哮和呜咽声中显得虚弱不堪。

赵伟右边的耳根下，有血慢慢地往下流。显然，是被玻璃的碎片划破的。许多看见了，没说什么，吕芳菲看见了，也没说什么，赵伟知道了，也没动作。那血，流不到下巴。划得不重，或者，在台风的暴戾面前，玻璃碎片不敢使出它的锋利。

关门已没有意义，三人退室内中央，背靠背手拉手，抵御狂风暴雨的千刀万剐。

许多面朝东方，透过窗口看见约三十丈远一座孤零零的旧瓦房，旁边有一辆白色小车，心里一凛，不好，屋里有人！心里话刚落，歪歪扭扭出来四个年轻人，手拉着手，挣扎着往小车挪，费了好一会儿劲才钻了进去，就在那一瞬，旧瓦房崩塌，无声无息。许多心里叫了一声：我的天！对于许多，这真是一个吓死人不用偿命的场面，如果这四个年轻人不及时出来，被埋在瓦屋里，那就是重大事件。抗台风，抗台风，台风前是要排除和解决一切可能发生的隐患的，若死了人，你有千张嘴万个理由，也说不清。

许多正要责问赵伟，却听到了赵伟叫道：我的墙，我的墙！许多转过脸：村委会的围墙倒塌了，塌得整齐划一，像躺在大地的大床上，连喘息也没有。许多看到的还有：楼前的木棉树倒的倒折的折，剩下的苦苦抗争着。许多看着树倒墙塌，心里没那么难过，天灾来了面对就是了，人祸是不能有的。

许多大声说：那旧瓦房怎么会有人?!

赵伟一时没听懂：你说什么?

许多伸出长长的右手，像要抓回什么却没抓着。

赵伟掉转脸，他先看到白色小车，后看到倒塌的旧瓦房，明白了，说：人在车上还是在屋里!?

许多弱弱地说：还好，屋倒之前出来了。

赵伟说了一句：我的天！然后说：平时是有人在屋里摸麻将、打牌什么的。昨晚天黑前我是去看过的，没有人啊，这帮夜猫子什么时候进去的啊，找死啊。

许多想，我们若挂在这里，可能被人称为英雄，若那四个人埋在旧瓦房，我们就是狗屎了。

回南风并没有很快过去，持续着东撕西杀。水，不断地灌进室内，过了脚脖子，三个人依然不敢轻举妄动。水，从脚上往上涨不奇怪，头上淋下了雨那就有问题了。三个人都抬了头，看到天花板裂了缝，水往下漏。显然二楼也是一片狼藉了。

吕芳菲带着哭音说：伟哥，我们是不是……

赵伟大声说你别乱想，你看看我们的楼墙，没有裂缝!

该来的来了，该去的还是要去的，近中午的时候，台风离去了。来时突然，去时慢吞吞，不是那种“风停见阳”。

外面下着大雨，室内的水还在涨，到了膝盖。三个人不用背靠背手拉手了，各人坐上了一桌面，像被捞上来的三只落汤鸡。许多望着门外大雨出神，赵伟望着门外大雨失态，吕芳菲双手掩在胸前，她早上从楼上下来时忘了带文胸，湿淋淋的衣服令她的那胸前凸显。她不时觑许多和赵伟一眼，怕他们看她。

“风停见阳”已是下午，许多和吕芳菲回县城。

公路上台风随意扔下的障碍物已被清理，两旁农田的甘蔗、水稻等农作物全伏地，如一张无边无际的席子。这是一场二十多年不遇的特大而怪异的台风，来得暴戾去得诡异，其杀伤力会让人记上一辈子。

这场台风叫“山竹”。

一场“山竹”，给许多脑海里装进了许多东西。

第四章　查岗

冬天一来，一年即将过去。脱贫工作进入一年一度迎考期。单位工作上一有间隙，许多就跑到团结村委会。周日，许多和吕芳菲早早往团结村委会赶，是县扶贫办通知要求所有单位负责人和驻村人员必须到位。

车上，吕芳菲问：多哥，又搞什么名堂？

平时没外人的时候，吕芳菲不叫许多职务，叫多哥，单位其他干部也跟着这么叫。

许多说：听说市委书记今天下来查岗。

吕芳菲说：查得过来吗？

吕芳菲口气有点大，显然心里不舒服。许多不接话，他昨天晚上打电话通知吕芳菲今天要下乡时，吕芳菲说明天是我妈的生日，得陪老人家。许多想了想，说你陪你妈吧，我自己下去也行。早上吕芳菲给许多电话，说我同你下去。许多说没什么大不了的事，你陪好老人家了，一年只一次生日。吕芳菲说我就下到办公室，你等我。

吕芳菲这个女人，在许多眼里，工作能力不算强，但态度没得说，脾气也好。许多正在争取提拔她为副职。

许多和吕芳菲到村委会时，赵伟等村委会干部全到了。大家散散乱乱地坐满办公室。

支芬说：我还未见过市委书记这么大的官呢，今天最好查到我们村来。

许多对赵伟说：拿今年要上报的脱贫名单给我看看。

赵伟从抽屉里拿出名单，边给许多边说：去年八名脱贫任务，我圈了十名，大家再推敲推敲。

许多仔细看了一遍，抬起眼说：大家都过个目，客观提出自己的建议。

许多递给赵得福，赵得福看完递给支芬。一个个看了。

赵伟说：四个五保户，政府包底，上报没问题，我的意见是收入低的赵家明、赵树强放下来。

赵家明最初列不列入困难户有争议，他收养一男孩，男孩长大后四处打听他的生父生母，前年找到了，没去跟父母，今年年头突然离家不回，他养父虽然还能劳动，但毕竟五十多了，如果养子不再回来，生活的确困难。争议的焦点是他的养子户口没迁出。赵伟一直联系他的养子，劝他回来，或者将户口迁走，那养子没给个答复。若赵家明一个人的年收，是能达脱贫指标的，摊上他的养子够不上。赵树强的老婆早几年走了，有独女，女儿书读得好，现在县一中读书，明年高考，是最花钱的时候，父女俩生活拮据，村人都同情，列入困难户没人有意见。

赵得福说：我同意。

支芬说：我没意见。

赵桥和谷小花也表了没意见的态。

许多说：你们知根知底，我相信你们，但一条一定要记住，无论上报谁，收入数据上一定要准确，不能弄虚作假，这是原则问题，作假被揪出来的话，那事就大了。

赵伟说：我想在数据上压一压，一是我们不要做出头鸟，二是数据是按正常收入计算的，但不能保证百分百正确，压一压保险些。

许多觉得赵伟的想法可取，正要表态，办公室进来十多名贫困户。有人说不要报我脱贫，我不同意。别的也纷纷说不同意。许多一时有些懵懂，什么意思？望着赵伟。赵伟说他们呀，是怕脱贫了，以后慰问呀什么的没他们的份。

原来是这么个担心，许多理解，贫穷的人，一分钱也看得重，慰问时十斤油一包米一百元钱，能让他们脸上生出花来。

许多说：大家放心，这次帮扶直到2020年，在这之前，无论是先脱贫还是后脱贫，我们都是要跟踪的，不会把某一户排除出去。

贫困户们你看我，我看你。

许多说：是政策规定的，请你们相信我的话，配合我们做好工作。

有人说是这样啊，那就放心了，别的跟着说那就放心了。

许多说：你们回去吧，我们在谈工作。

十多张嘴巴叨唠着散去了。

赵伟说：穷怕了，心眼就小了。

一个上午，不觉间过去了。

赵伟叫了快餐。

一个下午过去，市委书记没来团结村。

五点半，大家散去。

许多对赵伟说：去你家吃晚饭。

赵伟有点不相信地望着许多。

许多说：不但吃晚饭，还要住一晚。

赵伟瞪大了眼，许多怎么突然心血来潮？

许多说：看你神情，不乐意哪？

赵伟笑道：看你说的，求之不得呢，荣幸之至。

许多笑道：话好听，怕是口不对心。

赵伟说：说不过你，走。

见吕芳菲有些茫然，赵伟说：菲姐，跟上呀。

村子上空有袅袅炊烟。现在的农村，一般都用煤气了，但依然有人烧柴火。许多多年没好好看这般景象了，像一下子回到生他养他的村子，宁静而舒坦。

三人穿巷而行，行在从家家户户飘出来的饭香菜香里，又是另一番享受。

赵伟对许多说：你也不早说，好让我老婆准备准备。

许多说：家常便饭就是最好。

赵伟说：你这么唐突，也只能家常便饭了。

三人到了赵伟的家门前，许多站定看赵伟的五层楼，说：伟哥，要是我不知道你的过去，会觉得这楼有点腐味。

赵伟说：我就知道你起我的底。又说：管别人怎么看，身正不怕影斜。

许多说：你的儿女都在外读书，毕业后怕是不回来吧，你俩公婆、父亲三个人住得了？是不是有点显摆？

赵伟说：我就是显摆了，农村就不能有高楼啊，哪天整个村家家户户都建起几层楼房，那才叫显摆。

许多说：伟哥是这个意思啊，那你这楼是个示范了。

赵伟说：废话少说，进门。边进门边叫：阿琼，来贵客，杀鸡！赵伟的老婆闻声从一房 出来，见过许多和吕芳菲，说：真贵客。

看上去，赵伟的老婆一点不像一个农妇，像城里女人，皮嫩肉白的，五官端正，美人一个。

许多不见赵伟的父亲，问道：老人家呢？

赵伟说：在二弟家。我要他跟我，他说轮着住心里舒坦。

三人上了二楼大客厅。真是大，有五六十平方米。这在农村不多见。这个赵伟，毕竟在大城市闯荡过。坐在赵伟的客厅，身心都不觉得处在农村了。

赵伟煮水、洗茶、斟茶，那手势，不像个村支书，像个茶艺高手。

许多禁不住叹道：可以呀。

赵伟说：回来后，我也只剩下这点爱好了。

许多喝了一口茶，说：可惜茶的质量不行。

赵伟说：若知道你会到家里来，我叫人送好茶来。

许多说：其实我不懂茶，随口说而已。

一直不说话的吕芳菲说：好奇怪，品茶好似是男人的专利，没女人的份。

许多想说：你是井底蛙，是少见识，会品茶的女人也不少。

吕芳菲说：反正吧，什么茶进我的口都一个味——苦。

赵伟说：正常，对茶不上心的人，哪怕喝一辈子也喝不出茶味来。我在省城工厂的老板对茶的上心到了痴的地步，他闭着眼、不用入口能嗅出全国各地茶源来，真不可思议。

许多顺着赵伟的话说：你跑回村来，不后悔吧。

一小口茶入口，赵伟让茶慢慢咽下，才说：有时想想，心里不是滋味，但团结村要人出来改变，再任由那样下去，真就村不村，人不是人了。

许多说："是不是因为你父亲？"赵伟说："不完全是，生于斯长于斯，也是有感情的，像对父母的感情一样。哎，好像你什么都知道似的。"赵伟没等许多张口，说："我明白了，许局是知己知彼，有备而来。敬你一杯！"

赵伟端起茶杯，许多端起茶杯，吕芳菲端起茶杯。

许多说：村风民风好了，但团结村不富裕啊，在全县算是落后的，扶贫脱贫，我的理解是，简单解决计划内的困难户脱贫是狭义的，广义的脱贫是整个村子富裕起来。伟哥应该有远虑吧。

赵伟说：伤脑筋，我们村土地不多，靠传统的种植肯定不行，吃饱肚子都成问题，这不，年轻人读不读书的，都往外跑。

许多说：还没想法？

赵伟说：眼前我考虑的是村容村貌，你也看到了，村道不成道，巷不是巷，外人来像进迷宫不说，村人有时走着走着也迷了路。

许多说：你说的是，这工程不小呢，拆屋建房得花钱多不说，要形成统一意见也不容易。

赵伟说：我已家家户户做工作了，口头上都说是好事，但有钱的和没钱的各说各话。

许多说：是啊，俗话说家家有本难念的经。一个村的经，更不好念。

赵伟说：我想不出如何才能让村民尽快富起来的计策，田地少，除非种金子长金子。

许多说：难是难，但总该有办法的，找个时间你带我田地里走走，一起谋划谋划。居住得改变，经济也要搞起来，两手抓，得未雨绸缪。

赵伟说：你应该下来做个镇委书记。

许多不开口，只笑笑。他曾经的梦想已渐渐远去了。

“吃饭了。”赵伟的老婆阿琼在楼下叫。

下楼时，天完全黑了。赵伟拉亮了楼梯间的灯。

果然杀了鸡。

家养的走地鸡就是好吃，许多吃了好几块，吕芳菲也吃了几块。

阿琼见了眉开眼笑，说：“你们多来家坐坐，我家里养好多鸡呢。”赵伟白了她一眼：“人家来家是为吃鸡来啊。”

阿琼赶忙说：我嘴笨，不会说话，别见怪。

许多笑了，吕芳菲笑了，赵伟和阿琼也笑了。

吃过晚饭，许多对吕芳菲说：你回村委会吧，早点休息。

阿琼说：我送菲姐。

阿琼不说，吕芳菲还要提出来呢，虽说她驻村有一段日子了，也进村走巷进家入户不少，但仍然不熟悉，加上晚上黑灯瞎火，真说不清能不能认得路回到村委会。

吕芳菲和阿琼出门后，许多和赵伟上楼。

阿琼和吕芳菲边走边说话。

阿琼说：菲姐你呀，真是不容易，这么个驻村，你家里的没意见啊。

吕芳菲顺着阿琼的话说：不是周六周日回去吗，俗话说，小别胜新婚。

阿琼说：也是哦。

赵伟和许多上楼喝一会儿茶，阿琼回来。

许多说：不妨你们两情相悦，我睡去了。

许多的话，说得阿琼脸红，似个小姑娘。

赵伟带许多进一房间。

房间带有浴室，许多简单洗一下，上床，身子一沾床就睡过去了。

一夜无梦。

许多天未完全放亮就醒过来，比他醒得更早的是鸟儿们，它们在唱歌。领唱、齐唱、合唱。早晨这种热闹，于许多来说，久违了，想起来已有三十多年了，在自己的村子，每天早上都让鸟的歌唱叫醒。

乡村寂然，不是寂寞，是一种安然。

上午在村委会待到十点半，许多叫吕芳菲回县城，说下午县委有个会，要参加。

车进镇子街道，在一街口处，吕芳菲拐弯时看见了林栋。林栋是单位帮扶户，就停了车，对许多说林栋。许多转脸一看，一个熟悉的身影入了眼。许多下车，吕芳菲跟着下车，两人走到修理摩托车档口，许多叫了一声林栋。蹲着对付摩托车的林栋，转过头来看见是许多和吕芳菲，站了起来，点着头说两位领导好。

林栋生得浓眉大眼，鼻子高高的，看上去帅帅的，只是手轻度残疾——左手掌小右手掌大，认识他的人叫他大小手。两只手大小是天生的。林栋到市技校学习过，回来跟开修车档的修理摩托车，现今一个月能拿二千元。父亲早逝，母子俩生活，这次列入贫困户沾的是他的残疾。林栋是团结村委会竹林村人，距团结村有两公里，许多去过几次他家，只见过两次，没有跟他好好谈过话。他起早贪黑到镇子来干活，对待生活是个认真的人。

林栋两手油污，脸上也有。

许多对林栋说：还好吧。

林栋腼腆地笑笑：这手艺也就能混饱肚子，说不上好不好。听说今年列我为脱贫户？

许多正要解释，档口内见林栋与许多说话，不满地说：不用干活啊。

林栋对许多说："我要干活了。"说完蹲了下去。许多也就只能说："有时间我们谈谈。"林栋"唔"了一声，头也不回，默默地干活。

在许多的计划中，想帮助林栋开一个修车档。

春节上班的第一天，县里召开全县副科以上单位负责人会议，主席台上坐着县委书记、县长、骆副县长三个人。许多想起那次“特别”会议，他想在座的都应该能想起吧，那是一次令十多个人颜面丢尽的会议。如果没有那次会议，今天的会议恐怕不是丢脸的事了。那次会议，用文人的话，称得上亡羊补牢，年前的扶贫省考核，顺利过关，听说分数进入全省前几名。看坐在主席台上的三名领导，与上次满脸杀气完全不同，高兴着呢。

骆副县长作了上一年度的扶贫总结和接下来一年的工作规划，书记做了重要讲话，点了几个成绩突出的单位，算是表彰。

第五章　落实

春节一过，春暖就来了，工作上也忙开了。

春节后第一次下乡，吕芳菲车开出办公楼时，许多才对她说去桃江镇桃江村。

吕芳菲不解：去那干什么？

许多说：去了就知道了。

许多和吕芳菲到了桃江镇桃江村，不入镇不入村，是在村外的火龙果地停了车。这片火龙果，一眼望去，有点收不尽。往细处看，横不成行竖成行，灰色水泥柱攀着青青的火龙果藤、挂着白色的灯泡。此时，在许多的眼里，是幅特大的写意画。

吕芳菲说：我也听说桃江村种火龙果，没想到这么大的面积，是哪个承包的吗？

许多说：不是，是桃江村弄的合作社。

在火龙果地里劳作的人，其中一个中年中等身材的黑脸汉子向许多和吕芳菲走来。黑脸汉子到了跟前，脸带笑容说欢迎两位领导来指导。

许多没有告诉黑脸汉子自己的身份，说：你是合作社负责人吧？能否给我们说说如何合作弄这片火龙果？

黑脸汉子说：当然。

许多说：一边看一边说。

上了火龙果田埂，黑脸汉子和许多并排走着，吕芳菲尾随。黑脸汉子嘴不停地说，头头是道。烂熟于心地说道，说明他经常给来人做解说。许多很认真地听。

许多在稍高的地段停下，面对火龙果，感叹道：你们了不起，是全县农村的榜样。

黑脸汉子谦虚地说：没有县委县政府的重视和支持，我们也干不成。

许多说：建成这般规模，成本不低呢，县里给钱？

黑脸汉子说：这倒没有，部分资金是无息贷款。

“哦。”许多说：“挺好。”

回来的路上，吕芳菲说：多哥，你也想在团结村搞合作社？

许多说如果再不有所动作，跟不上时代的步伐了。扶贫，单单将一些贫困户扶到最低生活底线之上是远远不够的，中央提出的奔小康是要让所有人都富裕起来，扶贫脱贫只是第一步，中央不是又提出了振兴乡村吗？

“唷。”吕芳菲说：“多哥你像个镇委书记，你放下作家梦啦。”

许多说：我从不做作家梦，写作是一个爱好，你做诗人梦？

吕芳菲笑道：人有自知之明，天赋不行，写着玩。

许多说：你还不如我。

吕芳菲说：当然，许多是许多，吕芳菲是吕芳菲，吕芳菲甘拜下风。

“嘁。”许多说：“你也会拍马屁，不要拍上瘾了哦。”

吕芳菲说：我这个人嘛，你也知道，心无大志，想着的是一辈子平平稳稳地过就行。

许多说：我以为自己也像你说的这辈子也就这么吧，可突然给我压担子，既然担上了就得认认真真走完一段路。就说你吧，一个女人，让你下村驻队，你不是得好好地驻着？

吕芳菲说：多哥说的也是，拿国家钱，吃国家粮，责任还是得担的。

许多和吕芳菲，共事近二十年，平时很少讨论责任什么的这类话题。其实呢，写好一篇散文、一首诗歌也是一份贡献也是一份责任，只是他们没往深处想过。许多写不出好作品，与他的不够执着有关。吕芳菲也一样，兴致来了，写首小诗，怡情。

许多以为送赵三去智障学校得费一番功夫，没想到出人意料地轻而易举。许多的引子还是香烟，拿在手上一晃赵三就贴上来了。许多给赵三点上烟。赵三一吞一吐，脸上露出傻笑。等赵三抽完一根烟。

许多指指小车说：要不要上车，带你兜圈玩。

赵三立即上了车，许多和吕芳菲跟着上车。许多回头看，见赵三的父母趔趄着向前，他母亲抹着泪。许多事前跟赵三的父母谈送赵三去智障学校的事，赵三的父亲同意，母亲不同意。母亲是舍不下心来，十六年，赵三未曾离开过她身边，走出过团结村。赵三也是上过学的，在村子里读的小学，虽然是个智障者，但也能认得些字，显浅的数也会算算。但毕竟是个智障者，学习成绩自然不忍心看。令父母难受的是，赵三常常被一些调皮的学生欺负，大的欺负，小的也欺负。老师管是管了，却不能时刻管着。父母心疼，就不让赵三上学了，留在身边眼前看着，趁墟走亲戚什么的，也不带赵三出村。赵三的世界，定格在团结村。许多去了赵三家三次，才说通他母亲。

许多和赵三坐在车后座。赵三摸许多的裤袋要香烟。许多推开他的手，指着车窗外说你看。赵三转脸看。

小车已出了村，赵三看到了从未见过的景象，惊叫起来："你看呐，树木、田野、庄稼在奔跑!"许多顺着赵三的话，也装着惊叫起来。赵三说："它们没有脚耶，怎么会奔跑呢?"许多继续顺着他的话："是耶，好奇怪。"

赵三被一幕幕陌生的世界定格住。许多想，此时的赵三脑子里想些什么呢。许多想不出，一个智障的人与正常的想法应该有所不同吧。

许多想的是，到了智障学校如何能让赵三留下来。习惯了的生活环境、从未离开个父母、团结村的赵三，到时吵闹着不肯留下怎么办?

车行了一个半左右小时，到了智障学校，这是一家公益性学校。为赵三的事，许多没有通过别人，自己直接去找校长，校长二话没说答应了。

车开进校园。下车后，许多拉住赵三的手，怕他像在村子时见了陌生人就跑。但又出许多意料之外，赵三见到学生们竟然兴奋起来，挣脱许多的手向几个围在一起的学生跑去。

许多怔住了，吕芳菲也怔住了。

吕芳菲说：物以类聚?

物以类聚?许多觉得用词不当，可又找不到恰当的词。

许多让吕芳菲看着赵三，他去找校长。

校长叫上一位老师，跟许多去见赵三。

赵三就这么留在智障学校。

后来的两年期间，赵三假期、年节、回家、上学由许多或派人接送。结业后到一家酒店做点心师。

一天上午，许多敲郑东良办公室的门，里面传出声音：进来。

许多推开门，郑东良在敲电脑，头也不抬。

许多说：郑镇长大忙人呐。

郑东良抬起头见是许多，说："哟，是许大局长啊，"边起身边指着木椅沙发说，"坐坐坐。"

许多与他并不熟，来挂点团结村之前，不曾见过郑东良。郑东良任镇长不到一年，之前在县一个局任副局长。两人或者有个交集，比如参加某个会议，但因为没有接触过，彼此算是不认识。

许多说：忙什么呢。

郑东良说：天天忙，总也忙不完。

这是实话，许多知道，现在做一个部门的负责人，除非你不想作为，要作为，必定有忙不完的事。

郑东良说：大驾光临，有何贵干？

"无事不登三宝殿。"许多笑道，"我就直说了。"

许多将赵光的光景及他提出的要求说了，说：能不能在工业园给赵光找个门卫岗位？

郑东良嘶了一声，牙痛似的，说：腿残，做门卫，若是有人盗窃工厂的东西，追不上不说，恐怕拦也拦不住。

赵伟找过郑东良，他也跟赵伟这么说。

许多说：郑镇长，安排他值日班，日班人进人出的，有可疑人，查问一下，不会出什么大差错。

郑东良给许多斟一杯茶，说：要不，你去找找哪家工厂要人？

许多说：他们又不认识我，我去算老几啊。你是土地神，管一方水土，就算他们不理你，也得给几分面子吧。

郑东良说：这事真不好办。

许多说：好不好办你看着办吧，到时赵光脱不了贫，责任我有，但主责是你们镇政府。

许多的话有点耍赖了，郑东良看着许多，一时张不了嘴。

许多笑道：我像个无赖是吧，不过话说回来，都是为了解决困难户的诉求，特殊情况特殊处理嘛。

郑东良叹了口气：好吧，我试试，谁叫这个什么赵光的在我的地头呢。

许多一听这话，立即起身，说："我想起有点急事，日后再烦劳镇长。"说完大步离开郑东良的办公室。

“哎呀。”郑东良的话声追着许多，“我不敢保证哟!”

不出几天，赵光到一家工厂上班，做门卫。

赵光见了许多，很是感激，没说话，给许多鞠了一躬。

红树林村并没有红树林。北部湾沿海有许多红树，多半散落不成林，海风镇海岸线有九公里多，靠港口码头的东面有一片二十多亩的红树林，小有名气，许多人慕名而来，看那一丛连一丛、高高低低、枝繁叶茂郁郁葱葱的青绿，与大海的蓝连接；看浸漫于海水下红树林根部的小鱼穿游、隐约于海水与海泥的鲦鱼和贝类，还有一些认得认不得的海生物；看红树林枝丫间的鸟巢和被人声惊扰的飞鸟……

红树林村并不挨海，当然没有红树林，却叫红树林村。一些村名有来历，一些村名无解，像许多的村，叫作那梭。一辈辈地问下来，哪一辈都说不出缘由。

许多还错觉红树林村有红树林呢。树倒是有，是高高的木麻黄，你不搭理我，我不搭理你，老死不来往的样子，都铁骨铮铮的。的确，木麻黄树，是材质坚重的树种，抗风力强，耐生烂生，在粤西沿海一带，种植以防台风。以拟人的说法，一个字：犟!

许多坐赵伟的摩托车，再次来红树林村见巫生。前三次来，工作没做下来，脱贫容不得有人不想脱贫，这个巫生就是这么个角色，用正话说，是个钉子户，用懒人的话说，赖活着听不进人话，一副死猪不怕烫的模样，赖皮赖到底了。与人打架残了一只眼，全世界都欠他的了。

摩托车停在路巷边，许多和赵伟进了巫生家的院子。一张网床，一头绑在一棵海麻树上，另一头也绑在海麻树上，巫生躺进里去，像被网猎的一只动物，还是挣扎得没丝儿气力的那种，等待猎人的到来。

海麻树树叶巴掌大，没风的时候，像手一样轻轻地摆动着，有风的时候，拍起了巴掌。啪啪啪，拍响了，像欢迎许多和赵伟的到来。

两人到了网床前，巫生像一头沉睡的猪。赵伟踹了巫生一脚，巫生颤了一下，睁开两只眼，右眼黑左眼白。黑的大白的小，黑的白的都浑浊。巫生见是许多和赵伟，躺着不动。

巫生闭上黑白眼，说：你们烦不烦。

赵伟又踹了巫生一脚，大声说：起来。

巫生懒洋洋地爬出网床，伸一个懒腰，打了两个哈欠，不正脸对许多和赵伟。

三人站着。

许多说：上一次跟你说的，你考虑好了没有？

上次许多让巫生像赵光，去工厂做门卫。

当时巫生说：没意思，我不想做一只看门狗。

赵伟说：这也不想做那也不想做，你想做什么你说说。

巫生说：我觉得现在挺好的，一日三餐饿不着，为何要去找苦吃。

巫生靠拿低保、残疾补贴、耕地补贴费等生活，吃个半饱没问题，却家徒四壁。

许多说：你这样下去，总有一天饭都没得吃。

巫生说：大不了再去讨呗。

许多、赵伟一时出不来声。巫生七岁时父母一年内相继病逝，成了一个孤儿，村子小，吃不了百家饭，到镇上讨饭为生。书没读上，长大了没本事，在镇子混，打架斗殴，左眼就是被打残的。眼残后想着讨不到老婆，更是自暴自弃。

许多说：你也三十出头了，不考虑眼前也得想着今后。

“嘁。”巫生说，“今天和明天有两样吗？哎，我听说了，贫困户一人可分得二万元，钱呢？尽快给我送来。”

赵伟说：二万元不是拿来分的，是用来投资项目，日后分红的。

“嘁！”巫生晃着头说，“项目项目，过去扶贫投资的项目有几个有效益的？一毛钱都分不到。”

巫生是老扶贫户，一路扶下来，见得多了。的确，以前弄的项目，就是弄一个形式，多半要么半途而废，要么无疾而终。养青蛙啦养蛇啦什么的，没有技术指导，一年半载的，蛙池蛇窝就荒废了。

赵伟说：我听说你还去赌钱，你这是找死。

巫生说：哪有钱去赌？闲得慌找个乐罢了。

赵伟气得脸青，许多的脸也青着。这个巫生，软硬不吃，真的拿他没办法。

许多和赵伟再说下去也无用，转身出门离开。

巫生在背后喊：给我找个女人，一切都会好起来。

许多和赵伟没回应，出了门上了摩托车。

赵伟说：要不是要完成脱贫任务，这种硬茬，我才不屑咬上一口呢。

许多说：希望他有醒悟的一天吧。

赵伟说：做梦吧，咸鱼能翻身？

水口村的孟仲明给许多打电话，说包鱼塘的事孟觉还在拖着不签约。

许多说这个孟觉！我找个时间再去见他。

水口塘村村前右侧有一口天然山塘，六七亩水域，原来是村里养鱼，管理不善，早几年放任不管了。许多和赵伟到水口塘村见孟仲明，问他有什么想法时，孟仲明带他们去山塘，说想承包山塘养鱼。面对山塘，许多心里感慨，现在的山塘不多了。小时候，许多的村四围都有山塘，有七八口呢，现在一口都没有了。经年累月，水土流失，没人在意，甚至有人故意填了，与田地一样了，种上了庄稼。“唯地是图”，破坏了生态环境，但村里没有人觉得失去什么，麻木不仁了。许多痛心，在村人面前不好说什么，又有谁听得入耳呢。

孟仲明，是贫困户中有想法的人，许多第一次见他问有什么想法时，他脱口而出说想承包村前的山塘。许多心里高兴，当即去找孟觉。孟觉却支吾地推搪，说山塘里有鱼呢，不用人工放养。山塘有鱼不错，却是一些杂七杂八的鱼，瘦不拉几的，一年下来，叫人捕捞都没人肯花气力。许多说了几次，孟觉答应了，却还是拖着。

孟仲明是父母中年得的子，高中毕业没考上大学，上的是中专，专业是养殖，毕业后到邻县给一个承包大水库养鱼的老板打工，工资待遇不错。打工的第三年，说突然不突然，母亲走了。母亲生他的时候大出血，留哮喘的病根，常年病恹恹的，因为家里穷，她又不肯去医治，一口气没喘过来，就撒手而去。也不过七十多岁呢。

孟仲明回来送母亲上路，过了头七又返回养殖场工作。

本来，父亲的身体挺好的，母亲一走，便日渐枯老，心思重了，常常打电话给孟仲明，叨唠这叨唠那。孟仲明听出来，辞去工作回家陪老父。

回到水口村这么小的村子，孟仲明的书算是白读了，没法伸展拳脚。几亩薄地，能种出一番天地来？也就仅能填饱父子俩的肚子。父亲一天天枯老，病也跟着来，虽不是什么大病，但下不了地，而且要经常看医生抓药吃，家境就直落千尺，陷入了贫困。

孟仲明想施展拳脚，却没有场所。他是盯上了村前的山塘，几亩水域，若是能承包下来，日积月累，也是可以走出贫穷的。跟老父说他的想法，老父摇头叹气。

老父与孟觉结下梁子孟仲明知道，在他十一岁时，父亲与孟觉因一件小事争吵，父亲一时冲动刮了孟觉一耳光，这仇一记就十多年，不可调和。

这事赵伟听说了，也就跟许多说了。

许多到海风镇，没到团结村委会叫上赵伟，直接去了水口塘村找孟觉。孟觉不在家，他老婆说趁墟去了。

许多问孟觉老婆要电话，给打了，说：我现在在你家，你是在镇墟等我还是回来？

孟觉说：我正要回去，你等我，十分钟到家。

孟觉家是两层楼房，院子有五百平方米左右，入门左边是龙眼树，右边是荔枝树，荔枝树上挂满荔枝，果子青青，再过一个月，将成熟变红，上市。龙眼树上花已谢，挂小果粒了。岭南两大名果龙眼和荔枝，季节相跟着，荔枝上市，将断市的时候，龙眼成熟，吃完荔枝吃龙眼，几个月，是人们一年间最有口福的时期。

许多和孟觉的老婆坐在龙眼树下，有一搭没一搭说着话。

听到摩托车响，孟觉进了院子。摩托停在荔枝树下，下车朝龙眼树过来，边走边说：不好意思，让许局久等了。然后给老婆丢个眼色，他老婆离开，不是入屋里，是往院子门外走。

许多说：孟主任，我不是你的现管，本该不是我来找你，但既然原先跟你谈过，我想你不计较吧？那就直奔主题，村前的那口山塘，到底租不租给孟仲明？

孟觉勾下头不接话。

许多说：主任，应该大事小事事事为村民着想，对吧？有人群的地方，人与人之间，哪个没摩擦没矛盾，又不是杀人放火，十冤九仇，记恨得过来吗？男人大丈夫应该有胸襟，你这样会让人看不起的。

后一句话说得有点重，但许多故意说重了，不重，孟觉听不进耳。

孟觉抬起头，望着许多说：好吧，召开村民会，讨论一下。

许多说：这就对了嘛。

第三天，孟觉给许多打电话，说村人同意孟仲明承包山塘。

赵杰和赵毕来的羊舍是一座三间瓦房改造而成。三间瓦房的主人叫赵阳春，是赵毕来的堂叔，在县城做小生意，有了钱在县城买了一套楼房，又在村子建了两层楼，瓦房空置没人住。赵伟打过瓦房的主意，找赵阳春献出来给一家危房困难户。赵阳春不愿意，说那瓦房也是危房，谁住进去，瓦房若塌了死了人他就得赔人命了。其实，瓦房硬朗呢，人家不愿意，赵伟也没话说。许多去找赵阳春，赵阳春开始也不肯让出瓦房，后来知道许多的身份，就答应了。赵阳春的老婆不满地说，一分钱不给，你就给人家了，城里拆迁还赔钱呢。赵阳春说毕来也算是亲人，你好意思开口问毕来要钱啊。他老婆说，明显是政府要的嘛，政府赔。赵阳春说跟你说不明白。

一个春光明媚的上午，陈新送来 80 只羊羔。

陈新坐一辆奔驰在前，拉羊的大车跟在后。许多、吕芳菲和团结村村委会成员在村口相迎。陈新到了许多他们跟前停车下来，跟着下车的还有一位肩上扛着摄影机的年轻人。陈新和许多他们一一握手。年轻人拍摄。陈新与许多握手时小声说，你怎么没拉个欢迎横幅。陈新打电话给许多时提出要做个“欢迎横幅”，许多回应时模棱两可。许多也小声说我想来想去还是不弄好。陈新还要说什么，许多说我们领路，你们跟着。陈新的脸有点黑，明显的不满。

赵伟他们几辆摩托车、吕芳菲和许多的公车、陈新的奔驰、拉羊的大车相跟着前往羊舍。

赵杰和赵毕来在等着，脸笑得灿烂，像春光明媚下的两朵向日葵。

卸羊羔时来了二十多个村民。场面热热闹闹。年轻人的摄影机不断地转换着镜头。陈新脸上露出了光彩。

许多真看不惯陈新的做派。做善事的人有两类，一类默不作声，一类张张扬扬。许多不喜欢后一类。

许多不喜欢陈新的做派，但毕竟，人家是做了件大好事的，对社会是有贡献的，张扬一下不算过分。这么想，与陈新并排站在一起的许多，将手搭在他的肩上，表现一分亲热。

陈新感觉到了，说：许多啊，我知道你怎么想我，可我就这么个性格。

许多说：有这么一句话，人过留名雁过留声，你的善举，人们会记住的。

陈新想了想，说：你说的也是，不过，我想弄个自传，留给子孙看也不过分吧。

“不过分。”许多说：“你真盯住我不放啊？”

陈新说：我们是击过掌说过“一言既出、五马分尸”的。

许多笑道：我记得我们没有击掌吧。

陈新说：击了的，你想要赖？

许多举起双手做投降状。

两个人的对话，没人听见，所有人都在帮忙抱羊羔。是的，羊羔是一只一只抱下车，传递往羊舍送。

咩声入耳，如一春水细流，如天际传来一首歌，绵绵长长。陈新还在说什么，已不能入许多的耳了，咩声让他穿越时空，回到童年。童年时的生产队，放养一群黑山羊，一个驼背的青年负责放羊。羊出舍来，羊声一片，高高低低的悦耳，给乡村带来祥和愉悦。头羊一定是走在最前面的，它昂着头，引领羊群走向某一片杂树丛林，一天换一次杂树丛林，不用人引导。头羊的悟性如人的一样，懂得如何安排每一天的生活。那时许多就会想了，这头羊真是了不得。

抱完羊，大家挤在羊舍门口看，叽叽喳喳地说话，听不清一句完整话，似乎在与羊羔谈话。许多看见一个背景，认出是林栋。林栋什么时候到来的，许多一点都没感知。许多想起林栋那天在摩托车维修档问他的话：今年列我为脱贫户？许多没有来得及回答，的确是，林栋是被告知脱贫，而且脱贫了。林栋也有从众心理，脱贫了，以后就没人关注了。那一次十多个人跑到村委会去，表达了都不想脱贫的理由，林栋不在其中。在想与不想之中，许多喜欢想脱贫的人，更喜欢想与不想之中勤快的人，林栋是其中之一。在帮扶规划的重点户中，有林栋，只是许多没问他有何想法，长谈过一次。

挤在羊舍门口的人散去时，林栋远远看了许多一眼，那一眼可以是埋怨，许多是见过的，被脱贫的人，看许多时，几乎没有不埋怨的。好似是许多自作主张抛弃了他们，像一对正在谈情说爱的男女，男的或女的，突然遭到抛弃。这其中，说起来，话事权在赵伟，或者说在赵伟和他的委员们，许多的角色只是一个监督。但脱了贫的，冲着许多来，因为许多是县里来的，是当官的，赵伟他们不算。

林栋的眼里，没有埋怨，是渴求。许多读懂了林栋的眼神，这是一个想跟上时代步伐、身残志不残的年轻人。

许多在镇子招待陈新吃午餐。海风镇西望大海，上桌菜却不是海鲜大餐，是本地风小食。陈新看着失望，吃时却满脸红光，啧啧称好吃。说："许多呀，你这人总是不按常理出牌，令人失望不得高兴不得。"

许多说：一个人只懂饕餮盛宴不懂食之味、甘之饴，只能是一个吃货，不是上等吃客。你看你，大腹便便，怕是三高了罢。

陈新呵呵笑，对吕芳菲和赵伟说：你们待在许多身边时间长了，会不会左右为难？

吕芳菲笑笑，不说话。

赵伟说：我才不管他那一套，随心所欲最好。

吕芳菲只笑笑，不出声。

许多说：我就那么一说，能左右的是我自己。

午餐吃得开心。

送走陈新后，赵伟回团结村，许多和吕芳菲去见林栋。林栋不在修理档。许多说去他家。吕芳菲掉转车，去竹林村。

竹林村名副其实，村子被竹林包围着，远远望去，只见竹林，不见房子。

竹林村十余户人家，最高的房子是二层楼，也仅有两座。

小车进了村巷子，林栋骑着摩托车迎面而来，许多头伸出车窗，林栋见了停下车，笑着脸迎着。小车到了林栋身边，许多说回家，我们聊聊。林栋掉头前行。

林栋的三间旧瓦房前左边有一棵龙眼树，树下摆有凳椅。许多、吕芳菲、林栋坐下呈三角形。坐下的林栋又起身进屋去，出来时身后跟着他母亲。

林栋的母亲已满头银发，脸色有些苍白。许多想：岁月沧桑。林栋的母亲笑着脸，与林栋的笑像是孪生。

林栋的长相似他母亲。

许多搬过椅子让林栋的母亲坐。

老人家说：难得两位领导来家坐坐。

许多说：老人家身体无恙吧。

老人家说：你说什么？

许多笑道：您身体可好。

老人家说：托你的福，好着呢。

林栋说：倒是没啥大毛病，就是雨天时喊腿痛，行动不方便，走不远，出不了村子呢。

老人家说：老了老了，哪有没这痛那痛的。

许多说：林栋，我来得有点迟，我想知道你有什么想法，或者说打算。

林栋说：除了种地、修摩托车，其他的不会。哦，我也会放羊。

许多笑了，吕芳菲笑了，林栋也笑了。

许多说：给赵杰、赵毕来弄羊羔，是试着养，还不知水深水浅呢，有点摸着石头过河的意思，你明白吗？

林栋说：成本别人出，无风险。

许多说：你的想法不对，别人的成本也是成本，弄不好连成本都亏了，对不起自己，也对不起别人。

林栋说：是这个理，不过我想这养羊是一条正道。

许多说：人的一生，前面的正道有许多，你修摩托，目前也是个热门。你有没有想过自己开一个档口？

林栋说："想也没用，手头没钱买设备。"许多说："无息贷款你接不接受？"林栋想了一会儿，点点头说："可以。"

许多说：那好，我来帮你弄。

林栋的母亲突然插话：你们说什么我听不懂。

吕芳菲说：你儿子要做老板啦。

老人家说：说得我糊涂了，栋儿能做老板？

许多说：现在老板多得是，你儿子怎么不能？

林栋说：妈，以后我不给别人打工，自己给自己打工。

老人家说：越说我越糊涂，给自己打工也是老板啊。

许多笑了，吕芳菲笑了，林栋笑了。

老人家也笑了，说：你们都笑了，商量的是好事儿。

老人竟然没往大家笑话她方面想，而是这么想，这糊涂不是真糊涂。

说话间，一阵风吹来，将话题吹断了，从竹林传来竹语：沙沙沙沙，沙沙沙，沙沙，沙；沙，沙沙，沙沙沙，沙沙沙沙；沙……许多一下子跌入醉境：吴侬细语，耳根酥痒，身处其中，聆听着天籁之音。而吕芳菲想起一句诗：宁可食无肉，不可居无竹。林栋母子俩呆呆地看看呆似的许多和吕芳菲，他们怎么啦，中邪了吗？

第六章　一见如故

赵伟问吕芳菲：许局有十多天没来了，是不是局里工作忙？

吕芳菲说：他感冒，重感冒。他很少感冒，一感冒就像得了大病，得半个月甚至一个月才好利索。

赵伟说：哦。

吕芳说：赵书记有事你给他打个电话。

赵伟说：没事，他这么长时间没下来我都不习惯了。

许多一个星期一般有一次到团结村，特殊时期下来二三次，像个扶贫驻村干部。

吕芳菲说：哪个单位的一把手像他，一有空就跑下来。单位的工作一团麻呢，也是要理清的，以后呀，你要习惯了。

赵伟说：我明白。他跟我说村搞合作的事，这事天天过，我好伤脑筋，我想不出好点子。

提起合作社，吕芳菲想起桃江镇桃江村，说：桃江镇桃江村的合作社是个榜样，赵书记可抽个时间去看看。

赵伟说：我去看过了，也调查了解过，桃江村与我们村的情况不一样，桃江村外出打工的人不多，劳力上有保证。我们村呢，空巢人家、孤寡老人、留守儿童多，劳力严重不足。平时，要开个全村户主会议，来的不到五六成。

吕芳菲说：这是一个问题，是得费脑子了。

吕芳菲和赵伟正说着曹操，曹操到了。

赵伟见了许多，心里高兴，脸上不露出来，问：病好了？

许多说：没事。

鼻音有点重，显然没好利索。

吕芳菲问：多哥怎么下来的？

许多说：跟别的单位车。进门时听伟哥说伤脑筋什么的，伤得重不重？

吕芳菲说：跟伟哥说合作社的事呢，伟哥正愁着呢，念叨你。

许多说：我们去看看。

赵伟说：看什么？

许多说：看看村的土地结构，看能不能治好你的脑子。

赵伟连连眨眼，似乎没听明白。

吕芳菲说：今天要抓紧时间录入资料，我就不跟着去了。

许多和赵伟下了办公楼，擦着村子边走边说话。一个老人蹒跚着迎面而来，许多认出是帮扶的其中一户五保户，却叫不出名来。所帮扶的五保户共五户，许多都是探访过的，因为他们脱贫是政府兜底，所以工作上没花更多的心思，探访时聊些暖心话就过去了。所以人是认得的，名字忘记了。

老人走到了许多、赵伟的跟前，许多先出声问候：“老人家可安好？”老人的脸沟沟壑壑，看不出表情，说：“托你的福，吃得饱餐睡得安稳。我冒昧问一句：听说这次扶贫，按人头平均下来，有二万多元？”

许多静了一下，老人的话，早在民众中传开了。的确，脱贫攻坚战的资金投入力度够大，但平均每人二万多元，并不是分到个人手里，是用来投资项目、改造危房、铺设村路等等的费用，目标是长远的，让贫困的人脱贫不再返贫。

许多说：老人家，是这样，资金呢，是由政府安排的，像您新近搬入的平楼，就是用这笔资金建的。再有，村东建的光伏发电站也是。电站建成后盈利了，每人都有分红的，您听得明白吗？

老人说：原来是这样，不过我呀，怕是活不了几年，给我两万，心里踏实。

许多说：没有规矩就没有方圆是不是？两万元，发一些人家的手上，怕是不到一年就花光了，人啊，不能只盯住脚拇指，得抬起头看远些是不是？

老人想了想，唔了一声，说：你们是好人。

与老人别过，许多、赵伟继续往村外走。上午的阳光大亮大亮，两人移动的影子在路边野花青草上行走。

赵伟问：你对光伏发电怎么看，有前景吗？

许多说：事在人为，经营得好，会带来收益，经营不好那就不好说，我们现在想搞合作社也一样。桃江村的合作社造福村民了，我们不能依样画葫芦，要因地制宜。

赵伟说：是啊，我调查村中部分人，有的说行，有的说不行，有的没态度。

两人出了村西，面对一片甘蔗林。

春天的甘蔗正在长苗，还没过膝高，放眼远眺尽收眼中，面对的仿佛是一片绿色的小海，绿叶在风中的晃动如海的波澜，刹那间令人心旷神怡。

甘蔗是雷州半岛传统的农作物之一，分田到户后，大面积种植，成了全国重点产糖基地，农民也就很快从半饱半饿困境中到达温饱。但随着社会迅速发展的脚步，跟不上了，被远远地抛开了。

许多用手划了一圈，问：有多少亩？

赵伟说：六百多亩。

许多说：嗯。可以。

赵伟说：问题不是可不可以，是怎么弄。

许多说：找一个老板来投资。

赵伟等许多说下去。许多说：团结村最大问题不是劳力不足吗？让老板参与进来，技术上让他找人，劳力不足让他雇工。雇工方面，团结村周边的人优先，缺口让他想法子来补。

赵伟说：你说的我脑子有点乱，容我理理。

许多说：理清后不要一家一户的征求意见，那样会公说公的理婆说婆的理，意见很难统一。召开村民大会，当面锣对鼓说开，让大家讨论出一个多数人认可的结果来。

赵伟说：如果我们认可老板不认可呢？

许多说：再沟通，直到双方认可。

赵伟说：想着就头痛。

许多笑道：你当初回来整顿村风也头痛吧？你的那股劲那股气哪去了？那时那个伟哥哪去了？

许多的话带着批评或者是一种提醒，赵伟心里都有点委屈，从放弃城里工作和生活回村，一直没有泄气，只是与那些歪风邪气对决，是硬对硬，他是个吃硬不吃软的人，遇上硬的不怕，遇上软的有时左右为难。村风不正，是少数人在作怪，有人站出来呼唤一声，正气就竖起来了，邪不压正嘛，这是硬道理。而眼前所遇到的，不是呼一声就可以的，你画一个饼，这个饼蒸出来是不是真饼，是香是臭，谁也不敢保证。

赵伟说：赵伟还是那个赵伟，但彼事不同于此事，有的事不是一股劲一股气就能干好的，是这么个理吧。

许多静了一会儿才说：是这么个理，刚才我说的话，你梳理梳理，理清了，开村民大会。

赵伟问：你找到老板了？

许多说：你们村外出的有没有大老板？

赵伟说：没有成气候的。

春节前，许多接到家乡旁岭镇政府的电话，回去参加一个商议会。所谓商议会就是召集一些有身份的人提建议，美其名是出谋献策，如何建设好家乡。许多知道，每年的商议会，除了邀请本土的乡贤商家，科局级职位以上的人也在被邀请之列。之前，许多没参加过旁岭镇的商议会，他的职位没到级别。许多本想不回去，父母不在了，大哥和三弟在外工作，回去也只在镇政府吃一餐饭，至于出谋献策，多一人少一人不会影响“商议”。但临时还是回了，毕竟，那块水土，是生他养他的，也是有父母般的恩情。

回来十个大大小小老总，回来十二个科局级领导，加上镇党政领导班子，二十多人围一张大圆桌。会议开始，镇委书记一一做了介绍。当书记手掌伸向一位大老板、说出他名字时，许多很认真地看着他，并且，心里一动：汪丰！大名鼎鼎、久闻其名。一个身家几十亿身家的大商人。汪丰不是本镇人，何以也坐在会议桌上？会后才知道，汪丰是本县在省城的商会会长，全县所有镇召开类似“商务”的会议，都向他发出邀请，他到不到是另一回事。汪丰四十多岁，清清秀秀，文文雅雅，不像个大公司老总，像个文人。书记介绍许多时，汪丰看了看他，脸上有笑容。

午餐在镇政府食堂吃，围了两桌，镇政府书记、镇长作陪，同老总们坐一桌，刚好十二人。许多他们“科局”级的，围一桌，也是十二人。

不喝酒，以茶代酒。喝茶也碰杯。喜欢热闹的人频频起身，碰这个碰那个。许多碰过一次就坐定不主动起身了，有人要跟他碰才起身。不知道许多性格的人，会以为他傲慢，实际上他是个在人多的场合不喜欢客套的人。

许多背对老总们的那一桌，那边武声武气的热闹，他偶尔转一下脸看上一眼。其实，许多也沉浸在热闹的气氛中。

同桌的对面几个站了起来，跟着其他人也站了起来，许多明白有老总过来了也站起来。许多刚站长直，一只手搭在他肩上，侧头一看：是汪丰。

“哎哟。”许多边举杯边说：“汪总。”

汪总说：敬许局一杯。

许多忙说：我敬汪总。

汪总说：今日见到许局我开心。

这话听着，许多真有点受宠若惊了，说：久仰汪总大名，今日得见，真是三生有幸。

话一说完，许多心里一惊，别人这般说，听着很不受用，自己竟然也说得来。这不能怪许多，人啊，在某种场合，往往言不由衷。

汪丰笑道：许局脸都红了，我知道你是什么人了。

许多尴尬地笑笑。

汪丰拿一张名片给许多。许多说我没带名片，其实许多没名片。有人问汪丰要名片，汪丰说不好意思，身上没有了。举杯："敬各位一杯。"一桌人高声说："敬汪总!"

许多心里装着合作社的事，偶遇汪丰，当时脑海里就那么一闪，可不可以拉上他呢。大老板啊，会尿你一个芝麻官？商议会后，许多老想着这个问题，却一直不敢给汪丰打电话，春节假日都没过好，老婆说："你丢了魂了吗？"

与赵伟看完地的当晚，许多不得不硬着头皮给汪丰打电话了。接通，许多的声音有点打战，说："汪总好，我是许多。"

汪丰大声说：我等着你的电话呢。

汪丰这么一说，许多一时不知怎么说了，只是心一暖。

汪丰说：你怎么不说话了？

许多说：不好意思，我有点走神。

汪丰说：不会是走神，你是有事要找我，不知道怎么开口吧。

许多语塞了，的确是，求人的事，口难开。

汪丰说：我不喜欢蘑菇哦。

许多平静一下心情说：我明天上省城，想见一下你。

汪丰说：好呀，到了给我电话。

许多说：谢谢汪总。

汪丰说：你又来了，老这样，我不高兴哦。

许多说：那好，明天见。

两人在汪丰的办公室见面，汪丰没有握许多的手，而是拥抱一下，像见到久违老朋友一样。许多有些感动，一时找不到适合的话说。

汪丰的办公楼没有像许多想象的那样高大阔气，而是典雅精致，纯粹的中国风格。

两人面对面坐下。汪丰煮水、洗茶、斟茶。

许多说：我来我来。

汪丰说：你坐好，我是主你是客，哪有你来的份。

汪丰见许多略显拘谨，微笑着说：多哥，饮茶。

一声多哥，许多的拘谨去了一半。没有大老板的作态，许多倍感亲切。

许多说：汪总是个性情中人。

汪丰说：天生的性子，人嘛，按着自己的性子活着舒坦。你呀，不是平时的你，放松点嘛。

许多笑笑，说："汪总的眼毒。"说完，许多就完全放松了。

两人闲扯，东南西北。

汪丰将话扯到文学上，汪丰说：你知道吗，小时候我的志向是长大了做一名作家，一不小心做了商人。

许多说：我小时候的志向是当将军，一不小心，头上被戴上局长的帽子。

两人都笑了。

许多说起团结村的事，细细地说了近半个钟头。汪丰认真听着。

许多说完，汪丰开玩笑说：你像一名公社书记。

许多笑道：又是一个不小心啊。

汪丰认真说：多数农村的确还处于落后状况，是跟不上改革开放的步子，是要改变改变了。这样，我抽个时间回去看看。

许多双手合掌，做一个拜托状。

在一家酒店吃晚餐的时候，汪丰又说起了文学，许多这才悟出，汪丰知道他写点东西，才一见如故。人的缘分，有时就是那么一个共同点，走到一起了。汪丰是怎么知道他写东西呢，没有问，问起来就俗了。

许多回来的第三天，汪丰给他打电话，说明天回来。

许多半晌说不出话来，他没想到汪丰如此快的作出了安排。

"喂喂喂。"汪丰以为信号不好。

许多激动地说：汪总我能听到，我在县城等着。

第二天中午，汪丰回到县城，入住一家酒店才给许多电话。许多到了酒店，见汪丰一个人，问：你自己开车？

汪丰笑道：不可以？

许多叹道：大老板啊，哪有自己开车的。

汪丰说：什么大老板，一个唯利是图的商人罢了。

许多说：有这么自己贬自己的吗？

汪丰笑道：你知道吗？我天性喜欢独来独往，常常梦着自己是一名独行客，手执一把剑，独行在青山空谷的古道上——“古道西风瘦马。”

“呵呵。”许多说：“浪迹天涯，劫富济贫、行侠仗义。”

汪丰说：“对，可梦归梦，不是现实，身不由己，赚了点钱。一个老总，在公司，员工见了点头哈腰，到了地方，官员闻风而来。哎，你不能给我刮风哦。”许多说明白。汪丰说：“我饿了，出去找个风味小店填肚子。”

许多说“民以食为天”，应该改为“人以食为天”。

出了酒店大厅，汪丰说：你的车呢？

许多说：我没车，哦，有，摩托车。

汪丰说：太好了，记不得有多少年不曾坐摩托了。

上了摩托车，许多说：汪总坐稳了。

汪丰说：废话，我是谁？我是侠客。

摩托车平稳地向前，汪丰两手搭在许多的肩上，说：现在一般人家都有车了，代个步也方便，你怎么……

许多说：早些年没钱买，现在年纪大了，不想学。眼前啊，真得买，要不，很不方便。

汪丰说：一个局长，没有车，我没见过。

摩托车到了一家“天下海鲜”饭店停下。

“哎，不对，不是说好了吗，吃风味小食。”

许多说：听我的，包你满意。

两人进了饭店上了二楼入一小房间。许多说：“汪总你坐，我出去点菜。”汪丰说：“叫服务员来嘛。”许多说看着好吃的点。

许多很快回来。

两人扯闲话，大约二十分钟，菜上来了。两样菜：一泥煲海鲜，一碟青菜。泥煲煮的是海鲜杂烩汤，有花虾、花蟹、膏蟹、蚝肉、瑶柱、鲍鱼、沙虫等，配杂菜碎叶。服务员一揭煲盖，鲜美的芳香散发开来，先扑鼻，后浸漫整个房间。

汪丰抽抽鼻子，鼻孔张大起来。他看看许多，又看泥煲，咽了咽口水，说：“平生不曾见过汤这么个搭配，不曾闻过如此喷鼻香的味道。”

许多边给汪丰盛汤边说：你吃了，还会说平生不曾吃过如此的美味。

汪丰说：我都垂涎“飞流直下三千尺”了。

汪丰用汤匙舀汤，送到嘴边吹了吹，小心入口，汤在口里溜了一下才吞下，叭叭嘴，说：“真香！没法形容！”

许多说：这般做法，没见过吧？没吃过吧？

汪丰说回家学着做。许多说学也白学，人家像武林高手，是有秘籍的。汪丰说：“也是啊，师傅一定是海边人，要不没这境界。”

许多说：对，我和他是朋友，要他教我，磨破嘴皮，就是不肯。

汪丰说：你不要怪他，为招来更多客人，哪个也不会将自己绝招传于他人，不要说你是他朋友，哪怕你是他的家人。

许多说：他也不用这道菜作为招牌，很好的朋友叫他做他才露这一手，一般人吃不上。

汪丰说：怪人！

这一餐汪丰吃得满面红光，连头发也跳起舞来。

回酒店的路上，汪丰说今晚还来。许多说：“看来你是企业家，还不是美食家，晚上重复吃，味觉肯定有落差了。”汪丰说：“也是啊，今晚吃什么呢？”许多说：“你想起吃什么就吃什么，到时再说。”汪丰笑道：“食色，性也，汪丰不及许多。”

隔天吃过早餐，许多和汪丰去团结村。许多在车上给赵伟打电话，让他等候。许多又唠叨团结村的事，汪丰却扯嗓子：面朝大海，春暖花开……

赵伟、赵得福、支芬、吕芳菲等人站在村委会门口的太阳下。

支芬问吕芳菲：许局找的哪儿的神仙？

吕芳菲说：不知道，前几天他去了一趟省城。

支芬说：希望来个慈善老板。

赵得福听了，说：喊，人家是来投资的，不是来行善的。

支芬说：这还要你说，怕来个与村人抢食的奸商。

赵得福有点生气，说：你个“猪粪”乱喷，像那些没觉悟的村民。

支芬说：本来就是么，我就是个村民，这几天我入家入户摸底，我摸底的人家，担心吃亏的不少。

摸底的事，是赵伟召开村委会作出的决定，将合作社的形式向村民说明，看看总体意见如何，的确如支芬说的那样，消极的想法不少。赵伟想说几句，小车到了。许多和汪丰下了车，赵伟几位伸头向车里望。他们以为汪丰是司机，老板还在车后座上。

许多微笑着说：“你们几位是鹅呀，脖子伸得那么长。”然后伸手向汪丰：“汪老总。”

汪丰伸出手，与赵伟几个一一握了握，握一个，许多按个说每个的姓名职务。

介绍完，汪丰说到地里看看。

不开车，跟着步行。汪丰、许多、赵伟并排走在前面，吕芳菲、赵得福、支芬他们跟在后面。

有村人看见了，站定下来目送。

汪丰问赵伟一些话，赵伟一一做了回答。

支芬小声跟吕芳菲说：老板好年轻啊，长相也好看，像个白脸先生。

吕芳菲笑笑，不回话。赵得福听见了，说：可惜你连半老徐娘也算不上了。

支芬说：你个死得福，再开口我撕了你的嘴。

赵得福说：我好怕。

许多回头看一眼，三个人不再出声。

一行人到了地头。汪丰望着绿绿的蔗苗，皱着眉说：这蔗苗都冒这般高了，毁了可惜吧。

赵伟说：是第四年的留头蔗了，上不了产量，成本都回不来。

留头蔗，汪丰听得懂，就是砍了的甘蔗，一二年可以不用挖除蔗头，蔗头自然长出新苗，这样可节减成本，而来年产量上影响也不大。这个蔗农都懂。汪丰也是农村生农村长的。四年还留头，是不可以的。

汪丰问：为什么要留四年？

赵伟说：都想不出种什么，新头老头，算算成本，收成差不多，就赖多一年。

汪丰说：不按时节、规律种植，就耽误农事，一步跟不上，步步落后。

赵伟说：这是目前农村普遍存在的问题，根源在于，大多数农户故步自封，走在传统种植的老路上，在收入上停步不前，生活上也就停步不前，所以年轻一代看不到希望，书读得好与读不好的都往外跑，造成劳力不足，就出现应付不了眼前事的局面，地里随意种上作物，拿政府一点土地补贴，把盼头寄托在外出打工的家人身上，外出混得好的，家里富裕些，混得不好的，家里人赖活着。

汪丰说：土地不能丢啊，土地才是农村的命脉。

赵伟说：对啊，所以，国家年年出政策助力农村加大改革力度，现在，又提出“乡村振兴”的大策略，我们这些最基层的干部，急啊。

汪丰问：村民对搞合作社的认识怎么样？

赵伟说：思想上还没达到统一，瞻前顾后。

汪丰说：这样，你们跟村民说，种火龙果的前期投入的资金全算我身上，三年的收益分配我不拿一分钱，三年后再商议。

赵伟说：这是天大的好事，可不能这样吧。

汪丰说：有什么能不能的，就这么定了。

汪丰的轻描淡写，赵伟还要说什么，站在他身边的许多扯了扯他，也就不说了。

汪丰说：技术人员我来找，劳力你们找，外出混得不好的，可以动员他们回来嘛。

赵伟说：按汪总的思路办。

汪丰跟赵伟说的在场所有人都听得清清楚楚。汪丰用一锤定音的方式拍定合作，许多没想到。许多想，赵伟他们应该也没想到。显然，汪丰如此的决定是有备而来的。

往回走的情形跟来时如出一辙，汪丰、许多、赵伟走在前，吕芳菲、赵得福、支芬他们随后。

汪丰跟赵伟说合作的一些细节，赵伟不断的唔唔。

支芬附在吕芳菲的耳边小声说：大老板。

吕芳菲点点头，说：我知道汪总是谁了。

支芬眨眨眼，说：汪总是汪总呗，还能是谁？

赵得福对支芬说：你不但是‘猪粪’还长个猪脑子，汪总姓汪，名呢？

支芬又眨眨眼，问吕芳菲：你知道汪总的名？

吕芳菲说：姓汪名丰。

支芬笑出声来，忙掩了嘴，说：你有没有搞错，歌星汪峰呐。

吕芳菲笑道：汪总的名是丰收的丰。

“哦。”支芬听明白了，“你怎么知道？”

赵得福插话：菲姐，你是说汪总是我们县的那个省城商会会长？

吕芳菲说：应该错不了。

赵得福说：那真是大老板，许局怎么能请得动他？

吕芳菲说：你问我，我问谁？

支芬说：我没听懂。

赵得福说，人说人话，猪怎么听得懂？

支芬生气了，伸手要撕赵得福的嘴。赵得福侧身躲。

吕芳菲说：福哥，玩笑不要过分。

支芬说：就是，太过分了。

赵得福说：给你道歉，对不起。

支芬说：以后再说，跟你势不两立！

吕芳菲笑了，赵得福也笑了，支芬也笑了。笑而无声。

回到村委会，到了吃饭时间。许多跟赵伟说去镇子。汪丰说不急，到办公室看看。就相跟着上了二楼办公室。

汪丰不坐，瞧瞧这瞧瞧那。大家也不坐，跟着他瞧。汪丰只说声挺好的，就没话了。赵伟说没什么好看的，去吃午饭。汪丰说好的。

许多和赵伟坐汪丰的车，赵得福和支芬坐吕芳菲的车，赵桥、谷小花没跟着去。

吕芳菲的车行前带路。

支芬说：这么大的老板自己开车，少见。

吕芳菲说：各人有各人的性格，不奇怪。

支芬说：看上去不像老板像个教授。

赵得福张了张嘴，话没说出来。赵得福对支芬说出的话基本没什么好话，刚才在回来的路上他看到支芬真生气了，现在再说，说不定支芬真要撕他的嘴。

吕芳菲说：汪总是个儒商。

支芬说听不懂。吕芳菲不做解释，她不能用一两句话跟支芬说清楚。

几句话工夫，车进了镇墟，拐了两拐，按事先安排好的在一家饭店门口停车。

下车，一行人鱼贯而入。腥味一下子将他们笼罩着。汪丰鼻子动了动，他不太适应这突如其来的味道，虽然海鲜的腥味他是熟识的，但如此的浓厚是第一次闻到。

上了二楼进了房间，汪丰鼻中的腥气还没完全散掉。汪丰表情正常，他懂得入乡随俗，客随主便。

上了一桌海鲜，显然是事先点好了的。坐在汪丰身边的许多侧问汪丰："要不要加菜?"汪丰说："不用，一大桌了。"

赵伟叫了酒，汪丰说开车不能喝，赵伟就撤了，问要不要饮料，汪丰说："我不要，你们有想要的自己来。"

没有人开口要饮料。

没有酒，台面上热闹不起来，扯着闲话，不到半个钟头饭局结束。

出了饭店，汪丰跟赵伟几个一一握了手，和许多上了车。

赵伟几个目送小车远去。赵得福说：汪总好似吃得不开心。

支芬说：是啊，没胃口似的，弄得我不敢放开吃。

赵伟不说话，一脸凝重。

吕芳菲：说你们真是见识少，一个大老板会计较一餐饭？鸡毛蒜皮的事都计较的人成不了大老板。

赵伟吐了一口气，说：菲姐说得对。

车不急不缓地行驶着。汪丰说：许局一直没给意见啊。

许多明白汪丰说的是合作社的事，说：我只是个搭线人，事是你与他们谈，我不好添话，一添话就站边了。

"呵呵。"汪丰说："你呀过于慎重了。现在，不算你站边，你说说看。"

许多说：我的初衷是双方合作互利共赢，你却是变相捐钱了。

汪丰说：我也按你们官方的话说上几句，我们这些商人抓住改革开放的契机，收获了红利，积累了一定的财富资产，而一部分人没跟上步伐，如团结村这般的农村还有很多，所以才有扶贫脱贫的政策。这是国家大事，我们有责任有所担当些。你不搭这个桥，我不会到团结村来，也会到别的村去。

许多说：谢谢。

汪丰说：你还跟我客气，我们已是朋友了，朋友说谢就生分了，再说我又不是为了你。

许多说：不是为了我才谢。

汪丰说：你说到这我没话好说了。

许多说：是你让我把话绕着说。

汪丰呵呵，许多呵呵。

汪丰问：赵伟这个人怎么样，看起来是忠厚人，也有能力。

许多将赵伟的情况说了一遍。

汪丰说：那我就放心了，要知道，我是没时间和精力盯住项目的，要有一个能做事又没有私心的人落实项目。曾经，我在一个村子弄一个项目，结果，投入的钱让几个村干部挖空心思把钱吞了，我把他们送进牢房。

许多说：我相信，人的贪念就像庄稼里的野草，拔了根还能生。

第七章　签约

汪丰回省城的第八天，赵伟收到他寄来的合同。

赵伟召开了村民大会，一一解释合同。多数村民认为是天大的好事，有几个嘀咕说，犁掉甘蔗种火龙果，那今年不是没收入了吗？赵伟给他们计算，脑子也就转过弯来。所有村民都在合同上签了字，并按了手印。

赵伟将一式两份的合同寄一份给汪丰。

吕芳菲参加了村民会议，许多没来参加。赵伟是有打电话给许多的，许多回答有事，让赵伟做主。许多想的是，自己不过是个挂点负责人，帮助想办法就可以了，要办的事由村民来操作。

签了合同的第二天，赵伟叫来拖拉机，将甘蔗地翻了。

汪丰遥控操作，人不到，火龙果苗、水泥柱、肥料等相继运到团结村。

许多在办公室处理文件，门被敲响，他说声进来，进来一个年轻女孩，短发，亮亮的眼睛，剑眉，若不是脸上有两个酒窝，十足一个男孩。许多望着女孩，用眼睛询问你是谁？女孩说我是汪总派来的技术员。哦，许多内心有些失望，当然不能表露出来，这不是个孩子吗，汪丰怎么想的，能胜任吗？许多心生疑虑，许多想村民也会心生疑虑。又想想，既然是汪丰找来的，应该不会错。

女孩说：我叫曾小婵，叫我小曾或小婵，都可以。

曾小婵说出的话带着甜味，听着甜到心里去。

许多脸上也就露出了笑，说：欢迎你的到来。

曾小婵来前，汪丰在电话上跟许多说，小曾是他公司的职员，工资由公司发，团结村给她一张床就可以了，不需付任何费用。

送曾小婵下团结村的车上，许多说：小曾，农村不比省城，你要吃苦了。

曾小婵说：我也是农村的，上的大学是农学院，歪打正着应聘到汪总的公司，这次叫我下来，说实在的，思想上有抵触，从小的愿望是离开农村到城市落根，愿望实现了，却又让我回到农村。心里有点不愿意，但既然是公司的职员，就得听公司的安排。

许多说：团结村要种几百亩火龙果。

曾小婵说：汪总跟我说了。他一定是看了我的档案，要不也不会指派我来。

许多听明白了，也就放心了。

到了团结村，吕芳菲、赵伟、赵得福、支芬几个见了曾小婵，眼神里果然露出怀疑。曾小婵看出来了，没说话，只笑笑。

曾小婵的宿舍在吕芳菲的隔壁，原来是杂物间，收拾干净，倒也看不出原来痕迹，大小，和吕芳菲的宿舍一样。吕芳菲和支芬带曾小婵到她的房间，帮忙整理行装。

赵伟问许多：这么年轻啊。

许多说：人家是农学院毕业的。再说，你不相信汪总吗？

赵伟说：你说得对。

许多说：好好侍候。赵伟说：一定一定。

晚上，吕芳菲房间亮着灯光，曾小婵房间也亮着灯光，阳台上昏黄的灯光不会言语，团结村委会楼静得一点儿声音都没有，可以用死寂来形容。死寂令第一晚入住的曾小婵身子发冷，她抱着双肩进了吕芳菲的房间。吕芳菲坐书桌前在一本大本子上写东西，听到动静，一转脸见了曾小婵，忙合了本子。

曾小婵说：菲姐写什么？脱贫资料吗。

吕芳菲笑笑，没有回答，说：小曾你坐。

吕芳菲房间除了她坐的椅子没有第二张，就坐到床上。吕芳菲挪一下椅子面对曾小婵，见她还抱着肩，说："你冷吗？"曾小婵说："是怕。好静啊，好似这世界只有我们两个人。"吕芳菲笑笑，说："之前只有我一人呢。"

曾小婵说：你不怕啊。换了我，不知会不会被吓死。

吕芳菲说：初时我也怕，慢慢就习惯了。

吕芳菲的话轻描淡写，实际上，当初住下的第一晚，她怕得哭了，给支芬打电话，要支芬来陪着过夜。支芬陪了她半个月，那恐惧才慢慢消失。

曾小婵说：村委会建在村中不好吗？为什么要离村几千百米呢？

吕芳菲说：谁知道呢。

曾小婵说：单位怎么派你一个女的来驻村呢。

吕芳菲说：我们单位两男三女，那个男的快退休了，也不懂电脑。

曾小婵说：想不到我也有今天。

吕芳菲说：你年轻。天降大任于斯人，必先苦其心志劳其筋骨。你的前途无量呐。

曾小婵说：我才不相信这般鬼话。天生苦命吧。

吕芳菲笑道：你刚刚踏上路呢，遇上一个坎坷就悲观？你们这代人啊，我真不明白心里的想法。这就是所谓的代沟吧。

“哎——”曾小婵说：“菲姐你这么驻村，爱人没意见？”

吕芳菲说：有又怎么样，没有又怎么样？既来之则安之。我看你呀，现在有点小情绪，日子一长，也会安静下来。

曾小婵说：这可说不定，或者明天我就逃跑了，做个叛徒。

吕芳菲又笑道：看你的面相，不像个叛徒。

曾小婵也笑：我是不是像电影里女一号？

吕芳菲说：对，女一号，大明星。

曾小婵说：我有自知之明，一个普通农村女孩罢了。

两人扯别的闲话，把夜往深处扯。

要休息的时候，曾小婵说：我不敢自己睡，和菲姐挤床。

吕芳菲想起与支芬挤床的那些夜晚，说：“可以呀。”又说：“我有点打呼噜哦。”

曾小婵说：我妈也打呼噜，我听惯了，像摇篮曲。嘻嘻。

吕芳菲心想，还真是个孩子。

团结村村西那片土地热闹起来。

许多没有来趁热闹。

许多有近两个月没到团结村了。这期间，他学驾驶考证。

一天抽空去市智障学校探望赵三。赵三见了许多像不认识似的看了他半晌。许多拿出香烟来，赵三也没动作。

许多问赵三：“你不认得我了？”赵三说：“我记不起你是我们村哪位叔了。”

许多看看身边的老师，指指脑袋。

老师明白许多要问什么，说："没事，他呀，学做点心可用心了，学会好几样花样呢。"许多说："那他……"老师说："不清楚，反正吧，挺乖的。"许多离开时，赵三在背后喊："叔叔，你什么时候带我回家看我爸妈?!"许多回过头来，说："等放假我来接你。"

赵三问："老师，什么时候放假?"老师说再过两个月。赵三问："两个月是几多天?"老师说六十天。"哦，"赵三说，"那么多天啊，我想我爸妈了。"

许多听见两人对话，眼睛有点湿。

许多开着自己的车下团结村时，火龙果已发根冒苗。许多和赵伟站在地头说话。

赵伟说眼前看着不入眼。许多不接话，拿出手机拍照。赵伟以为许多拍地里劳动的人，许多却蹲下来拍火龙果苗。

赵伟说：又不好看，拍它干吗?

许多说：有生命的东西都好看，就看你怎么看了。

赵伟想了想，说：也是哦。

许多说：你有没有拍给汪总看?

赵伟挠挠头，说：我没加汪总的微信，平时打电话给他汇报。

许多当即将拍的照发给汪丰。

汪丰即时回：您在现场?

许多回：是的。

汪丰回：听说你很长时间没下去了。

许多回：嗯。

汪丰回：你不要装作漠不关心。

许多回：与我何干，是你的事。再说，还有曾小婵呢。

汪丰回："小曾只是一个技术员，大局你得盯着。"然后一个笑脸连着"有事，再聊"。

许多拍劳动的人，边拍边问：雇了多少人?

赵伟说：工忙时十多二十个，不忙时二三个。

许多问：一天的工钱多少?

赵伟说：一百三十元，汪总定的，略高出本地雇工价。汪总真是大气派。

许多说：是用心良苦。

赵伟又挠挠头，笑道：还是你理解到位。

许多说：怎么不见小曾？

赵伟说：“刚才还在呢，跑哪去了？”踮起脚，伸长脖子，手一指，在远处。

许多眺望，依依稀稀。

许多和赵伟往回走，沐浴在春风的阳光里，看上去年轻了十岁。

经过一片丛林，一群小羊在吃木叶。

“嗨。”许多说。

“嗨！”许多提高了声音。

赵杰从林中竖起身来，见了许多一脸灿烂地笑着。

赵伟说：你也藏着吃木叶啊。

赵杰不收笑脸，说：站累了蹲蹲。

许多说：长个了。

赵杰说：对，都长个了，看着心里那美得很。

许多问：没少个吧？

赵杰说：没有，八十只一个不少。

许多又掏出手机拍照，然后发给陈新。

陈新没有回。许多连发了十多张，陈新依然没回。

许多和赵伟离开时，听到一声尖细的咩声，许多和赵伟同时回头，见一只小头羊脸朝着他们闪着亮晶晶的眼睛。小头羊又尖声细气地咩了一声，许多和赵伟对视而笑。

赵伟说：它在跟我们打招呼呢。

许多说：多灵气。

两人有点依依不舍往回走。

许多问：赵杰和赵毕来放羊，火龙果项目他们怎么参与？

赵伟说：征求大家的意见，合并。

许多想了想，说：也合理，都是资助的资金。

赵伟说：这样人心更齐些。

“嗯。”许多点点头。

赵伟说：村委会的其他村子有意见，说他们是没爹娘的崽。

许多说：你有什么想法？

赵伟说：我想将几条村都融合进来，但我们团结村肯定有不少人不肯。大村欺负小村，这个习俗你知道。

许多说：明白，但要改变，一步一步来吧。

下午回县城经过镇子时，许多拐到林栋的修理摩托档口，林栋和一名修理工在安装一轮胎。许多不出声，站着等着。

林栋换一工具时见了许多，忙站起来，说："没注意领导来了。"

那位修理工看许多一眼，继续工作。

许多对林栋说："你忙你的，我只是经过。"林栋看看两手油污，说："也不能给领导倒杯茶。"许多说："不用客气。生意还好吧？"林栋说还可以。许多说："你忙，我得赶路。"林栋说："我想问一句话。"

正要离开的许多停了下来，望着林栋。

林栋说：团结村有老板资助，能不能给我们村也找个老板？

赵伟说得不错，林栋的口吻就是意见。

许多说：是这样，你们村和其他几条村，土地少，老板不好投资。

林栋说：土地少投资少嘛。

许多说：一时跟你说不明白，有时间再跟你说说。

林栋两眼露出可怜的光。许多的心有点酸，像林栋这样渴望脱贫致富的人多着呢，但饭还得一口一口地吃。

林栋没有目送小车离开，他的眼睛向街对面望，脸上露出笑。

一个姑娘向他走来，到了林栋跟前，问："是扶贫的干部吧。"林栋说是。姑娘说："你不留人家吃饭啊。"林栋说："为什么要留他们吃饭？"姑娘说："是人家给你开的档口。"林栋说："我请过，他不肯吃。"姑娘说："哦，好人，好人不多。"林栋说："我请你吃饭。"姑娘说："你还是给你妈做饭吧。"

姑娘叫符冬花，是一名送报员。镇子的送报员都是从农村招的，说是临时工，实质是固定工，给买五保一金，只是工资不高。林栋与符冬花早就认识，是那种见了面招呼也不打的认识。自从林栋自己开了修理档口，符冬花借送报到档口，才和林栋开口说话，慢慢热乎起来。要说符冬花势利，也不好那么说。农村姑娘讲究现实，林栋给人打工，与自己开档口是不同的，身份一变，日后的日子会好起来，说不定将来真成个老板呢。人往高处走，水往低处流，挑个能过上好日子的哪个姑娘没这份心思？所以不怪符冬花。林栋也懂这个道理。林栋平时看着符冬花顺眼，双眼像初月，弯弯的，看着心里舒坦。她主动接近，林栋心里是开了花的。

回到家里，许多收到陈新的微信回复：我的山羊崽挺可爱的。

许多回：不是你的山羊崽，是团结村的。

陈新回：你个忘恩负义的。

许多回：人民群众是不会忘恩负义的。

陈新回：废话少说，你什么时候过来，咱俩喝一杯。

许多回：不如你回来，咱俩去团结村放一天羊。

陈新回：好主意，肯定浪漫。

许多说：那说定了，我等你。

陈新回：明天。

许多回：明天不行，有会议。

陈新回：会议啊，去一人顶替不就行了。

许多回：站着说话不腰疼。

陈新回：那后天。

许多回：初步看可以。

陈新回：不是说你等我吗？好似是要我等你耶。

许多回：那怎么办？

陈新回一个奸笑表情。

许多坐在沙发上，等老婆做饭，觉得有点累，闭上眼养神，一会儿，进入似睡非睡的状态，手机铃声响起，身子抖了一下，有些懵懂地摸出手机，看看机屏，是市档案局陈子生。

许多说：兄弟好。

陈子生也是从部队转业的，两人曾经是军人，所以关系比较好，称兄道弟。

陈子生问：在哪风流？

许多说：在家“妻管严”，哪有兄弟你快乐。

陈子生呵呵，说：明天市局开个会，单位会议室，九点整。

许多想起刚才跟陈新说有会，真有会。

第二天许多到市局开会。是总结上一年度的工作会议，属例会。会上点名表扬一个市级局两个县级局，不点名批评两个县级局。许多听出来了，自己被批评了。许多上任以来，精力多放在扶贫脱贫上，业务上的确做得不那么到位。一个几个人的单位，一个弱势单位，一个穷单位，就算主官亲力亲为，工作起来，常常也会顾此失彼。

中午，许多找陈新吃饭。

陈新说真开会呀，还到市里来了。许多说好似我是一个骗子。陈新笑道：看你一副猥琐相，还真越看越像。许多说这一点，我不及你。

斗斗嘴瘾也是一种亲热。

第八章　苏娟

赵十成和妻子遭遇车祸双双身亡。那是春天的最后一场雨，下得不急不忙、不大不小，赵十成骑摩托车带妻子去镇子趁墟，出门时还没下雨，不过天上已乌云密布了。赵十成对妻子说天要下雨了，你还是不去吧，妻子撒着娇说一定要去。夫妻俩感情好，妻子一撒娇赵十成就失去抵抗力。

两人同穿一条双人雨衣。车行不到两分钟雨就下起来了。到了镇子边缘，来了一阵风，赵十成头上的衣帽被吹歪了，遮了一只眼睛，赵十成用一只手去拉好，导致摩托车向左斜插，与迎面而来的一辆大卡车碰撞，像一只鸡蛋撞击一块大石上。卡车来不及刹车，赵十成夫妻连人带摩托车被压成肉饼。

意外的车祸天天有，这个下雨天很不幸，让赵十成夫妻撞上了。

赵十成夫妻三十多岁，有两个男孩，一个十岁一个八岁。还有老母亲。

团结村几个人去收尸时，没敢多看一眼。那场景惨不忍睹。

那天吕芳菲不在团结村，第三天到团结村，村人告诉她发生车祸的事。吕芳菲知道了许多也知道了。其实，事情的第一天就传开了，不少微信群都转发了车祸后的场景，只是吕芳菲没看，许多也没看。

这样，团结村就多了一户贫困户。

许多下到团结村，与村委会几个商量如何安置赵十成的两个孩子和老人。

赵伟说眼前急需要做的是如何劝两个孩子去上学。

自从赵十成夫妇走后，两个孩子就不肯去上学了。

许多说去看看。

几个人到了赵十成的家。家是两层平楼，红砖围成小院子。赵十成夫妇是勤快人，既种又养，每年养十多头猪，积累了钱建楼房。

两个孩子在院子中龙眼树下看着地面，听到许多他们的脚步声也不抬头。几个人到了孩子的身边，看到地面蚂蚁在搬家。几个人蹲下来看，两孩子依然当他们不存在。

不见赵十成的母亲。

许多张嘴要说话，吕芳菲伸手在他的面前摆摆，意思是让他不要开口。吕芳菲和赵伟来过，除了吕芳菲问话，孩子答上一两句，其他人问不吱声。

吕芳菲问奶奶呢。

老大朝楼房指指。

吕芳菲说：小朋友是要上学的，长大了还要上大学呢。

老大咽着声说：我爸不能接送我们了。

听了这话，许多心头袭来一阵酸楚。赵伟几个脸上也是一副辛酸的表情。

原来团结村是有小学的，后来外出打工的人，有能力的将孩子接到身边读书，学校的学生一至五年级原近一百多人，几年前减少到二三十人，一个班几个学生，就撤了校，上学的到镇子去，由父母或亲人接送。

许多见两个孩子闷不作声，对赵伟说：看看老人家。

几个人跟着进了楼房。赵十成的母亲躺在客厅木沙发上，闭着眼，脸黄着，气若游丝像个病危之人。看来，儿子、儿媳的离世对她的打击可以致命。赵伟轻轻叫了一声："袁婶。"没有反应，提高点声："袁婶。"老人慢慢睁了眼，挣着身子要坐起来，赵伟忙弯下腰扶她坐起。老人坐正的同时，眼里的泪滴了下来。她睡着时眼里含着泪水呢。

许多说了句：老人家节哀顺变。话出口时苍白无力。

老人家低垂着眼。

赵伟说：您不可以这样的，您这样两个孙子怎么办？您要活得好孙子才活得好。

老人抬手抹了一把脸，睁开眼睛看了看大家。一双没一丝活气的眼睛，看着令人心生悲凉。

老人重重地吐了一口气，说：是啊，我得给我孙子做饭了。

赵伟接话：这就对了嘛。

这时，院子进了五男三女。他们压着嗓子小声说话。几个在客厅的人往门外看，许多看见了苏娟，立即明白他们是来干吗的了。

苏娟是县曲艺社社长，与许多有点亲戚关系。苏娟是一个出名的人，不是她在曲艺上的造诣，而是坚持做善事做了二十多年，省、市电台、报纸多次报道过她。先后二次被评为"广东好人"。

许多几个出房门时，苏娟他们蹲着围住两个孩子说话，听了动静，齐转过脸来。

“许局，您也来呀。”

许多说：这里是单位的扶贫点。

苏娟说：巧了，我到您的地盘来了。

许多说：娟姐你怎么知道这事？

苏娟说：“是妇联通知我们。”许多点点头。

许多知道，妇联、团委、残联等这些单位，所负责的一些事，常常交给苏娟他们来做。苏娟原来是一个人行善，近几年不少人跟着她。许多在苏娟的微信群，群员近五百人，常常捐钱捐物帮助老弱病残。许多偶尔翻翻微信，看到多半是在捐款。这两年，许多周六、周日有闲，偶尔也跟苏娟跑乡下，不是想做像苏娟这样的人，而是看看苏娟他们是如何走出这么一条路。

苏娟和许多打过招呼，跟着和赵伟他们打招呼。许多明白了，苏娟这之前来过了。

老人家在吕芳菲和支芬的搀扶下，也到了龙眼树下，她抓住苏娟的手，边落泪边摇着，说不出话。

苏娟对老人家说：袁婶，你得放开心，你开心了孙子才开心。

袁婶点点头。这个苏娟，面对帮扶的人，总是细声细气，几句话就能说到人的心坎上。许多已见识了她的能耐。

苏娟问：您想好了吗？想好了我就带两孩子上学去。

袁婶说：我天天见不着，舍不得呢。

苏娟说：哪有见不着的，节假日我们接孩子回来不是见着了吗？您若想得急了，给我打个电话，周六周日的，我们也给您接回来。

袁婶问两个孩子：“你俩听娟姨的吗？”两孩子点点头。

许多和赵伟几个，刚才对祖孙仨的事一筹莫展呢，苏娟他们一来，就变得这般简单。问题的解决，找不对办法，无从下手，找对了，迎刃而解。

苏娟拿出一沓钱放到袁婶的手上，袁婶推辞一下接了，说：“你们是观音菩萨，大慈大悲。”

苏娟说：一点心意罢了，有困难呀给我打电话。

袁婶又抹起泪来。

苏娟说：“都说了，不允这样的。”袁婶对俩孩子说：“还不谢谢恩人。”俩孩子就连声说谢谢。

离开袁婶家，两拨人走在一起。

许多问苏娟：打算送孩子去哪个学校？

苏娟说：艺术学校。

苏娟说的艺术学校，许多多次到过，在月城镇。

第九章　看羊

陈新来团结村看羊是半个月后，改变时间的不是许多，是他。

陈新开的是奔驰，许多坐在车上心生感慨，汪丰与战友老总，一个低调一个高调，一个清秀，一个肥头大耳。两人站在一起，在人们的眼里，称不搭砣。

世间上，不相称的事多着呢，但相映相衬也挺好。

许多没有通知赵伟他们。到了团结村，陈新说："没人迎接?"许多说："你上瘾啊。"陈新说："我喜欢热闹。"许多说："你是显摆，想着脸上放光。"陈新说："我是来看羊呢，不知道的，以为我是来买羊的。"许多笑道："买羊与卖羊都是老板。"陈新说："你个许多，牙尖嘴利。"

车没有停在村委会门口，到一个不能再开的地方停下。

下了车，陈新左看看右看看，前看看后看看，说：团结村这破村路。

许多说：说明什么?穷呗。所以呀，需要你们这些心系民众的老板助一把力。

陈新说：你的高帽我不要，我来了民众都不见一个。

许多指着朝村外走的村民说：那不是人?

陈新说：我看见他们，他们没看见我。

许多无语。这个战友，做事总要弄出动静来。

许多领着陈新往村外走。

陈新说：不去羊舍看看?

许多说：去看羊屎啊，都在外面吃食呢。

陈新拍拍头，说：是啊。

许多和陈新到了一片杂树林，不见羊群。就打电话问赵杰，赵杰说：今天不是我放羊。应该在村西吧。

许多和陈新在村南，就右转拐向西。远远的，看到了那片火龙果。“唷，”陈新说，“这么一大片火龙果啊。”

许多说：是一个老总出钱弄的一个项目。

陈新问：哪个老总？这得大投入啊。

许多说：汪丰。

陈新瞪眼张嘴看许多，说：汪丰？

许多说：不相信？

陈新眨眨眼，说：你认识汪丰？

许多说：看你说的，他来这搞项目，我能不认识吗？

陈新说：不是，我是说是你拉他过来的？

许多说：算是吧。

陈新说：你这个许多，可以呀，竟然拉得动汪丰。

许多说：俗话说蛇有蛇路，蛤有蛤洞。

陈新笑道：你能耐大着呢，还蛇蛤虫蚁的，也不跟我说。

许多说：有什么可说的，你捐的羊我也没跟汪丰说。

两人说着到了火龙果地头，一时忘了是来看羊的。

有几个人在忙着给火龙果灌水，也不望许多和陈新一眼。

火龙果已经爬藤，小心谨慎地往水泥柱上攀，看起来依然不入眼，不像别的农作物，生长期满眼的青青绿绿。

陈新说：这个项目当初你应该跟我说。

许多说：“这可是个大项目，得花大钱。”陈新说：“你是说我出不起？”

许多说：我没这么说。

“汪丰三年不要利润，再说，也有风险。”

“哦，”陈新说：“还是汪丰财大气粗。”

两人静了一下，背后传来“咩咩”的叫声。一转身，隐约看见左侧杂树林里羊群在吃食。

陈新说：“我的羊！”说完大步走去。许多也快步跟上。

赵毕来站在树丛中一脸的笑迎着他们。等许多和陈新到了跟前才问一声好。

陈新不怎么理会赵毕来，一只一只地看，看被丛林挡住遮住、看不完整的侧着脸歪着头看，看得眼花了转过脸看许多，像看羊一样。

许多说：你别这样看我，我又不是羊。

陈新说：没多长时间啊，长这么大啦。

许多认真看看羊，刚才他在看陈新，羊在他眼里有点糊涂。认真了，羊真的又长大了不少。

“那自然，”许多看着陈新说，“我每次见到你，你都胖了一圈，何况天天放养的羊。”

赵毕来咧着嘴笑，没笑出声来。这两人真是奇怪，在对方眼里都变成了羊。

许多和陈新，你点着我的鼻子我点着你的鼻子，嘻嘻地笑，差点没笑成“咩咩”声。

正笑着，赵伟、赵得福、支芬、吕芳菲来了。是支芬去村委会路上见了陈新的奔驰，到了办公室跟赵伟他们说，知道是陈新来了，猜许多也会来，就寻了过来。

赵伟还没到跟前，就大声说：天天盼您来呢，陈总！

陈新也大声说：我来看我的羊，不是，看你们的羊。

话落声落，赵伟几个已到了跟前。

陈新指着羊说：一身黑毛闪闪亮亮的，看人的眼睛闪闪亮亮的，咩声清清爽爽的，耳朵一扇一扇的，胡须一动一动的，嘴巴一张一合的，看着心里暖暖的。

吕芳菲手上的手机高高低低左左右右地移动，在拍视频。支芬站在她身边看。

陈新见了说：菲姐记得发给我。

吕芳菲说：一定一定。

太阳有些猛，人人身上出了汗，陈新大汗淋漓，上衣湿透了，像从水里捞出来一样。

许多说：陈总畅快淋漓溢于言表了。

大家看陈新的样子，都笑了。

陈新说：不是因为我胖哦，是心里高兴。

大家又笑。

往回走的时候，阳光似乎收敛了些，许多仰望天空，说天上也有一群羊，不过是白色的。

大家仰头看，天空飘动着灰白的云朵，真似羊群在行走，就嚷嚷起来，果然真像！

陈新说：我们的羊没有天上多。

许多说：大家听到了，陈总想再送多些羊来。

陈新一怔，说：许多你这话是挖坑啊。

许多笑道：是陈总自己挖的坑。

陈新说：你个许多，早就有算计了吧。

许多说：说正经话，扩大养羊数量成为一个项目，我觉得可行。陈总不是羡慕火龙果项目吗？

陈新又一怔，说：许多你心里有几多算盘？

许多说：我也就这么一提，算不得算计。再说，如果不是让你捐资，而是投资呢？立一个合作项目，可不可行。

陈新再次一怔，说：许多呀，你怎么不经商当上了官呢？

许多笑道：如果我算是一个官，那套一句俗话，“当官不为民做主，不如回家卖番薯。”

“呵呵，”陈新说，“冠冕堂皇，不过，立一个合作项目真的可以考虑。”

许多说：不是算计吧。

陈新说：许多，不要没完没了，你说说看。

许多说：其实团结村已将养羊与火龙果合并为一个项目了，正考虑扩大项目，拉所有团结村委会的村子进来，那火龙果的面积大了，养羊的数量是不是也可以增多？

陈新想了想，说：你们没考虑过风险？

许多说：当然考虑过，目前全县有不少村庄跟风种火龙果，若是产与销只盯住本土本地，不出二三年，供求会成问题，但若是放眼全国，打通销路，风险应该不大。你的羊呢，一样道理。

陈新说：打造一个种、养大基地？

许多说：你是一个老总，懂得的。

陈新说：你有没有问汪总怎么想？

许多说：还没跟他报告呢。

陈新说：若汪总觉得可以，那我也可以。

这一段对话，一半在路上一半在村委会办公室。这个过程，其他人没插嘴。

当天晚上，许多给汪丰打电话，报告种、养设想。

汪丰听完说：你弄个方案给我。

许多说：形成文字方案我做不了。

汪丰说：按你刚才说的写出来不就行了吗？不用讲究条条框框。

许多说：“我怕写成文学作品。”汪丰笑道：“那太好了，我喜欢读文学作品。”

许多也笑。

第十章　数羊

夜里，赵杰怎么也睡不着，辗转反侧。数羊，一、二、三、四、五、六……数着数着，乱了数字，怎么也数不到80只。怎么就少了一只呢？

一夜不眠。数了一夜，就是少了一只。

赵杰是从来不失眠的，自个儿的身残，讨了疯老婆，生了四个儿女，生活的艰辛，从不抱怨天意弄人。他是个认命的人，心也就正常，像一般人一样活着。贫困被扶贫，一次次脱贫，一次次返贫，心里也平静，从不计较。不计较将他“脱贫”的人，不计较自己又被列为贫困户。不能从贫穷中走出来，怪不得别人，怪自己，是自己没本事。80只羊让他和赵毕来放养的初期，他也不怎么放在心里，认为这次扶贫也只不过是一个过程，过程过后自己还是一个贫穷的人，但从春天到冬天，羊羔不经意间长成羊，开始长膘，他意识到这次他可以从贫穷中跳出来了。

好些日子了，赵杰心里有歌，在人前不敢唱出来，因为自小就不在人前唱歌，没人知道他会唱歌。人前不敢唱，放羊时，看看四周没人，他就唱出声来，虽然放不开嗓子。

赵杰唱出的歌像羊的咩声，倒不是他天生的嗓音像羊叫，是他一开口就被咩咩声带进去了。没关系，咩咩声也挺悦耳的。再说了，唱的歌融进羊群的歌唱里，就算在不注意时，有人到了身边，也不轻易听出自己在唱歌。

自己开心就好！

但少了一只羊，怎么就少了一只了呢？

不知从什么时候开始，赵杰每次放羊，羊出舍时他一只一只地数，初时要反复数几次才数清80只羊，后来一遍就能数个准。

夜里数羊，不是因为失眠而数，是那天下午羊出舍时，赵杰数完少了一只。赶羊的路上，数了数遍，还是少了一只。傍晚回来时，又数，依然少了一只。

整整一个下午，赵杰心里没有歌，只有嘀咕，嘀咕的心里就搁上了一块杂木丛中的一块石头，疙瘩着。前天是他放的羊，去回是数过的，没有少，那么，少了一只羊，应该是昨天丢了，是赵毕来看丢的，不关自己的事。但问题是赵毕来有没有发现，或者发现了没说出来，没说出来，那丢了一只羊是赵杰放时发现的，向人说是赵毕来弄丢的，赵毕来若不承认，你赵杰满脸是嘴也说不清。

赵杰早上起来，头昏脑涨。他洗了一把脸，清醒了不少，决定去跟赵伟说丢羊的事。他认为迟说不如早说。昨晚就应该跟赵伟说了，真是的！

赵杰进了赵伟的院子。赵伟正在弯腰刷牙，满嘴的白泡泡，先是侧脸斜眼看他，继而站直身子面对他。赵杰没说话，等赵伟洗漱完。赵伟也就不急不忙地完成洗漱。

面对面，赵杰将丢羊的事跟赵伟说了。

赵伟连连眨眼，似乎还连连微微地点头。赵杰猜不出赵伟在想什么。

走。赵伟说，去羊舍看看。

赵杰跟在赵伟身后。两个都不说话。

大清早的，村巷上没有人走动，却不妨碍新一天热闹的开始。

屋里有人语。

屋顶上有炊烟。

杨桃树上有鸟唱。

龙眼树上有鸟唱。

荔枝树上有鸟唱。

木菠萝树上有鸟唱。

……

有好多好多年鸟儿不知道去哪了，近几年都回来了。

赵伟和赵杰到了羊舍。开了舍门，咩声四起。

赵杰说：伟哥你数数。

这么多的羊。赵伟看着眼花，说：数个卵，数不过来。

赵杰张了张嘴，没说出话来。他想说那来看羊做什么？

关上舍门，赵伟说：去赵毕来家。

赵伟和赵杰进了赵毕来的小院子，惊动了黄皮果树上的几只唱歌的鸟儿，齐齐的飞离树枝，向东南方向滑翔而去。

屋门半关半掩。赵伟平和地叫道：毕来。

赵毕来左手端着碗右手拿筷子出门。

赵伟抢在赵毕来说话前开口：你先侍候老人家吃饭。

赵毕来说：“那不好意思了，几口就完，伟哥您等等。”说完转身进屋去了。

赵伟拍拍额头，进了屋，赵杰跟在身后。

赵毕来俯着身喂老人家吃饭。老人家浑浊的眼睛闪着一点亮，看着赵伟。

赵伟说：“老人家，有毕来，您有福啦。”老人啊啊地回答。

赵毕来的孝心，一村人没有不称赞的。

老人家吃完饭，赵伟三个人出了屋。太阳还没上村子的上空，光线却把小院子照亮了。天空蓝亮蓝亮的。赵伟他们站在大天光下，没有影子。赵伟示意赵杰说话。

赵杰将丢羊的事说了。赵毕来听得一脸懵懂，看看赵伟，看看赵杰。

赵杰看赵毕来那模样，说：你没数羊？

赵毕来说：我从没想过要数羊，80只呐，数得过来？哎，我说阿杰，你有没有数错？

赵杰急道：绝没数错，夜里我还数了一夜。

“嘻嘻，”赵毕来笑着说，“躺在床上数，真有你的。”

赵杰挠挠头，说：我被你绕进去了。真没错，少了一只羊。

赵伟说：也到了放羊的时候了，一起去数一数。

到了羊舍，赵毕来开门，赵伟拉开他，拿过锁看锁眼，看了好一会儿，说：有人动过锁。

赵杰说：伟哥是说有人开了锁偷羊？

赵伟让赵杰和赵毕来看锁眼，细看，锁眼真有被硬物划的痕迹。三双眼睛你看我，我看你。

赵杰说：谁呀？胆大包天！

“哎，”赵毕来抽抽鼻子，说：“我想起来了，昨晚半夜，我去阿莲小卖部买香烟，回来经过赵伟森家门前，闻到了肉香味，没多想，现在想想，那肉香是羊肉骚味。”

赵杰说：“当真？”赵毕来说：“错不了。”赵杰说：“这个赵伟森死性不改，伟哥，我们去赵伟森家，一只几十斤的羊一餐肯定吃不完。”

赵杰说完就迈开了大步。赵伟喊道：“阿杰，算了。”赵杰停下回过头来，说：“伟哥，你还怕他？”

赵伟摆摆手，没说话。

这个赵伟森，就是赵伟竞选书记前的书记，在书记的位置上十多年，将团结村搞得乌烟瘴气，浑水摸鱼，捞取不少钱物，村人敢怒不敢言，赵伟的父亲更是气得病了一场又一场。赵伟竞选书记后，他表面不敢驳面子，背地里唆使一些人与赵伟唱反调，只不过，村中多数人站在赵伟一边，他才弄不出大动静来。

丢羊的事，赵伟叮嘱赵杰和赵毕来不要传出声来，私下里跟许多说了。

许多对赵伟的做法很不满意，说你这是对罪恶行为的姑息，严重点说是向罪恶行为低头，是没党性的表现。

赵伟小声说：我是怕人赃不能两拿。赵伟森这人狡猾得很。

许多想想，赵伟说的不无道理，也就不训斥了，说丢羊的事不能这么不了了之，赵杰、赵毕来不能背黑锅。

赵伟问：怎么办？

许多说：召开村民大会，将事情说清楚。

赵伟说：说得清楚吗？

许多说：我发觉你的胆子越来越小，你回来竞选的劲头哪去了。你通知村民，明天下午开会。

来开会的人基本到齐。许多一开口就直接将赵杰发现丢羊的事详详细细说了一遍，省略了赵毕来闻到从赵伟森家飘出煮羊肉的细节。

许多说完过程，接着说羊丢得蹊跷也不蹊跷，是有人偷了羊。

议论声四起，像突然来一阵雨吵闹着耳朵。

有人站起来愤怒地问谁偷的羊？对，是谁偷的羊？跟着几个人站起来愤怒。愤怒声将议论声压住了，会场静下来，想听许多说下去。

坐在赵伟森身边的一个生相有点凶的中年男子说："是监守自盗吧？羊是他们轮流着放，羊舍的锁匙在他们手上，方便得很。"说着两眼找赵杰和赵毕来。所有眼睛都在找赵杰和赵毕来。赵杰和赵毕来站起来要自辩，许多伸出双手往下压了压，场面又静了下来。

许多说："不是赵杰，也不是赵毕来，是另有其人。"

许多拿出锁，将锁眼对着大家，说："锁是被人用铁线什么的打开，有划过的痕迹，我拿给公安做过查验，锁上留下指纹。"

会场炸了窝，纷纷站了起来，叫喊着许多说出是谁。

许多又用双手往下压，压了好几次，叫喊声才渐渐停下来。一些人坐下，一些人还站着。

许多说："一只羊，说起来算起来值不了几个钱，也算不得什么大事，但行为恶劣，若不禁止，歪风邪气会蔓延，侵蚀一些人的脑子思想，村风村容就端正不了，就像庄稼地里长出野草，庄稼长不好。这些野草，大家都懂得去铲除，所以歪风邪气要压制……"

许多话没说完，叫喊声又四起，他不得不再次伸出双手往下压，说："乡亲们，听我说完。"叫喊声又停下。后来许多回想起这场景，想到大海的涨潮，一浪推一浪。

许多话锋一转，说："我脑子反复想一个问题：团结村没有杂姓，都姓赵，一个村一个姓，同宗同祖，一家人，家里有人犯了错，容许犯错的改正，是不是可以？我是这么想，我不说出这个偷羊的人，让他自个改邪归正，行不行？"

有人小声说："那不是便宜了他吗？"有人跟着说："对，一只羊值一只羊的钱。"

许多说：钱是要罚的，加倍罚。他要自觉交给我，我再交给村里，行不行？

一时，没有人出声，相互你看看我，我看看你。

许多趁机说：那就这样，散会！

村民还没完全反应过来，许多离开会场，赵伟几个村委会成员跟着离开。

第二天，许多在单位办公室，接到赵伟森的电话。赵伟森在电话里沙哑着声检讨自己的错误，说了近一刻钟。

许多等赵伟森停下，说："赵伟森，作为一名党员，无论是过去或今天，你都不及格，再不自我省醒，将成为社会发展的绊脚石。"

赵伟森听了许多的话，在电话里痛哭流涕，发誓痛改前非。

第十一章　夜看花开

吕芳菲写了一篇火龙果开花的散文，让许多帮忙改改。吕芳菲诗歌写得不错。偶尔也写散文，不过，远不比诗歌好。许多没有跟吕芳菲说过，自己的作品也写不好呢，说别人的不是，那用为人师表来标榜自己也不过分了。许多不是个好标榜自己的人。

看了稿子，许多皱了皱，在他来看，没有写出精彩来。许多是看过火龙果花开花谢的，也动笔写过，完稿后，像看吕芳菲的稿子一样，皱眉。

许多的皱眉虽然一掠而过，吕芳菲还是捕捉到了。吕芳菲说："我自己不满意，所以让你给看看，指点指点。"

许多说：你怎么不写诗呢？

吕芳菲说：你是说我的散文写不好啊，现在写不好不等于以后写不好，你不是写小说也写散文吗？

许多听出来了，吕芳菲是不服气。大多数弄文学的人，最臭的毛病就是听不得别人说自己哪方面不行。许多没接吕芳菲的话。若工作上的事，吕芳菲做得不好，是一定要说的，批评批评也自然，有时来气了吼上一句也是有的，但在创作上，真不敢多舌，毕竟，自己也自认算是半桶水。

许多说：找个时间，我们再去看一次火龙果花开。

吕芳菲说：我看得都有点腻味了。

吕芳菲说的是实话，住在团结村，晚上常常无聊，邀上支芬去看火龙果花开。头几次，支芬是乐意的，看多了，有时就找个理由推辞。吕芳菲知趣，不强求。但耐不住寂寞时又去找支芬，支芬明白推辞归推辞，完全拒绝是做不到的，心里万般的不愿意，脸上也不表露出来，一副开心的模样跟吕芳菲去。吕芳菲呢，也是心知肚明。

天将黑未黑，晴朗的天空，东方天际，挂一弯新月，宛如妩媚女人的弯弯眉儿。如此的晚景会令人醉入某一种境界，而此时，许多和吕芳菲心不在此景。他们是来看花开的，火龙果的花开。

昙花一现。

清风徐徐，有点凉意，吕芳菲双臂怀抱站在许多身边。火龙果柱上的灯火还没亮起来，晴朗的天和初月下的火龙果，仍可扑面而来：随着徐徐清风，亭亭玉立的火龙果襟飘带舞，情丝万缕，犹如妇人拈巾掩俏脸。

刹那间，灯开了。一时，满眼的暗绿让白炽抢了风头，令人不知所措。只是，是来看花开，灯光，最终成为点缀。

花是知道的，有人来看，那就满足你的眼福，你灯火只懂白灿灿的亮眼，我花开花花样样，千姿百态：妩媚、羞答、淡定、雍容华贵……

许多走进火龙果地，吕芳菲跟上。

许多弓腰在一朵花前，将耳朵贴近绽开的花朵，吕芳菲模仿许多的姿态。听花开的声音，许多和吕芳菲听出不同音响，许多听的是生命如何怒放……吕芳菲听的是小溪淙淙长流不息……

“芳菲、芳菲、芳菲，”正入佳境的吕芳菲被声声叫唤，像在甜睡中让人吵醒，很不乐意，说：“你这强盗!”许多说：“你过来。”吕芳菲转脸看许多，他在看花，便迈了两步，贴在他右侧，弓腰。

两个人一个姿势，看花开。灯光下，吕芳菲先看到的是花瓣如雪的白。许多像长多了一双眼，说：“你看花蕊。”吕芳菲看了，不禁掩嘴，怕惊叫出声，那层层叠叠的花蕊，碎金般的闪着光芒，溢出花瓣的怀抱，欢跃地跳舞……

一夜的冰清玉洁，一颦一笑，俏舞弄清影，吟风弄月，不喧不哗，实在享尽耳目之淋漓痛快，忘了世间万物。直到月儿西落，东方鱼肚白，花开渐次收敛，许多和吕芳菲才回到人间，恋恋不舍、千回百转又纠缠不清地离开。

几天后，吕芳菲的一篇散文《花开一夜》被发表在省报上。这是她第一篇上省报的文章，兴奋得三个夜晚失眠睡不着。

第十二章　三对婚姻

农历八月的一天，赵光的婚礼在镇子一家“幸福”小饭店举办。中午，许多和吕芳菲赶到时，迟到了，八围桌只空两个位，是留下给他们的。赵光见了许多和吕芳菲进来忙站了起来，身边的新娘也站了起来，离开桌子相跟着迎走过来接他们。

赵光拉着许多的手，引着到了主桌，让许多坐主位。许多不肯坐，两人推来推去，最终是许多将赵光按在主位上。

许多、吕芳菲和赵光、新娘坐下，八桌就坐满了。许多扫了一眼，大多数是团结村的人，眼熟。余下的应该是赵光的亲戚了。

赵伟和几位村委会的干部都来了。

小饭店，八桌，不像一场婚礼。没有婚礼主持什么的，更不像婚礼了。

赵光和新娘站起来，赵光说：“欢迎大家赏脸来参加我和赖小红的婚礼，我嘴笨，不敢多说，我们敬大家一杯。”所有人都站起来，举杯，杂七杂八地说恭贺恭贺！

赵光打电话给许多时，许多见手机屏上赵光的名字，心往下沉了沉，自从赵光做了门卫，他再没见过他，这一段时间，他是忘记这位帮扶户了。惭愧。当听到赵光请他参加婚礼，许多想也没想就答应了。

来海风镇的路上，许多问吕芳菲：“赵光什么时候找到的伴侣?”吕芳菲说：“听是听说过，具体的不清楚。”许多打电话问赵伟。赵伟说是女的是公司的一位员工，叫赖小红，丧偶，有一女儿。与赵光年纪差不多，也不知道是怎么的对上了眼。

赖小红厚嘴唇，一眼看上去五官不搭配，像小孩乱画的一幅画，怎么看怎么别扭。但在赵光眼里，可能是顺眼得不得了。情人眼里出西施嘛。

赵光不断地敬许多酒，重复着说谢谢。赖小红也敬许多酒，说谢谢。

许多说：你们不用谢，要谢，谢你们自己。

赵光说：您是我们的恩人，要不是您把我安排到公司做门卫，我就不会遇上小红，我们就不会走到一起。

许多说：都说人生何处不相逢，你们的姻缘是天注定的。俗话说得好，“有情人终成眷属。”

赖小红说：“那您就是我们的天。”赖小红比赵光会说话。

许多笑道：我是一个人，不是天。

许多想起接赵光电话时的心情，张了张嘴，没把心里话说出来。

赵伟和村委会几个干部过来敬酒，先敬赵光和赖小红，再敬许多和吕芳菲。

支芬见吕芳菲端的是茶水，说：“今天是来喝喜酒，不是喝茶的，换酒换酒。”赵伟替吕芳菲接话，说：“支芬你少扯淡，菲姐要开车。”

支芬说：“哦哦哦，我喝醉了。”看那大红的脸，支芬的确喝了不少了。吕芳菲说：“芬姐今天好媚人。”支芬说：“菲姐你这话不中听，我就今天媚人平时不媚人啊?”

赵得福想说你平时猪粪一堆，但想到是赵光和赖小红的大喜日子，就没说出来。

一场婚礼，一顿饭，说热闹不热闹，说不热闹也算热闹，能喝酒的能喝足，不能喝酒的，肚子吃得撑撑的。

农村的习俗，来吃喜酒的都凑份子。入乡随俗，许多给了二百元，吕芳菲也给了二百元，赵光夫妻俩死硬不要，哪里犟得过许多。赵光嘴笨，一时说不出话来，赖小红又说几句感恩戴德的话。许多不回话，他明白，让他们说了，心里会好过。

凑份子，足以抵消婚礼的费用，说不定还有剩余。

两个月后，林栋和符冬花也办了婚礼。在他家门前摆酒，全村人都参加了，来了一些亲戚。村子小，亲戚也不多，备了十八台，没能坐满，空出两台。

许多和吕芳菲也去了。

许多、吕芳菲、赵伟去看火龙果。远远的，许多看见一个姑娘从羊舍内推出一辆手推车。一看就明白，她是在打扫羊舍，将羊粪拉走。之前是一位中年妇女负责。

许多指着姑娘问赵伟：谁呀?

赵伟说：是毕来的对象，叫李月儿，以前和毕来在大排档打工，两人关系有点那个，赵毕来回来放羊后，联系没有断。她来过毕来家几次，就确定跟毕来了。上周负责打扫羊舍的妇女，嫌羊粪脏，不干了，我跟毕来说，让李月儿接手，毕来跟她一说，就答应了。这姑娘挺勤快的。

许多问：领结婚证了吗？

赵伟明白许多的问话是什么意思，说：都住在毕来家了，算是团结村的人了。

拉羊粪的李月儿迎面而来，十米八米远脸上就灿烂地笑着，跟赵伟打招呼，说：赵书记忙呐。

到了面前，依然灿烂地笑着。

许多说：年轻人都跑到外面去找生活，你怎么回农村了呢。

李月儿说：我没本事，不敢走得远。农村嘛，也可以幸福生活是不是？

许多点点头，说：未来的农村啊，可能成为许多人向往的地方。

李月儿说：真像领导说的那就太好了。

赵伟说："你忙去吧。"李月儿哎了一声。

与李月儿交臂而过后，吕芳菲回头看一眼她的背景，说：这李月儿脸蛋儿耐看，身段也好，赵毕来真有福。

赵伟接话道：都说缘分天注定。

三人并排走着。赵伟说：再过一个月立冬了，羊可以卖了。

第十三章　卖山羊

放养的山羊，要比圈养的山羊长得慢些，重量上也轻些，但价格要高出几成。团结村的山羊，在进入冬天时，陆续出栏外卖。

巷子深处有酒香，自古以来，人类懂得这个道理。懂得羊肉的人，喜好羊肉的，想起吃一顿，附近的找过来，远的找过来。

天天有人来。

而在县城，专门开了三年羊肉店的一个姓曾的老板，更是三天两头来一次。本来，曾老板进货，一直是圈养的羊，不是他贪货源的便宜，而是放养的羊不好找。一些人家，是有放养的，只是散养，几只、十几只，想抢购，不容易，嘴刁抢先了，也就抢不过来，只能进圈养的了。团结村近千只羊，曾老板耳尖早早听说了，出栏的第一批羊，是他第一个抢到手的，并且，与团结村签了合约。

曾老板开的羊肉店，生意也是算火红的，顺着做下去，不影响他的名声。但这姓曾的脑子有远想，要想生意源远流长，来料的品质得让方圆百里嘴刁的人慕名而来。

羊肉店以羊肉为主，当然，别的食材也是要有的。看一台戏，重点是看主角，至于配角，很多时候可以忽略不计。

一只羊，做出许多花样来：羊骨汤、白切、红烧、炸羊排，杂烩、炒内脏……坐上一大桌的就可以全羊宴了。

食客知道曾老板的羊源来路，一下子就火爆了。原来一层楼面，扩展成两层。

曾老板借冬天，烧了一把火。

许多邀几个朋友到曾氏羊肉店吃羊肉，的确好吃。边吃边称赞，边吃边啧嘴。之前，许多也是来吃过，肉眼看式样上看没有差异，嗅觉上也没差异，入到嘴里，细细地咀嚼，那嚼头，那味道，差距就出来了：原先的，吃着吃着，味蕾就寡淡下来，而现在，越吃越舍不得停下来，直到吃撑。撑了摸了肚皮一圈，又拍了拍，说了一声舒服或者真享受。

许多叫服务员买单，服务员说有人买了。许多眨了一下眼，明白是谁买了，点点头。一朋友说："许多你面子好大嗬。"一朋友说："许多是谁呀，当官的!"许多白了这朋友一眼。

事后，许多见了曾老板，说：你这样是将我陷于吃白食的了。

曾老板笑着说：不至于吧。你给我团结村养羊的消息，就算一份答谢吧。

许多说：下不为例。

曾老板第一次去团结村拉羊，是拉着许多一起去的。

到了羊舍，曾老板选一个，赵杰和赵毕来几个按照指示去捉。羊呀，是有人性的，有心灵感应的，挣扎着咩咩地尖叫，听起来哀伤欲绝，与平时柔和的咩声是天与地的差别。柔和是一首曲，愉耳动听；尖叫是求救，是哭声。

小时候，许多村里养了三十多只羊，记忆中一年也就杀那么两三次羊，每次杀一只，每家按人口分肉，许多的家分得不足一斤。

分羊肉分得一村人欢天喜地。有肉吃呐，一年之中能有几顿肉吃?

那远去的年代有点模糊了。抹不去记忆的是羊舍里的羊粪，粪便日积月累，不觉间一尺厚了，进得羊舍就觉得头顶在舍梁上了。生产队长就安排人挖掘、装上牛车，拉到粪场去，掺上草灰，晒上十天八天，拉到地里去给庄稼下肥。羊粪养出的庄稼，那个生长啊，就是喜人。

生产队养羊，似乎就不是拿来杀肉吃的，也不是拿来卖钱的，是让羊拉屎用作肥料的。说起来年代的不同，那时种庄稼的肥料，用的都是猪牛羊、鸡鹅鸭等畜禽的粪便有农家肥，因为没钱买化肥。

这份记忆，在团结村种上火龙果后，让许多想起了羊粪，就建议用其粪来种二十亩。这二十亩，长得比下其他肥料的要长得猛、长得旺。

许多和朋友吃过羊肉的第二天下午，陈新过来，到了才给许多打电话。

许多说："你怎么不早说啊，我在团结村呢。"其实许多在办公室，是故意作弄一下陈新。

陈新急道：你赶回来得一个钟呢，我连落脚的地方都没有。

许多说："你先找别的战友嘛。"这个陈新，好多年没跟县城的战友见面，许多说过他。陈新的回答是："许多你知道吗，一些战友见我就伸手借钱，暂时有困难的可以借，经营生意欠些本钱的可以借，但像还赌债、买毒品的也来借，我分不清哪个正正当当需要的，也就懒得见他们了。"

许多说：你是宁杀错一千也不放过一个。

陈新：你怎么理解都可以，一些人是不值得理睬的。

许多拿他没办法。

许多说："东风街有一家羊肉店，你去找个房间，我尽快赶到。"陈新说："我就是闻到羊肉香过来的。"

许多说：这么远，狗鼻子也嗅不到，你是什么鼻子啊？

陈新说：闻不到还听不到啊。

陈新到了羊肉店，要了一间房，给许多打电话说了房号。服务员给了斟茶，他不喝，站着看墙壁上挂的羊肉各种做法的彩色广告，看得口舌生津，迷了神，将鼻子凑近广告，竟然能嗅到羊肉味。或者是羊腥味的长期浸透，或者是过于投入的遐想，陈新陶醉中享受着鼻福。

许多轻轻地推房门，看到陈新的背脊，不知道他还在深醉里没有出来，以为他是无聊，乱看，说："大老板对小广告也感兴趣啊。"陈新的身子颤了一下，显然被许多的出声吓了一下，转身来，茫然地看着许多，像一个从深梦里被惊醒的人，一时不知道东南西北。许多看到陈新那表情，一时也东南西北地糊涂着。

陈新说："你不是在团结村吗，坐火箭回啊？"然后用食指点点许多，"你这人死性不改，就会恶作剧。"

许多笑道：假作真时真亦假。

陈新继续用食指点许多，不说话。

两人吃饭，点菜难，你推我点我推你点，最终陈新妥协。

陈新说："在你许多面前，怎么老是退一步呢。"说完挑三拣四半天才点一汤四菜。

没喝酒，陈新吃完得回市里。

吃羊肉说养羊。

许多又说到种、养基地的事，陈新问汪丰有没有表态。

许多说：我已弄一个方案给他了，还未见回复，应该没问题。

陈新说：你别说得比唱的好听，汪总回复后你再跟我说，汪总上我跟着上。

许多说：汪丰总若是继续以捐资的形式呢，你也跟?

陈新想了想才说：那我得考虑，我就一个小商人嘛，你要理解。

许多说：理解，我们也考虑你跟汪总的不同，不要你再捐了，你参股就行。

陈新说：行，方案定了给我看看。

许多说：那当然。

吃过羊肉送走陈新，许多没有直接回家，散步去。若没有应酬或别的事，许多都要出门走走，走上一个多小时。走一走活到九十九，许多相信这个。看到书本上说刚吃完晚饭就散步有害无利，但许多已习惯，管它怎么说，一如既往地出门走走，没觉得有什么不利，挺好的。人的个体，千差万别，或许，自己适合吃完晚饭就应该走走呢。不过，许多走的时候，有所改变，过去是快步走，看书本上说的之后，慢步走。

散着步，许多想着团结村的种养规划，他想晚上写一份养山羊详细规划书。给汪丰的方案，养山羊部分不够细分，到时陈新看着心里肯定不受用，会说你许多重此轻彼，看不起他陈新。写给汪丰的方案，养山羊部分的确有欠缺。商人么，无利不起早的不多。捐款，当然是善举，但毕竟，社会上需要捐款的太多，作为有善心的老板，捐时是要考虑的。给一份详细规划书，让陈新自己考量，不能像上一次捐羊的事，用嘴巴的情谊去说，那样，有点强加于人了。

养山羊的规划书，凌晨二点多才写完，当即发给了陈新。

第二天下午，陈新给许多回微信，还是那句话，汪总上项目他跟着，跟着是一个抓狂的表情。然后说："你个许多，每次见，阴阳怪气的，让人费心猜。以后啊，有事微信里直说，不要阴阳怪气。"

许多抱抱拳。

许多本想也给汪丰发一份养山羊的详细规划书，想想没发。人家汪丰，说定了，给团结村托底三年，用农村难听却地道的俗话说"帮人帮到底，吃屎吃到泥"。汪丰所做的，已经是有功有德了。若让他看了这份规划书，说不定让他看不起呢。

元旦、春节期间，遵照省、市的部署，宣传文化部门开展一系列的送文艺进乡村活动。

近几年，团结村春节期间都演几场粤剧。每晚需要万八千费用，由外出回来过年的小老板你出一晚他出一晚。计较起来有点铺张浪费，但农村的习俗，不热闹不是年。一年难得有热热闹闹的日子，过新年，外出工作、打工的几乎都回来了，哪能不弄出动静来呢？

许多和赵伟等几个村委商量，春节期间的活动，邀请由县文联属下的协会下来。大家听完许多的想法都说好，既有新春的喜庆又能不铺张。

协会以“轻骑兵”的组合进了团结村：春节前，书法协会进村写春联送春联，大年三十晚，音乐协会演出一场综合文艺晚会，初二、初三是曲艺演唱，初五是木偶戏。

村民赞不绝口，一个退休中学老师见了许多说：“今年是文艺大餐年。”许多只是笑笑。

第十四章　收获

年来得快，过得也快，年味还未完全褪去，似乎是眨眼间的，已到农历三月。草木逢春，万花齐开。

火龙果临近收获期。

运输、销售渠道已疏通顺畅，但摘果、打包、装车等，以团结村的劳力，严重不足，得向外招募。花了近一个月时间，仍然没能彻底解决劳力缺口问题。这个因素早已考虑，包括许多在内，大家都以为不是多大的问题，干活，给钱，给多点钱，哪会招不来人。而实际上，现在的农村，缺的正是劳动力，许多村庄成了名副其实的孤寡老人村、留守儿童村。外出打工的，就算身无分文，也继续混，不愿回来，脸面放不下，别人能成老板，我怎么就不能成？发财梦梦不醒。

农村人口向城市大迁移，给农村带来诸多的困扰。虽然，政策向农村倾斜的力度在不断扩大，也有有识之人回村谋发展，且显山显水，吹糠见米。但迁移的趋势暂时还扭转不过来。

四月天，第一批火龙果熟了。这是一个多么美好的季节：聆听花开，心海馨香，情感温暖、充满希望……但摘果缺人手的问题依然得不到解决，妨碍了计划中的一条龙的销售策略。

运输、销售的怨言不断，甚至有人说团结村违约，要赔偿。

赵伟急得嘴上冒泡泡，许多的急隐藏些，火气在嘴里，口腔溃疡。

挫败感令许多觉得好沮丧，却又一时无计可施。他明白，如果这样下去，拖了摘果期不说，团结村要赔偿，两者相加，那损失就大了。

在许多一筹莫展时，苏娟来了。苏娟带十个人接赵十成两个孩子回来陪奶奶。一般情况是，苏娟他们在节假日才接两个孩子回家，老人家生日，正好又是星期六，苏娟想到了，就有了行动。

许多感觉苏娟到了团结村，就给她打电话，问在哪。

苏娟说在给袁婶老人家过生日。

许多一听，挂了电话，从火龙果地往村里走。

许多到了赵十成家时，苏娟他们和两个孩子给老人家唱生日歌。许多也跟着唱。老人两眼含满泪水，颤着声连说谢谢。

许多眼有点湿，不是眼前的场景，而是因为苏娟他们。许多知道，苏娟的志愿者团队，自从在民政部门登记注册后，迅速壮大，已达近500人，他们响应政府的号召，足迹遍布了全县城镇乡村，做了大量有益社会的大事小事，特别是对特困家庭，更是做到无微不至。许多常常心生冲动，想写一篇长篇报告文学，记述苏娟们的事迹，只是抽不出时间，没有动笔。

唱完生日歌，吃过蛋糕，两位志愿者提着带来的米、肉、菜进了厨房。苏娟他们是要和老人家和两个孩子吃一顿饭的。

苏娟闲下来，说：许局有事吧？

许多本打算和苏娟他们一起，陪老人家一家人吃完饭才跟苏娟说，她这么一问，许多就走出屋来到院子里。苏娟跟了出来。

许多笑笑，挠了一把头，说：我倒不好意思说了。

苏娟说：有什么不好意思的。

许多就将团结村收成火龙果缺人手的事说了。说完又说：这本该不关你们志愿者的事，可我真一时没有办法，焦头烂额。

苏娟想了想，说：也没什么不可吧，回去我再动员。要多少人？

许多说：三十至四十应该可以了。

苏娟说：行，轮批来。

许多说：给工钱的。

苏娟说：您若这样说，我就不安排人来了。

许多一时急了，好在能急中生智，说：你们团队也是需要资金的，所谓的工钱，不发到个人手上，统一给团队作经费用。

苏娟又想了想，点点头：可以。需要多长时间？

许多说：我们继续向外招人，一旦能应付了，你们就可以撤。

苏娟说："好的，但时间上不要太长。"许多说："一定一定。"

说完事，两人扯些闲话。许多几次想开口夸夸苏娟，都没说出口，他清楚，苏娟不需要夸奖。报上登苏娟的事迹，记者都是通过采访他们的团队那得来的。

饭香菜香从厨房里飘出来，跟着有人喊吃饭。

大家围了一桌。

老人家吃出两眼泪水。

太阳西斜，苏娟他们要离开了。苏娟叮嘱俩孩子："要好好陪陪奶奶，明天这个时候我们来接你俩上学。"

俩孩子有点依依不舍，扯着苏娟的衣襟。苏娟抚了抚他们的头，说一声："乖。"

第二天上午九点左右，苏娟领着三十多人到了团结村火龙果地。正在劳作的所有人都直起了腰，先是愕然，后是你问我，我问你，窃窃私语。

在许多身边的赵伟拿眼睛问：怎么回事？

许多将事情简略说了，说：你安排他们，分一下工。

赵伟屁颠颠地去了。

许多在后面喊：订中午的盒饭！

赵伟将一只手举起来，示意听到了。

用"令人始料不及的事再次发生"，对于许多来说这样。临近中午，汪丰出现在火龙果地头。不认识他的人当他是一个路过的陌生人，而认识他的人没有错愕，脸上开出火龙果花般灿烂起来，这位神龙首尾不见的人终于出现了。

许多迈开大步朝汪丰走去，赵伟跟在身后。

定下摘果的日子，许多是给汪丰打过电话的。许多想行一个仪式，让汪丰摘第一只果。汪丰推托时间上有冲突，回不来。许多只说理解就不多说。多说没用，汪丰这样的大老板，是没空闲再平常不过。

汪丰目无旁人面朝东进火龙果地，许多也就改了方向。

汪丰走近苏娟。苏娟精力在摘果上，没注意到汪丰。

汪丰说了一句：看着你面熟。

苏娟才站直身子，微微笑着望汪丰，说：是吗？可我真不认识你。

许多和赵伟已到了汪丰身旁，许多说：她叫……

汪丰伸出手拦住许多的话，面对苏娟也微笑着，说：你叫苏娟吧？

苏娟并不诧异，她知道许多人通过媒体见过她，点点头说：对，我是苏娟。

的确，汪丰是在省电视采访节目中见了苏娟。汪丰事务繁忙，平时很少看电视，那晚他回到家里，妻子在看电视，拿着遥控器找节目，找到省台时，他看见了苏娟，立即叫妻子停住，并不是他认识苏娟，是苏娟在说到自己的家乡而来了兴趣。汪丰的妻子说这有什么好看的。汪丰说家乡人呐，上了省台，看着亲切。

汪丰看完记者对苏娟的采访。

汪丰两眼扫一个百八十度，对苏娟说：这地里有你们团队的人吧？

苏娟笑道说："您眼真毒！"又说："是暂时的。"

汪丰点点头，说：许多办事不力啊，不应该这样的。

汪丰没看许多，许多低下了头。

苏娟说：也不能全怪许局，人嘛，总有火烧眉毛的时候。

汪丰又点点头，嗯了一声，转过脸对许多说：真的到了这种地步啊。

赵伟替许多接话，说：问题会解决的。

汪丰看着赵伟，等他说下去。

赵伟说：我们给的工钱不低，应该有吸引力。

汪丰说：当初招人时没说清楚？

赵伟说：说了的，在城里打工有这般高收入的不多呢，做农活能挣那么多钱？有人不相信，这两天有人来打听工钱了。

汪丰说：就是嘛，你看看你嘴上泡泡还在冒，传染给许大局长了吧。

许多终于开口了，说：我们是小水沟里的泥鳅，不是没见过大风浪嘛，吹来一口风，以为是强台风了。

说话间，苏娟去摘果了。她不认识汪丰，听他说话的口气，以为是县里某一个管农业的领导。

汪丰动手摘果，许多和赵伟跟随在身边摘。吕芳菲拿出手机要拍照。

汪丰见了说：菲姐，你这样我会不高兴的。

吕芳菲笑笑收了手。

"汪总！"曾小婵站得直直的像一棵春天的树。

听到熟识的声音，汪丰站直了身子，面对曾小婵，一时认不出曾小婵，眼睛有点迷离。曾小婵见汪丰这样的眼神，心里委屈，眼里冒出泪水。好一会儿，汪丰才认出来，上前一步一把将曾小婵抱在怀里，像一个父亲抱住自己的女儿。曾小婵的泪水滴在汪丰的肩膀上。在身边所有人，静静的如火龙果一样看着他们。

曾小婵是汪丰公司千千万万员工中的一员，如果不派她下来团结村，或许一辈子叫不上她的名字。派她下来，汪丰是亲自跟她谈的话，算是认识了，但时间一长就忘记她了，甚至记不起公司有一个员工在团结村了。

松开曾小婵，汪丰说：对不起，我都把你忘记了。

曾小婵抹了一把泪，脸上露出了笑。汪丰的一抱，泪水哗啦啦地出来，那一刻，内心已不再委屈，而是亲切，像父女久违相见一般。一个公司的小员工，能让大老板来那么一个抱，那是一份福分。

曾小婵一脸泪痕地笑着，两眼黑亮黑亮望着汪丰。

赵伟说：小曾可认真了，技术又好，火龙果的丰收离不开她的功劳。

汪丰说：那当然，我的员工，都是棒棒的。

谁也不拒绝听好话，曾小婵也一样，虽然简短的对话，听着心里也很受用，脸上的笑也就灿烂起来。年轻女孩灿烂的笑，更容易感染，带来欢快，场面也就温馨暖人。

许多看到一个熟识的身影，认真看，是巫生，指给身边的赵伟看，说：那不是巫生吗？

赵伟笑道：第一天摘果就来了。

许多说：怎么，转性了？

赵伟说：他赌钱给派出所捉了，让我去领人。我和派出所说了他的情况，就没有罚款。但我领他回来的路上跟他说，派出所罚款五千元，我垫了，巫生你得还我，若不还，看我怎么收拾你。我话说得狠，他想赖皮，见我黑脸黑鼻瞪眼，就说不就五千元吗，要吃人似的。

“呵呵。”许多笑笑，示示拇指。

赵伟说：让我撞上了，不耍花样，那真没法治了。

日至中天，赵伟高叫一声：“收工！”赵伟的叫声不能传遍整个劳动场面，就有人接声：“收工喽——

喽——

喽——

喽——”

声音射到远处，被弹了回来——回音袅袅，刹是好听。

汪丰一下子愣住了。此刻，他回到了童年，和村中几个小伙伴在一片桉树林里，放开喉咙，你一声我一声他一声，声声远传，又声声收回。……

那份快乐啊，真是有些遥远了。

汪丰轻轻地吐了一口气，轻快地迈开了脚步。

汪丰、许多、赵伟、吕芳菲走在前面，苏娟他们跟在后面。

有个叫温小梅的问苏娟：汪老板跟你说什么？

苏娟说：汪老板？谁呀？

温小梅：你不知道？和你说话的那个呀，他是我们县在省城最大的老板。

“呀唷，”苏娟说，“真不知道，以为是县里某个领导呢。汪丰呀，听说过，他怎么到团结村投资它呢？”

温小梅说：“问一个村人，她说汪总是许局的朋友，这几百亩火龙果是他捐资种植的。”“啊！”有几个人跟着苏娟啊出来。

中午，两拨人在村委会一楼会议室吃饭盒。赵伟是要拉汪丰到镇里吃的，汪丰没去。

汪丰与许多、赵伟、吕芳菲坐一排，苏娟他们坐几排。吃到半途，汪丰端着饭盒来到苏娟身边，一个志愿者挪了位置。

汪丰在苏娟身旁坐下后，苏娟笑笑说：是刚才回来的路上才知道您是汪总呢。

汪丰说：那我们算是认识了吧。

苏娟口吻敬畏地说：三生有幸。

汪丰听出来了，说：你我都是人，人呢，在社会上各有各的位置，但，是平等的。

苏娟顺着汪丰的话说：汪总说得对。

两人扯了几句，汪丰扯到志愿者上，感叹社会的不断发展，越来越多的人走在一起，抱团，尽心尽力为国家出力做事。你们呀，敬畏我，我呢，敬佩你们。

吃完饭，汪丰加了苏娟的微信。这让志愿团队三十多人三十双眼睛露出三十样不同的眼神。

汪丰问别的志愿者话，所指向的都是他们所做的事。他们说了许多故事，故事中几乎都说到了苏娟。

苏娟有时急着插嘴，说：“你们不要老是把我扯上，许多事是你们干的，我没参与。”有人说，“我们是奔你来的，团队所做的事，哪能没有你？”这么说，苏娟更急了，急得说不出话来。

许多本打算在吃饭、休息时跟汪丰说说种养基地的事，汪丰始终处在志愿者团队中，就说不上话。

到了出工时间，大家收拾收拾去地里。

汪丰说：“下午我就不到地里去了，县城有人约好见面。”说完上了那辆“雅阁”，挥手向大家告别。

温小梅说：“这么大的老板，自己开车，这世界怕是没有的吧。”这话一出，许多人跟着吱喳起来。

苏娟带两个人去赵十成家，送两小孩上学。

苏娟的志愿者团队轮流干了三天就撤了，奔钱而来的，三天将劳力缺口填满了。

第十五章 回村看看

县城没有人约汪丰，他是回自己的老家汪洋村。有一年多了，他没回自己的村子了。虽然父母兄弟姐妹都离开了村子，但每隔一段时间都抽时间回去看看。这次从省城回来目的是看看团结村收成火龙果，上午那句“收工喽——喽——”触动了他，就决定回村去。回去看看堂伯伯母堂叔叔母等近亲，看看儿时、现在还留在村中的伙伴……

远远的，汪丰看见了自己的村庄，心，温暖如春。五年前，汪洋村和周边的村子没有两样，虽然村里有人建了楼房，但多半还旧瓦房，甚至还有危房。而现在，汪洋村像鸡群中一只凤凰：近百座二层小洋楼，高低一致，墙面装饰一致，村巷横直一致，朝向一致。

全县找不出第二个村如此整齐划一井然有序。

汪洋村新建成，小小轰动了全县甚至全市，方圆百十公里常常有政府人员、民众纷纷前来参观。

汪洋村成为新农村的示范村。

当年汪丰回来跟村商量建新村，没费大的周折，重点议论的是建三层楼还是二层楼。建二层，汪丰出资一亿，三层出一亿五。开始时大家倾向建三层，多半想的是汪丰的那五千万，后来扯来扯去，扯出头绪，定下建二层。因为建三层不单单是汪丰多出五千万，每户也多得出钱。七三开，汪丰七，每户三。计算起来，多数人捂自己的钱袋子了。把数倒过来计也觉得占便宜了。

多数人决定的事，汪丰也就不反对。

车上了一座桥，汪丰停下，下车，站到半腰高的桥栏前，看流水。能看到河床的砂石。记忆中，小时候也是能看到河床砂石的，待到汪丰上中学时看不到了，从什么时候开始，水浑浊了，想不起了。建新村的同时，汪丰叫人将要倒塌的旧桥拆了，建了眼前的新桥，又雇人清理疏通河流，水就清澈了。

这条河没有名字，从前没有，现在也没有。

要是站在桥正中，面对村子，你一定会感觉到，左右伸展的河流，仿佛是人张开的双臂，稍微弯着，抱住了村子。

来参观的人，站在村前文化楼的戏台上眺望这条河，不少人感叹道：汪洋村不出大人物才怪呢，风水宝地啊。这话传到汪丰的耳里，汪丰暗笑，人们说的大人物是他，村中就出他这么个生意人，生意人算得上大人物吗？大人物通常是指做官的，但汪洋村从政做官的，连一个正科的都没有。

汪丰见从村中走出一拨人，在村前文化楼停车场上了车，他们应该参观完了，要离开了。汪丰上了车，开车回村。他不想他们看见他独自一人站在桥上，像一个傻子。说不定有人认识他呢。

汪丰的车与几辆小车相会而过。

文化楼是村中最高的楼，五屋，设置多样功能室。楼前竖了几块宣传栏。花草树木间，有篮球场、羽毛球场、乒乓球场……树荫下的鹅卵石散步道，石椅、秋千……

文体设施的设置当然是为来汪洋村的客人休闲服务。而村子离县城不远，外人也常来，偷得半日休闲。

汪丰本想探望了几位村中几位老人就离开，但村中有人见，一传十传百，村人没干活的来了，干活的暂时放下也来了。

汪洋村也曾经像一些村庄成了空村，建楼群时，汪丰想，如果楼建起来了，没几个住，岂不一个摆设？空村还是空村。汪丰就在村南建一农副产品加工厂，从公司派来几个技术员，留在村里的人进了厂。外出打工的听说加工厂工资高，计算得失，许多人就回来了。其实，高工资，按加工厂的收入，仅仅能维持，汪丰无利可图，他所考虑的不是短期而是长远，他相信，未来的农村前景是美好的。

汪丰没到村工厂去看看。从村工厂建成后，汪丰没去过几次，他相信他们，有能力管理好工厂。

来去有点匆忙，离开村时，汪丰心中有一丝不安。

到了县城，天将黑了。汪丰给许多打电话，他知道许多很少在团结村过夜。一个单位负责人，下乡是一份责任，却不是首要的，守住一个单位才是第一位的。

许多接电话，说：“我也刚回来，”又说，“我以为您躲着我呢。”

汪丰呵呵两声，上午与许多没说上几句话，许多这么说很自然。许多问："你在哪，我立即过去。"

汪丰说：老地方318房。

许多赶到旅馆，318房门大开，进去却不见汪丰，听到洗手间有水流声，就明白了。

汪丰从洗手间出来，说："我有点饿了，去吃海鲜大杂烩汤。"

两人出了房门。在电梯上，许多说："现在有人喊饿的不多了，中午没吃好？"

汪丰笑道：海风镇的盒饭不怎么好吃，我吃到地沟油的味道。

许多也笑道："你是偶尔，我却经常。"汪丰说："政府相关部门应该管管。"

许多说：屡罚屡不改。

出了旅馆大门，两人上了汪丰的车。

汪丰说：你什么时候当一回我的司机？

许多说：年初买了一辆，是赶着来见你，没开来。

汪丰说：没听懂。

许多说："小县城，大迈一步，可以从东跨到西，小车没摩托车快。"话刚落，一辆摩托超越了汪丰的小车。

汪丰笑道：有道理，但据我所知，当官的宁愿吃堵车的苦，也不开摩托。

许多说：面子几多钱一斤？何况真把自己当官啊，谁当自己是官谁显摆去。

汪丰呵呵：有点过了，你摆不摆不是你说了算的，群众的眼睛是雪亮的。

许多也呵呵。

汪丰说：不过，有时摆一下也不为过，要不一些人不把你放在眼里，管的人也不太听话，该威严时得威严。

许多说：当老总的和当官的共性吧，可我看不出你的威严。

汪丰又呵呵：你不是我的手下，你若是，在我面前得弯着腰。

许多说：是吗，真看不出。

汪丰说："你我是臭味相投。""哎，"许多说，"往哪开了。"汪丰慢下车来，说："顾着说话了，你也是，在自己家里，门在哪也摸不着。"

许多说：赖我，前面路口左拐。

两人进了上次的小饭店，进了上次的房间。

汪丰说：我们是不是被操控了？

许多笑道：这叫无巧不成书。

汪丰呵呵。

汪丰真是饿了，吃相有点狼狈，一点都不像一个老总。狼吞虎咽。

吃得差不多时，汪丰说：你没话跟我说吗？

许多没反应过来，说：你狼吞虎咽的，也没顾上跟我说话。

“好了，说吧”，汪丰说。

许多仍没反应过来：说什么？

汪丰说：你的宏伟规划。

许多愣愣的眨眼，说：我的宏伟规划？

“哦，”汪丰说：“看你这副嘴脸，真不想跟我说说啊。”

许多这才反应过来，说：“我发给你方案了呀，等着你回复呢。”汪丰说：“是吗？是我忘记了？”

许多想了想，说：忘记了也好，我总觉得方案有所欠缺，修改后再发给你。

许多说的是实话，他发给汪丰的方案后，反复看了几次，觉得有点不妥，就是养山羊方面没有很好融进去。

汪丰从台面上拿过许多的手机，许多意识没那么快，抢不回来，说还得修改的。

汪丰没理会许多，从文件输送栏找到文件，发到自己手机上。

许多说：你这人有点赖皮。

汪丰说：彼此彼此。

说实在的，汪丰与许多，一个大老板，一个小官，但在一起，有时候，就像两个两小无猜的小孩。

许多说：“方案真的要修改。”汪丰说：“一个舞文弄墨的人，弄一个方案有那么难吗？”

许多说：上帝给我开了一扇窗，关了我两扇门，一弄资料我就头大。赶鸭子上架。

汪丰笑道：我觉得你呀，无所不能。

许多说：世上没有无所不能的人，南郭先生更多。

汪丰又笑：许多不是南郭先生。

许多话题一转：你这次是专程回来，是专为摘火龙果的还是顺便？

汪丰说：昨天回市里见一位领导。

许多说：火龙果有你的心血啊。

汪丰说：你不是常常发照片给我看吗，我清楚着呢。

许多说：我也理解，大老总，千头万绪。

汪丰叹了口气，说：真有点累，你多好，看上去多轻松。

许多说：看上去你才轻松呢，看上去，谁都轻松，又有谁轻松呢。

汪丰说：人啊，来到世上就是自找苦吃。

许多说："没有苦就没有乐。"汪丰说："很多时候，苦苦乐乐身不由己。"

许多不再顺话说，问：你明天怎么安排？

汪丰说：得赶回省城。

许多说：你长途奔波，不用司机不行啊。

汪丰说：我喜欢。一个人喜欢想怎么就怎么，是快乐的，幸福的，是不是？

许多张了张嘴，没话出来。

汪丰自己开车真的是他喜欢，这份喜欢到了病态的地步，不敢与人说根由，说是说不清的。许多人的怪癖，别的人是无法理解的，自己改不了，别人也别想改变他。怪癖不妨碍他人，算不上什么大毛病。

回来旅馆，汪丰提起了苏娟，要许多详细说说她的事。

许多拿过手机，找到一份文档，发给汪丰。他本想发自己写苏娟的长篇报告文学，却发错了。

许多说：我喉咙有点上火，你自己看。是县文联主席写的一篇八千字发表在市报上的报告文学。

第十六章　善行千里

认识“广东好人”苏娟，大约是一九九八年的冬季。至今，近二十一年了。

苏娟在我的眼里，很长一段时间是一个极其普通的女人。把她放在一群女人里，怎么看都显得普通。她为人做事慢条斯理，不卑不亢，显得安安静静。但随着时间的推移，我渐渐觉得她有点与众不同。比如，她当上金星曲艺社社长后，每逢周一、三、五晚上，组织社员在县文化馆曲艺室给市民唱粤曲，送精神食粮。二十年坚持不变，这份坚韧一般人是做不到的。

近几年，遵照中央、省市宣传文化部门的相关精神，文艺界以“红色轻骑兵”的形式担负常年送戏下乡——到社区、乡镇、农村演出的任务，苏娟和她的曲艺社自然参与进来，这样，我与苏娟接触也就多了起来，熟稔程度也渐渐深了。送戏下乡，苏娟是个积极分子，自觉组织社员送戏下乡，每年大约二十场，比任何一个协会都多。但我只看到她的积极性，别的没有注意到。

直到有一次去县孤儿院慰问演出，我心中才起波澜。我们十多个人进了孤儿院，一进活动室，好几个孩子直扑苏娟。苏娟蹲下来，瞬间孩子们前前后后将她包围，包成了一个粽子。

演出开始，苏娟坐在孩子们中间，孩子们抢占她的怀抱，她只能左抱一个右抱一个，抢不着的，抢着搭在她的背上。

我是一个不容易被感动的人，但被感动了。从孩子们将苏娟包成粽子的那一刻开始，我得承认，这时的我才真正认识苏娟。

你想呀，苏娟与孩子们母子般的亲近母子般的贴心，建立这份如血脉相连的情感，得花多少时间多少情怀！其间有多少故事可想而知。

这么一个苏娟，着实把我蒙在鼓里好长时间。

被感动了，也就想清楚知道苏娟一直以来到底做些什么。

我问苏娟，听说你几十年来一直行善助人，是从什么时候开始的？话一出就知道是一个愚蠢的问话。果然，苏娟不作回答，给我的是一脸无奈的表情。我从中读出你这不是为难我吗，一个人活了几十年，一路走过来，谁会去记住每一步脚印？一些事过去就过去了，就算记得的，那算得了什么呢？我明白，这就是苏娟，不好张扬，默默做自己认为该做的事。但我也有固执的一面，不断地追问，还是能从她嘴里抠出一些事来。再者，雁过尚且留声，人生岂能无痕？从熟识她的人嘴里也是可得到我所想得到的故事。

苏娟的父亲是抗日期间参加革命的老同志，有着坚定的信仰和理想信念，从小对子女的教育言传身教，特别是对苏娟更是严格。他对苏娟说头羊的故事。说你是家中老大，你就是兄弟姐妹中的一只头羊，要做出榜样来。耳濡目染，苏娟从不懂到懂，慢慢地成了一只头羊。自小聪明听话的苏娟，听从父亲的谆谆教导，善从心生，用她的行动来回答父亲的教育。到了力所能及的年纪，她不但勤快做家务，而且常常帮助邻居做一些事情，如给五保户挑水、洗衣、打扫卫生等等。

因为有这样的父亲，小小年纪的苏娟言谈举止体现了担当。

随着祖国大地改革开放的深入，体制在变化，一九九六年，苏娟和两个妹妹、弟媳接连下了岗。大锅饭被打破，手上的铁饭碗被拿走，许许多多的人一时难以接受，陷入迷茫、不知所措，找不到方向。苏娟的两个妹妹和弟媳也不知何从何去，她们寄望为革命出生入死做过贡献的父亲向相关部门说句话，拿回铁饭碗。父亲却说国家的改革是为了大发展，是大战略，适者生存，你们面临的是挑战也是机遇，有话说条条大道通罗马，你们年轻人要多思考，相信能找到一条更好生存之路。两个妹妹和弟媳目光投向苏娟。

苏娟这只头羊没有迷失，开了一家药店，解决家人没班上的问题。苏娟用她在药材公司工作的经验，传教家人如何经营，同时，叮嘱每一个人，药店想立稳足，赢得顾客的信赖，要牢记“诚信”两个字，一丝一毫不能弄虚作假，才能长久经营，长久生存。

苏娟一贯的为人做事，弟妹们看在眼里记在心里，早已是一个榜样，合力认真经营药店。前几年，药店设有为顾客免费测血压、量血糖和理疗等服务。这些细微的善行之举，不用心想，是悟不出的。

这个叫作“姐妹”的药店，以诚信立足，二十多年经营下来，赢得顾客的好口碑。

苏娟早期的善举，在她的心里，是微不足道的，在别人的眼里也是微不足道的。比如对来药店买药忘记带钱或贫困的顾客说一句算了完事；扶老人过马路，扶盲人过马路；遇上有困难的人不由地走近说问要不要帮助；给一个街头巷尾乞讨人一点零钱……是她生活状态中的常态。她的这些举动，在一些人的眼里有不屑一顾的。甚至有朋友这样劝说她，乞讨的人里有的是好食懒做的骗子呢，你就甘心情愿让人骗了啊。苏娟有自己的想法，朋友说的有一定的道理，但这类人群里一定是有人陷入困境不得不出来行讨的，如那些残疾的人，十有八九或百分百是需要帮助的，而那些正常人的乞讨者，其中应该也有不得已而为的原因，至于那些抱着骗些小钱的人，终会有一日会醒过来，走上正道。中国在迅速地崛起，一切会随之而变化，人们的生活日益提高，思想素质也会跟着提高，祖国会越来越美丽。

的确，苏娟早期所做的事可以用微不足道来形容。但在她的心中，她记住一句话：勿以善小而不为。

一九九八年夏天，苏娟认识了月城镇文化艺术学校校长卢陈兴。说到卢陈兴，不能不说说他的事，他早期建立的学校名叫“月城武术学校”，虽然以学校冠名，实则是乡村武术馆。他的初衷，也许只是开馆授徒，传授武术，弘扬国粹。自从一九九〇年收容了第一个孤儿开始，办学的宗旨开始变了。改名“文化艺术学校”，开设了武术、舞蹈、音乐、民间艺术等科目。学生绝大多数来自困难家庭，其中有不少孤儿。孤儿的衣、食、住，包括他们上学一切费用全部由学校包了。近三十年来，学校每年招生超过一百名，而孤儿占40%左右。不用深入调查了解，从生源的结构来看，本质上是一家公益性学校。公益性学校，且是民间的，办校有多艰辛、付出有多大，可想而知。

卢陈兴的事迹，我在媒体上读过，很是让我感动。苏娟在我面前多次提过卢陈兴，显然，她受卢陈兴的影响不小。我要写写苏娟，必须去见见先于苏娟、在二〇一二年被评为“广东好人”的卢陈兴。采访时，说到苏娟，卢陈兴笑着说了一句幽默的话“近朱者赤，近墨者黑”。

德不孤，必有邻。卢陈兴的事迹远播广传，以苏娟自小种下的善行之心，迟早与卢陈兴走到一起是自然而然的事。

我知道苏娟常去探望卢陈兴的文化艺术学校孤儿的事，是近几年。由于忙于工作，仅仅是略有耳闻，并没有用心去关注或贴近。但我清楚自己终归有一天会将她的事弄个一清二楚。当我看到一则消息报道，有点后悔自己迟到了。

报道的题目是：二十一年“不变之约”，坚持陪孩子们吃开学饭。

开篇语是——二〇一七年九月一日开学的第一天，热心市民苏娟、许小霞等如约来到月城文化艺术学校，给孩子们送来大米、花生油、衣服、书包等慰问品，并和29名位孤儿共进午餐。

这条消息让我震撼，这个苏娟！

年底，我看到另一条报道题目：二十一年坚持陪伴孤儿吃年饭。

——苏娟，每年大年三十，如约来到月城文化艺术学校，探望结对帮扶的孤儿，并和孤儿们共进午餐。

可想而知，苏娟在行善的路上有多少故事，又是何等的坚韧不拔。没有大爱之人是做不到的。

二〇一三年春末，十二岁的欧小建、九岁的欧小杰兄弟俩先后失去了父母。两个苦命的兄弟如何活下去成了迫切要解决的问题。十月，在县妇联的牵线搭桥下，兄弟俩来到月城文化艺术学校，开始了新的生活。

卢陈兴办校的初衷是挣点钱，但当孤儿在不断增加后，他的人生轨迹改变了，他初衷变成了社会责任、社会义务。这样一来肩上的担子越来越重，付出的不仅是精神上的压力，经济上的压力也大。从经济角度看，虽然卢陈兴的妻子做点生意补贴学校，但他还是觉得有点承受不住，不用说，需要一些社会力量的帮助。苏娟他们来了。

苏娟见上欧文建、欧文杰兄弟的第一天，立即确立了结对帮扶关系。

苏娟对欧文建、欧文杰兄弟特别的关爱，百忙之中，隔三岔五抽时间来学校看看，不仅给予他们学习、生活上的帮助，常常与他们谈心，引导他们走正确的人生之道。兄弟俩也特别的懂事，在后来的日子里，每当苏娟来到学校，常常用奔跑过来的仪式来迎接她，甚至情不自禁冲口而出叫一声“娟妈妈”！

“苏娟对欧文建、欧文杰兄弟像亲儿子一样”，我是从别人嘴里听到的，从新闻报道上看到的。我采访时打电话给已经十八岁、到了另一家艺校学习的欧文杰。我们聊了些苏娟对他兄弟俩的情况，最后我问，报纸上说你兄弟俩平时叫苏娟“娟妈妈”？他说是啊，不但我兄弟俩这么叫，其他孤儿也有这么叫的。她在我们的心里就是母亲。

结对帮扶，多年的陪伴，不离不弃，苏娟与孤儿渐渐形成如母子般的关系，顺理成章，是不可置疑的。

物换星移几度秋，欧文杰，欧文建兄弟俩一岁一岁往上长，长成小伙子了。

欧文杰即将离开学校走向社会。苏娟又关注了另三个孩子——龙湾村的万候贵、万华保、万华金，于二〇一八年九月将三兄弟送到了文化艺术学校。在苏娟他们一次接三兄弟去学校时，我跟了去。到了这个孩子们的家，我看到的是，孩子是有母亲的，但这个母亲聋哑兼智障，而且身体畸形，我不去描述，因为不忍，或者说词穷。我问一起来的团队成员许兄弟，他们没父亲？许答早去世了。许又说，因为孩子的母亲是智障，我们团队平时捐些款，交给她邻居保管，按日常生活定时给她钱，如果直接给她，怕一天就撒完或者弄丢了。我转脸问了三个孩子多大了，老大说我十三岁，老二说我十岁，老三说我七岁。

孩子们见了迟一点到来的苏娟，齐齐就围上去了。苏娟亲热地一一摸了摸他们的头，细声软语问些话，有没有做家务，有没有做作业，有没有在外面惹事……孩子们做了回答，苏娟满意地点头，说乖。

面对孩子，苏娟不用大道理来说教，以询问的方式潜移默化教育孩子。我所看到的是：一个慈祥的母亲与孩子交流。是的，慈祥，当时的情景，我脑海里就这两个字。

到了文化艺术学校，苏娟向老师问三兄弟的近期情况。老师说老大老二听教，老三话少，不知一些话听进去没有。苏娟说他还小，慢慢来。老师点点头。

节假日，苏娟他们坚持接孩子们上学、回家，在一些外人来看，不就是一个“接”吗？一个过程罢了，但如果你参与过程，就会明白不是简简单单的“接”，是一份爱护，是培育孩子成长的一个过程。

目前，苏娟个人与文化艺术学校结对帮扶的孤儿是十二名。

苏娟也不仅是对学校的孤儿给予帮助、爱心，对县内的、她所知道的孤儿都付之力所能及的行动。如前面提到的县福利院，她就经常去探望。如二〇一八年四月二十二日上午，苏娟和团队等八名队员，前往分界村慰问孤儿杨侯琳、杨候珍姐妹俩。这个家庭非常特殊，年过半百的杨雪与四十岁、患精神痴呆症的外省一女子组成一个家，先后于二〇一二年八月、二〇一三年十月生下杨侯琳、杨候珍。二〇一四年杨雪患肠癌，因没钱医治，于二〇一五年四月不幸离世。祸不单行，“疯婆”母亲在杨雪去世不到一个月离家而去，一去不返。八十多岁大伯杨境祥收养杨侯琳杨候珍这对苦命的姐妹。苏娟他们去慰问姐妹俩时，杨侯琳六岁，杨候珍五岁，就读于分界小学幼儿园。慰问过程中，听说姐妹俩还未办理孤儿证，苏娟他们当天就带她们到县城相关部门办理。解决姐妹俩应该享受的国家政策后，苏娟他们明白姐妹俩还处相当困难中，未来很长的路不好走，得继续帮助她俩。之后，苏娟和她的团队时常带上钱物去探望、慰问……

一九九八年秋末，有一天苏娟去卢陈兴文化艺术学校，卢陈兴提上一些礼物带她去月城镇官田村慰问一户人家。到了门口，苏娟先看到的是破旧的瓦房和泥泞的院子，接着看见了三个扭曲的肢体在地上爬行的人。卢陈兴告诉苏娟，这家四口人，三个不能走动，没人扶连站立也不能，爬行着生活。苏娟震撼不已，一阵心酸一阵痛楚。这么一个家，想想有多么的不幸，多么的困难。

进屋后，苏娟情不自禁蹲下身子跟他们聊天。说些安慰的话，鼓励的话。随后的好多年，每逢年节苏娟都去看望他们，给他们送油送米送衣服等生活用品，给几张钱，陪他们聊聊天，说一些暖心话，给予精神上的慰藉。

从此以后，苏娟就放不下残疾这一类人了。

前面说到的孤儿院，有不少是因身残被遗弃而进院的。为什么苏娟一进来就被这些孩子包围？因为苏娟的常来，他们当她是一位亲人了，像母亲一样亲。那天的演唱，不单单是苏娟们唱，孩子们也唱，有几个平时只能啊啊说不成话的孩子，抢过话筒后，拼尽气力地啊啊啊，忘我地投入、忘我地陶醉、忘我地快乐……谁在场不感动？难怪日夜与孩子厮守在一起的院长、干部职工泪流不止！

二〇一七年十二月，苏娟听说北上村有户姓卢的家庭特别困难，前去探望。家长卢定已七十六岁，有一子一女，儿子在家务农，女儿远嫁他乡，老伴瘫痪在床。天有不测风云，人有旦夕祸福。二〇一五年，卢定二十八岁的儿子卢康明趁圩回家时从摩托车上摔下来，摔至重伤，花了十多万元治疗费，还是不能站立，失去劳动能力。一个家底的顶梁柱折了，家也就塌了，天也就塌了。

卢康明的意外致残，家里陷入了非常贫困的境地。两年多过去了，三十岁的卢康明因种种的原因还没到县里进行检查、评定残疾等级。苏娟在心里责怪自己来迟了。

苏娟明白，这个家庭的困境单靠自己不行，就与马安村委会沟通，联系上县残联，与她的志愿者团队一起，解决卢康明的评定残疾问题。

大家来到了卢定的家里，卢康明表情淡漠地玩着手机，负责帮扶他的村委干部王玉桃向他说明了大家的来意，但他不吭声，脸无表情，旁若无人。意外造成的伤残，令他对生活失去信心，对人间失去信任。苏娟他们轮番劝说，卢康明依然像没听见。没有它法，大家连说带哄扶他起来，他用瘫软的举动来抗拒。志愿者苏卫一把将他背起来往门外走，众人跟在后面扶着，上了车。

县残联对此事十分重视，县残联副理事长叶某专门负责跟进。叶某说，中央有政策，残疾人办残疾证，要做到不漏村不漏户不漏人。又说残联机关人手有限，想要做三不漏不容易，这就需要各个村委会、自然村的干部和像你们这样热心的志愿者发挥作用。

在几方的通力合作下，经过医生详细的检查，对卢康明做出了一级残疾的评定。

领到应该领到的残疾人低保金。卢定父子非常感动。卢定说我一个不太出门的人，真不知道现在的社会有你们这群积德行善的人，国家越来越好了。

给卢康明办了残疾证，苏娟他们知道还远远不够，这个家庭还得给予帮助。二〇一八年一月三日，苏娟专门买了助行器，带上儿子、弟弟跟着志愿者们凑钱买来上大米等物品一大早就赶到了卢定家探望。志愿者们和村干部一起动手安装轮椅，扶卢康明坐上去，手把手地教他怎么用，鼓励他要积极锻炼，鼓起生活的勇气。卢康明连连点头。苏娟他们还到卧室看望了卢定瘫痪的妻子，离开时大家捐了些钱，卢定父子眼睛有泪水湿了。卢定用哽咽声说谢谢。

二〇一九年五月十九日全国助残日，下午，我跟着苏娟的志愿者团队共十一人去卢定家慰问。我们拐进一巷子时，远远的，我看了巷子的尽头站着一老一少。少的护着助行器。一看就明白，老的是卢定，少的是卢康明。显然，去前，苏娟他们与村委会做了沟通，而村委会又告知了父子俩。走近了，我看到两张脸都挂着笑容。卢定一个不放过一一握了我们的手，而卢康明不但脸上挂着笑，眼里也有笑。没有谢声，像迎接远方来的亲戚，是不用谢的。

向卢家家门前走时，卢康明借助助行器熟练地行走。看到卢康明的日渐康复，志愿者们脸上也挂上笑了。大家围拢在他身边，先赞扬他的努力和坚持，后教他一些有利于更快康复的运动方式方法，又让他手离助行器试着蹲下站起。卢康明听从，蹲下站起，过程虽然有点吃力，但还是能做了下来。有志愿者说，挺好的，不出三、五个月，就可以不用助行器了。这话有两方面意思，一是三五个月真有可能不用借助行器自然行走了，二是鼓励话，树立了他的自信心。

离开时，父子俩送我们到巷门。到了巷子拐弯处，我回过头，见卢康明还站在巷口。显然，他是有多么的不舍，一定要目送我们直到看不到为止。我在巷子这头向他招招手，他在巷子那头，向我点点头。

数十年如一日，苏娟关注残疾人，心系残疾人，要是一个故事一个故事说下来，恐怕要几天几夜……

苏娟的志愿者团队，像她这样不再吃政府饭的人占多数，但他们听到了党的声音，清楚党的路线方针政策，配合党的战备方针，为实现“两个一百年”的“中国梦”，自觉抱团齐心协力携手走在善行的路上。

我问苏娟，你有没有想到，以前你一个人做好事，今天领导着一群人。苏娟说，不是我领着他们，是他们有善心，要行善事，我们走到一起来了。

苏娟的话有一定道理，但我采访一些志愿者，几乎都说是受她的影响，加入了志愿者队伍。如郑赤来这样回答我，“我是 2017 年 11 月认识苏娟的，先是从媒体新闻上读到‘湛江好人’的事迹，见了苏娟后，好面熟，一下子觉得认识了几十年，这样，我加入志愿者队伍。”许鸿均说，“与娟姐一起帮助残疾人、孤儿、老人等解决一些困难的过程中，她的言行举止感化了我……”

说到苏娟的团队，想起一句古语“德无常师，主善为师，善无常生，协于克一”。

我在他们的微信群里，掌握 2017 年至今一些情况，一些数据：

团队协助县残联与相关单位，为重度残疾病患者办残疾证、筛查白内障患者 40 多场次；协助卫计部门走访、慰问精神病患者，给他们送医送药送温暖；多次发动团队给重大疾病病人捐款，帮助解决燃眉之急，款项数几千至几万不等；经常参与政府相关部门开展全县性扫黑除恶、建设平安、创建文明城市等活动；在每一次台风来临之前，无论是白天、晚上，甚至深夜，组织志愿者深入到定点帮扶的村子，协助村委将需要转移尚未转移的群众及时转移，确保群众生命安全；常年性资助月城镇文化艺术学校的特困儿童和孤儿；2018 年夏天，苏娟出资 3 万多元为遂城镇 300 多名起早贪黑、建设“美丽遂溪”第一线的环卫工人二次送去清凉、降暑降温清凉饮料……

罗列这群志愿者两年的部分善行情况，我所想的是，当年苏娟以卢陈兴为榜样，善行千里。那么，志愿者们以卢陈兴、苏娟为榜样，在以后的岁月里，他们当中必定有人会成为卢陈兴、苏娟！

二十二年来，苏娟帮助孤寡老人、孤儿、残疾人、单亲母亲等困难群体解决问题二十二万多人次，捐资一百多万元。捐资数据是从报道上看到的，我并不怀疑，但还是问苏娟，到底是多少。苏娟微笑着回答，哪知道多少，我又不记录。再说，钱算不得什么，捐多捐少，量力而为吧，是不用计算的。苏娟的回答在我意料之内，她本就是一个低调的人，回顾她的善行善举，是自小接受良好的教育，养成了上若善水，行善如流。一条小溪之水，流入大河，谁可以准确地测量？自己不能，别人也不能。

的确，苏娟与那些捐上百、千、亿的相比，可谓微不足道。一家不足百平方米的药店，姐妹兄弟几个人合办，能生出几多钱财？我想起一句古语“贫者而好施，其功德倍于富者”。自然不足以断论，却亦有一定道理。

鸡鸣而起，孳孳为善者，舜之徒也。

善德之建，就算苏娟最低调，她一路的善行还是渐渐地让社会民众传颂开来，赢得社会各方的赞扬。政府授予她一些荣誉：二〇一六年被评为湛江市十大“最美家庭”；二〇一七年被评为第六届“湛江好人”；二〇一八年被评为湛江市第一届道德模范、湛江第二届“文明家庭”；二〇一八年被评为第一季度“广东好人”；等等。

苏娟以她的方式，行千里之善路。芸芸众生，善行之路上，苏娟们是不可缺少的，也是社会需要的，也是值得颂扬的。

积善成德，是一个国家文明所必需的、强大所必需的。

善行路上，有千千万万个苏娟，集结而行。

汪丰看苏娟事迹的过程，许多静静地坐着，像一个坐佛。

汪丰看完后，静静地思考，像一个坐佛。

两人活过来时，汪丰说：这几年志愿队伍如雨后春笋，生长够快的，但据我所知，一些团队并不怎么和谐，有人有事没事要闹一闹，退这个队跑到那个队去，过了一段时间又退队找新的队，我想啊，怎么会这样？

许多脸露出怪异，说：你竟然关注这方面？

汪丰说：志愿团队呀，若能拧成一股绳，真能做出好多对群众有益的事。像苏娟和她的团队。

许多说：“林子大了什么鸟都有，志愿者团队有人是真志愿者，有人是假志愿者，志愿者与志愿者是有所不同的。有的志愿者是一心一意，不计较个人得失，假志愿者则不怎么一心一意，有所计较，想来则来想走则走。本来啊，志愿者团队不像一个体制单位，拿工资，拿工资的人也不好管呢。何况，他们不拿工资，还得经常掏自己的钱包，捐出来一起去做事行善，心里有计较的，就会来事。”汪丰说：“志愿嘛，不愿意就不参与不就得了。”许多说：“话是这么说，但爱凑热闹的人多着呢。”

汪丰说：那岂不是鱼目混珠？

许多说：那倒不完全这么定论，有心人毕竟占多数。像苏娟他们的“众诚”，要登记注册时，团队的人几乎都交了会费，这些积极交会费的人，是自愿的。

许多看看手机时间，站起来说：“你该休息了。”汪丰说：“好吧，你明早不要过来，我吃完早餐就赶路。”许多说：“明白，要不又扯出什么话题来，耽误时间。”

汪丰回省城的第三天晚上，给许多来电话，说：“你昨天给我发的方案，总体挺好的。不过，我坚持原来的三年托底不改，扩大的我参股的部分，做个形式，让所有合作的人有信心。销售方面我有渠道，没问题的。”

汪丰的胸有成竹，是两年前前瞻性地开拓了另一个市场，将积累的资本抽出部分运作电商。他嗅到未来房地产调控越来越严，而电商还有较大空间。两年，电商这一块已基本成形，开始盈利。

两人又斗了几句嘴，汪丰说：给我你的银行账户。

许多一头雾水，说：没听明白，干吗？给我打钱买官？

汪丰说：现在是白天，你别做梦，钱不是给你的，给苏娟他们。

许多说：给苏娟他们问我要账户，我又不是他们志愿者团队的。你加了苏娟的微信，问她要去。

汪丰说：你这木疙瘩脑子，说这么多还不明白。

汪丰这么一说，许多脑瓜开窍了，说：我觉得还是不拐弯抹角的好，早晚有一天苏娟他们会知道的。

汪丰说：那是以后的事，目前我想还是不让他们知道的……

许多说：你是怕他们倚仗上，会有所懈怠？

汪丰说：你以为呢？

许多说：有一定道理。

许多给汪丰账户时说，你就不怕我贪了？

汪丰笑道：没事，你真要贪了，五万元是不够的是不是？

许多借苏娟他们在为一位重症病患者捐资，问苏娟要账户，说有人想捐点钱，不想留名。

苏娟信了。当苏娟见到许多打来五万元时，打电话给许多，说那么多钱，谁呀，大家都想知道。

许多说：还是尊重捐钱的人吧，他还有一个交代，这五万元，你们看着用，不一定用在一个人一件事上。

“哦，”苏娟说，“我明白了。”

苏娟是想到汪丰的，但不敢肯定。

第十七章　危房改造

有人给许多转发了一条微信：上坡镇一村委会书记被县纪委带走，涉嫌贫困户危房改造时吃回扣。扶贫领域贪污现象，报纸上也常有报道。建房、铺路，镇一级分管某村委或村委书记与包工头勾结，偷工减料，以次代优，套走余钱；胆大的开口要下手拿；低保做假，该得没得，不该得的偷偷领着。叔叔伯伯，侄子侄女，七姑八婆，能占的占……反正吧，雁过留毛，蜂过挤糖，五花八门。

打个比喻：团结村，许多的单位帮扶二十多户，其中五保户十户，这十户建了十幢左右的一层平楼，除去地皮，每幢造价大约七八万，如果镇某领导分管团结村的，或者赵伟是个贪婪之人，每户拿你一万，可观吧？

莫伸手，伸手必被捉，警钟时时敲，却还是有人装聋作哑，掩耳盗铃，伸出黑手。

这条微信，像一粒砂石，在许多心里硌了好几天。团结村的种养基地一旦运作走来，进来大额资金，用途方方面面，也就有空子可钻。

搞一个基地，出一两个贪污，过盖于功，那就不好了。得有个监督制度。

许多花了几天时间制订一个监督制度。

防患于未然。

许多将监督制度给赵伟看，让他看看有没有漏洞。赵伟提了几点意见，许多觉得可以，做了修改。

上梁正了下梁不歪。到时开个大会，将监督制度发到家家户户去。

摘第二批火龙果时，陈新来了，开来一辆小车一辆大卡车。

显然，大卡车是来拉火龙果的。

许多左侧一个脸，右侧一个脸，看陈新。

陈新说：你这狗眼，看低我是吧？是给员工发福利。发一只羊发不起，发一箱火龙果总可以吧？

许多说：太可以了，善心老总。

陈新说：你少来这一套，你左眼看我是一个人，右眼看我是另一个人。

“你这样想我，”许多说，“无论怎样，我向你道歉。”

陈新说：与你打交道，我左不是人右不是人。

许多说：我知道自己错了，你还要我怎么样呢？

陈新说：不怎么样，谁叫我们是战友呢，谁叫你是许多呢。

陈新是在拐着弯赞许多。许多听出来了，说：我这人嘛一身的毛病，多多包涵。

陈新说：一样。

许多问：种养基地的规划你还有什么想法？

陈新说：汪总似乎在做慈善。

许多说：你管他呢，你想好自己的。

陈新说：按规划，我跟。

许多拍拍陈新的肩膀。

陈新说：把你的黑手拿开，拍黑我的灵魂。

许多大笑，陈新也大笑，笑得身边的人也跟着笑。

大卡车满装火龙果，拉走。许多人用异样的目光看着大卡车远去。这难怪他们，从摘火龙果开始，就有人直接到地里来拿，有县领导干部，有镇长领导干部，有村委会成员的一些亲戚朋友……少的装一塑料袋，多的一箱几箱。赵伟抹不开面子，或不敢阻拦。后来许多知道了，骂了赵伟一顿，叫人在地头立了一块大牌子：火果龙：3 元钱一公斤。这才堵那些来白拿的人。

开了一次大会，团结村和其他村的村民能来的来了。

汪丰没有来，陈新没有来。

种养基地正式运作。

运作顺利。不顺利的是同时进行的村场改造。

当初养羊、种火龙果，与村民签订从利润中截留 10%，用作补贴村场分片分批改造，但实施起来，有些人家不愿意，有说我的屋硬朗着呢，不急；有的说我住得好好的，不想挪窝；有的说补贴太少了，能不能多点；有的说将钱分给我们，自己处理不更好吗？有的说补贴有什么用，我手上没钱，建不了新屋……还有个叫赵民的说我这屋啊，风水好，动不得。这个赵民，差点没被列入困难户，还风水好。就连支芬也有抵触，说老公说看看再定。

反正吧，借口五花八门，理由没有。

急得赵伟嘴上又挂泡泡，向许多讨主意。

许多说：同意的人家先动起来，堡垒一座一座攻破。

赵伟眨眨眼说：当初签的协议无效？

许多说：那不过是一张纸，不算法律条文。

赵伟说：那也有约束力吧，没有规矩哪能成方圆？

许多皱皱眉，说：你不是拿着协议找那些不愿意的说了吗？有用？

赵伟说：我跟他们说了，愿意不愿意，都得按协议来。

许多说：扯淡，像赵杰家，贫困户，的确没钱，你用协议套他有用？

赵伟嘟哝着：那弄这个协议有屁用。

这话明显冲许多来，是许多叫弄协议的。

许多说：这份协议呢，目的是告诉村里人，村子要跟上时代的变化，村容村貌要改变，小康生活、社会主义新农村不是挂在嘴边就完事的，是要去建设的。

赵伟说：可是……

许多打断赵伟，说：可是什么，急不来，船到桥头自然直。

赵伟说：船已到桥头了。

许多说：是吗？是刚刚行船吧。

赵伟哑住说不出话来。

许多见到支芬时，问："支芬，你家是你说了算还是你老公说了算？"许多了解到，支芬的老公在她的面前服服帖帖，不敢高声一句。许多的问话，支芬先是一愣，后是脸红了，她明白许多问话的意思，低下头来不回话。

许多说：你是一名村委会干部，不带头作用也就罢了，可不能站错队呀。

支芬张了张嘴，许多拦住了她，说："我替你将话说出来，你们家的房子是建起来没几年，但当时为什么要凸出村巷一米多？当时有没有人反对？反对了你还要横蛮来，现在还要赖皮下去？"

许多的口气一点都不客气，支芬不是一般村民，是村委会干部，妇女主任。

支芬将头埋在胸前。

许多说："你好好想想吧，政策是要将农村建设好的，这点如果都不明白，你这个农村妇女干部就别当了。”

支芬抬起头来，两眼红红的望着许多，说：“我错了。”

支芬回到家里，老公赵五见她脸色不对，问：“谁欺负你了?”支芬一时不理睬他，坐在沙发上发呆，赵五不追问，知道她的脾性，多问一句会惹来一顿有理无理的训斥。

好一会儿，支芬说：准备拆屋。

赵五愣住了一下，说：你不是嫌麻烦吗?

支芬说：麻烦也得拆，我们理亏。

赵五说：那协议算什么，强加于人。

支芬说：没有协议也理亏。

赵五说：怎么就理亏了?

支芬说：你是猪脑啊，我们的屋占巷子，这几年让村人背地里嚼烂了舌根了。

赵五说：占巷建层，又不是我们一家。

赵五说的是没错，团结村建造的房屋，不是一家两家乱造乱建设，是谁想怎么建就怎么建，乱七八糟。赵伟森做了十多年村书记，心思放在拉一帮人打压一帮人上，村里的事对自己有好处的高声武气的去吃吆喝，没好处的作隐身状。

团结村乱象丛生，浑水摸鱼。

村场不成形状就这么来的。

团结村种、养基地的动静，终于响声外传。镇领导来了，县领导来了，市领导也来了。

这么一来，好处也来了，镇上支持，县上支持，市上支持。

这么一来，本来要许多承担的事，上面有人分担了，应该放松了。但许多心里有点落空，怕规划好的事被打乱。

许多在微信里跟汪丰聊他的担心、跟陈新聊他的担心。汪丰给许多的话是：政府重视是好事，但该管的你还得管。陈新给许多的话是：政府重视是好事，那你少管些。

汪丰和陈新的话让许多左也不是右也不是，许多想想，找县长汇报，毕竟，从行政上，县长是主管官。

县长听完许多的汇报，问你还有什么建议和困难?

许多想了想，说搞种养基地的目的一是为脱贫，二是为团结村致富，有两位老总支持，推进应该没大问题。村场改造这块骨头有点难啃。

县长说村场改造是政府一项重要工作，会重视，多硬的骨头都要吃掉，你该担当的担当。再有，团结村的事，有不和谐的，你直接向我汇报。团结村可以建设成为一个试点示范村，齐心合力吧。

县长的话，让许多空落的心如泉眼往上涌。

到了下班时间，与县长面对面坐着的许多站了起来，县长也站了起来，说："走，跟我吃饭去。"

许多觉得有点突然，他从来没跟县长一起吃过饭，说："我还是回家吃吧。"县长说："给我点面子嘛。"县长的口吻温和，许多心里一暖，说："恭敬不如从命。"

从六楼的办公室下来，许多跟在县长的身后，到了五楼拐弯处，县长等上许多，两人就并排着。县长不说话，许多也不说话。

到了政府饭堂，县长要了一间房间。

县长平时一人吃饭是不坐房间的，这点许多并不知道。

县长和许多刚坐落，服务员进来了，问："饭菜怎么上?"县长说："不要另做，随意拿一份上来，你跟订餐的说是我要了，让他等等，再做一份给他。"

服务员说好哩。

服务员很快端上两份饭菜。

每份是一碗饭一碗汤一碟荤菜。

县长说：先喝口汤漱漱口。

许多没听过喝汤漱口的说法，微笑着看了县长一眼，心想县长是个有趣的人。县长喝了两口汤，不是一口，然后吃饭，许多按照县长的步骤来。

县长扒了两口饭，问：你怎么认识汪总的?

许多说：一次偶然相遇。

"哦，"县长说："一见如故?"

许多说：算是吧。

县长说："难得。"又说："不是随随便便就能一见如故的。"

许多明白县长的意思，是想知道原因，说："我不是有个爱好，有闲写小说、散文什么的吗，汪总是从报纸上读过我的文字，他呢，好古诗词，也写。"

县长说：我说呢，原来是同志。

许多笑道：算不上同志吧，都没把写作当事业。

县长也笑道：用什么来说更恰当？臭味相投？物以类聚？贬义了。你来说。

许多说：说不好。

许多见县长没问陈新，说："陈总是……"县长说："我知道，陈总是你的战友。听说两位老总未见过面？"

许多说：是，时间上没安排上。

县长说：汪总我熟识，陈总还不认识。

许多说：我跟他说说，让他来见您。

县长说：不要刻意，他什么时候来见你，给我电话。家乡的建设需要乡贤的大力支持。

吃晚饭的时候，老婆突然问："听说下午你去见县长。"

许多有点惊讶地看着老婆，她很少过问他工作上的事。无论许多当上单位负责人之前或之后。之前上班回来帮她做些家务什么的，之后家里的事几乎不闻不问了，她都一如既往的不多嘴。儿子上大学了，许多和老婆，过得安静而平庸。白天各上各的班，晚上老婆喜欢追电视剧，许多若没应酬，窝在房间看书，心血来潮时写点东西。

随着年岁越来越长，两人对话也就越来越少。

老婆见许多那样的看她，说："你呀，是一个见官矮三分的人，终于敢去见了。"

许多皱眉，老婆将一顶"怕官"的帽子戴在他头上，他心里是不舒服的，他是不想，而不是不敢。

许多白了老婆一眼，不想与她扯这个话题。

老婆说："你要是早点与领导多接触，也不至于到了这把年纪才捞个正职，说不定还捞个副处呢。"

许多不看老婆，吃菜扒饭。他没想到，在他的仕途上，老婆不曾在他面前多过嘴，原来是藏着掖着。没想到是没想到，也不意外，这世上的女人嘛，又有几个不想自己的男人有出息，或者说活出威风。那是可以在别的女人的面前脸上露光彩、说起话来可以大声，让人妒忌或羡慕的。说起来是庸俗，却也是再正常不过。自己就没想过活出个人模狗样？如果说没有，那是虚伪。

老婆说："现在倒好，这把年纪了，没日没夜地忙，都不知道有家了。老了老了，劳碌命，图的什么呀?"

"无趣。"许多在心里说。

许多放下碗筷离开，他不接老婆的话，接了怕接出一顿吵来。

许多出家门去散步。晚上又没事，散步成为习惯，已经有二十多年了。散步，一般人会邀上一两个朋友一起，一边走一边聊闲。许多习惯一个人，贪的是清静。

许多不喜欢人多的地方，如公园，人们绕着圈子走，顺着地逆着地，躲着身子；如穿越县城的那条人造运河河坝上，人拥挤得不得了。许多朝县城外走，到田野去，看庄稼，看蛇一样扭着身子的小溪。有意无意吸吸田野的气息，自然而然地发发呆或者想想心事，浅浅的或者深深的。拿出手机横着或竖着拍一幅庄稼画面，拍未完全褪去的晚霞。任由晚风吹乱了头发，拉扯衣襟的下摆。无目的地丈步田埂上，想起儿时光着脚板在田埂上撒野，对比今时脚上的运动鞋。县城灯光亮起五颜六色的时刻，或者再逗留半个小时，往回走。散步，何不也是散心呢?

第十八章　跑项目

许多回到住宅小区，上楼时，手机响了，一看是县长打来的，忙接了，来不及说句县长好，县长先说话：“明天九点钟，到政府大院等我，跟我上省城，你不用开车，坐我的车。”

许多说好的。

容不得许多多问一句，县长挂了电话。

开门进客厅，老婆在看电视。

许多说：你帮我收拾一下，县长让我明天跟他上省城。

老婆哦了一声，问：去省城干什么？

许多说：没说。

老婆边起身边说：能跟县长出差是好事。

许多不回话，进了书房。

第二天八点五十分，许多到了政府大院，见了农业局、水电局、交通局、招商局几个负责人站在一起说话。四位见了许多提着旅行包，招商局负责人问：“许局你这是？”

许多说：是县长叫我跟他上省城。

四位相互看看，一个问：你没开车来？

许多反应过来了，四位也是跟县长上省城的，就说：应该是让我坐你们的车吧。

问话的人说：我们四位共挤一辆，没你的座位。

“哦，”许多说，“那我……”

“你别装了，一定是县长叫你坐他的车。”

正说着，县长来了，说上车。

四位上了一辆车，许多上了县长的车。四位的车在前，县长的车在后，开出了大院。

县长坐在左侧司机背后，许多坐在右侧。许多是知道坐车主次规矩的。

上了车，县长没说话，许多想找个话题开口，却找不着。司机的手机导航时不时地提示，车上也就不算安静。直到上了高速公路，县长才说话，不问工作上的事，问许多生活上的事，爱人在哪个单位工作，孩子多大了，上学还是出来工作了等。许多一一回答。话扯开了，东说西说，说到了汪丰。

说到了汪丰，县长说：这次我们上省城，他们几个局各有各的任务，你呢，和我去见见汪丰老总。

许多说：我能做什么？

县长说：人与人，有时讲一缘字，有话道：缘分是一座桥，你与汪丰若是没缘，他不会无缘无故给团结村资金。

许多说：倒也是。不过，汪总是家乡人，您是我们县的父母官，他应该不会驳你面子吧。

县长说：驳面子说不上，他有他的难处，这么大的老板，拉他要钱的不少，如我们市领导，也都有找他。招商引资，都在抢人，抢人也是抢钱。我们县，火龙果种植已有一定的规模，县委县政府谋划继续扩大，形成全县火龙果产业链，得有更多的资金支持。

许多说：您没跟他谈过？

县长说：谈过，他有所顾虑。

许多说：哪方面？

县长说：可能是供求方面吧。

许多说：这一点很重要啊，团结村扩大种植火龙果，在销售方面是着重考虑的，是汪总作了保证的。

县长说：县领导班子讨论过这个问题，我们将采取多管齐下。今天带农业局的上来，向省厅讨良策。

“哦，”许多说，“县长您不容易。”

县长说：谁都不容易。我们的半岛，目前工业一时上不去，靠的是农业，而重点农作物甘蔗，搞了二三十年，农民的收入比不上别的农业县。产业要做调整，不下点功夫，要落后啊。

许多点点头说：是的。

两人歇了嘴巴，车内安静下来。司机不知什么时候关了导航。上了高速时，许多听着导航就想开口说司机，上高速了，又跟在前面四个局长的车，开什么导航？但没有开口。司机，上了车，习惯了平时养成的习惯。

下午近三点钟，车进了省城，三点半住进一家旅馆。

县长说有亲人、亲戚、朋友要探望的探望去，没事的休息，七点整集合，三楼餐厅吃晚饭。

县长不出旅馆，司机不出旅馆，与司机同房的许多也不出旅馆。不知道那四位有没有出旅馆的。

司机放好行李出门去县长房间了，许多躺在床上，脑子有点空，望着天花板出神。放在床头柜上的手机振动声让许多回过神来，伸手拿过手机，屏上显示是赵伟。

许多说完挂了电话，感觉有点怪怪的，平时不是这样的，今天怎么啦？电话那边的赵伟，与许多一样，感觉怪怪的。

许多看了一眼手机，有几个来电挂着红色，是来的路上打的。手机设置为静音，却是震动的，知道有来电话，因为与县长说话，就没接。

许多一一回了电话。

司机回来了，见许多打电话，便进了洗手间，出来时许多已通完话。

司机说：许局没休息一下？

许多说：过点了，睡不着。

司机说：眯一下也好啊。

许多问：县长睡了？

司机说：是，我也得睡一下，开了几个小时车，有点累了。

许多说：你睡吧，我躺躺就行。

许多没有躺，轻身起来出了房门，到了隔离房门前。听到了房内有人高声一句："你这牌出得太臭！"许多明白他们在打牌，都没出旅馆。许多知道，县里科局级中层干部不少有打牌瘾，他们解释是平时工作压力大，有时间上上瘾减减压，这个解释对许多来说，说得过去。许多不会打牌，减压的方式是看书。书中自有黄金屋，书中自有颜如玉。许多举手要敲门，却没有敲，离开去找电梯。许多下到楼下，站在旅馆大门看车流人流。车匆匆，人也匆匆。许多感慨，人的一生，在路上，心中有没有远方，都匆匆忙，不容易。

许多就那么站在旅馆大门口，看着一成不变的风景，看得有些忘我，直到灯火辉煌起来，才离开，上三楼。

许多进了餐厅，没见县长他们。不是说七点三楼餐厅见吗？已到点了呀，还过了几分钟呢。许多给司机打电话，司机说我正想给你电话呢，你先上来房间，晚餐有变动。许多就出了餐厅，上楼。

进了房间，司机说晚餐时间改七点半。

县长说七点餐厅集中时，许多就想要不要给汪丰打个电话过来，但也就想想而已。许多少与县长接触，不知道他的脾性、行事风格，还是多看少动为好。

七点半，一行人下三楼，进了388房间。各人找位置坐下。

扯闲话，东扯西扯。

一顿晚餐，没有正话题。

隔天上午，县长、司机，农业局、交通局、水电局、招商局分别出门找人。许多没处去，一人留在旅馆。

许多想去看看儿子，又想儿子在上课呢，就没去，从行李袋摸出一本书来，躺在床上看。看了几页，没看入心，瞌睡来了，就睡着了。醒来时有些茫然，不知身在何方，好一会儿才清醒过来，看看手机上的时间，已是中午十二点半。

许多下楼出了旅馆，汇入人流，他要找一家小吃店吃午餐。走了近二十分钟，见一家面食店，进去，吃一大碗面。

许多回到旅馆，所有出去的人都未回来。许多进了房间，安安静静，顿感失落和孤独。也就那么阵，许多笑自己，都这把年纪了，竟然被一个暂时的新环境，弄得心神不定。

上午睡足了，没有了睡意，许多拿过书，看着看着就进了书的故事去了，还没出来时，出去的人陆续回来了，先是县长他们，跟着其他局几个人。时间到了近六点，又到吃晚餐时间。

晚餐在旅馆附近一家小粥档吃白粥。一行人围一张桌，外人一定看不出，这伙人里有县长、几个局长，怎么看也是平民百姓。除了许多喝了两大碗，其他人都是一碗，看来，他们中午吃进去的还没完全消化。

不足为奇。

第三天上午，县长、许多、招商局长进去见汪丰。

车开进办公楼，汪丰在楼下大门前等待，身边站着一个英俊的年轻人。应该是他的秘书，许多没见过，以前陪在汪丰身边的是个中年人，也姓汪。

县长见了说：许多，你的脸比我的脸大哦。

许多听出县长的话，说：不是吧？

县长说：还真是，我多次来见汪总，他从来没到楼下等着。

许多说：那是他的不是，家乡的父母官来了，礼貌应该到位。

车停下，县长不接话，开门下车，许多三个人也紧跟着下车。

汪丰迎上来，笑着脸与县长握手。握着手也不放，拉着往楼内走，不顾许多三人。

进了电梯，汪丰才跟卜局、司机握手，握许多的手时，用力一拉，来个拥抱。许多有点尴尬，不敢看县长。

出楼梯右拐行了五六十步，进了汪丰的办公室。办公室不算宽大堂皇，却典雅。办公桌座椅背后，一幅山水国画占据一面墙壁，看上去并不是出自名家之手。两边墙各挂两幅长条书法，模仿毛主席的笔迹，有点模样。

几个人在汪丰平时招待客人的皮沙发上坐落。汪丰靠县长坐左侧，许多坐在汪丰对面，司机坐右侧面。那个年轻人一一斟上已泡好的茶。

汪丰直奔主题：县长有何设想？

县长说：汪总爽快，那我就不客气了。

县长将县委县政府打造全县性火龙果基地的设想方案一、二、三、四、五、六说了。说得有理有据条理清楚。许多是看过这份方案的，县长几乎一字不漏地背了。许多不禁心里叹服，好记忆好口才！

县长说：这是初步方案，还得打磨、完善。今天我们带着请教的意思来征求汪丰总的见解。

汪丰说：农业这一块不是我的专长，一时我不好说什么。给我一份方案吧，看看能不能吃个半透。

县长皮袋里拿出方案递给汪丰。汪丰接过递给一直站在一侧的年轻人。

中午饭在汪丰公司的饭堂吃。八菜一汤，一瓶三斤装的红酒。整个过程氛围挺好。吃完小坐一会儿。离开时，汪丰送到楼下。

再次与县长握手时，汪丰说：我要留许局一下，晚上送他回旅馆，可以吧？

县长说：看你问的，当然可以。

县长三个人离开后，汪丰和许多上楼回到办公室，喝茶。

许多说：妨碍你休息吧。

汪丰说：在公司，中午没有休息过，身不由己啊，这事那事的得应酬，哪有时间。再说也习惯了。

许多问：县长提的那方案，你是今天才知道？

汪丰说：我邮箱里有，近期有点忙还没看。不过说真的，农业方面我真不太懂。

许多说：那你为什么投资团结村？就因为你我的关系？

汪丰说：那叫投资吗？

许多忙说：对对对那不算投资。认识你，真是三生有幸。

汪丰说：我跟你说过的，不要以这种口气和我说话，说多了会生分的。

“哎，差点忘了，”汪丰说：“苏娟有什么反应？”

许多说：见了我就追问，这样下去我招架不住。

汪丰说：你给我顶住、顶住、再顶住！我相信你能顶住。

许多说：这一次我能顶住，你若再来一次呢？若想人不知除非己莫为啊。

汪丰说：听你这话说得，好似我在做一件坏事。

许多说：你是叫我做坏事——撒谎。

汪丰说：我没叫你撒谎啊，只是叫你不说。

许多说：那与撒谎有什么差别？

汪丰说：当然有差别，撒谎是撒谎，隐瞒是隐瞒。

许多笑道：撒谎与隐瞒，都是贬义词，我要坏事做尽了。

汪丰也笑了，说：真得想个法子，若不，真的“若想人不知除非己莫为”了。你帮我想想呗。

许多说：别，这个我想不来。

汪丰敲了两下脑壳，看看许多，说：伤脑筋，不想了，迟点再说，总有办法的。

那年轻人进来问：汪总，晚饭怎么安排？

汪丰摸了摸肚皮，问许多：你想吃什么？

许多也摸了摸肚皮，说：中午贪嘴了，不饿，弄点甜品如何？

汪丰对年轻人说：听许局的。

年轻人眨眨眼，意思是甜品花样多着呢，弄哪样。

汪丰明白年轻人的眨眼，说红米粥，加莲子薏米。转脸问许多：如何？

许多说：好呀。

边吃粥边闲扯，汪丰扯到文学上，说他每周都会抽一天时间看书，《人民文学》《小说选刊》《诗刊》是必读的，有二十多年了。他说到阿城的《棋王》，竟然背了结尾的那一段："夜黑黑的，伸手不见五指。王一生已经睡死。我却还似乎耳边人声嚷动，眼前火把通明，山民们铁了脸，肩着柴禾林中走，咿咿呀呀地唱。我笑起来，想：不做俗人，哪儿会知道这般乐趣？家破人亡，平了头每日荷锄，却自有真人生在里面，识到了，即是幸，即是福。衣食是本，自有人类，就是每日在忙这个。可囿在其中，终于还不太像人。倦意渐渐上来，就拥了幕布，沉沉睡去。"背完，许多看到汪丰沉浸在一种境界里，在许多，看不出那是怎样的一种境界。汪丰说苏童、毕飞宇、路遥等名家的作品。许多觉得奇怪，问汪丰你写古诗啊，怎么读这么多小说？汪丰说好奇怪，读小说反而更能触动他写诗。许多并不奇怪，他读诗，也可以从诗里找到创作灵感，他反复读《诗刊》的一首《白发策》，许多不禁背了出来。

汪丰笑道：你一定能写出老骥伏枥的场景来，你有这么老吗？

许多也笑。

汪丰和许多说到了唐宋，聊到李白时，汪丰令他最沉迷的是，李白的诗高出一筹的，一些诗是一字一词，举例：抽刀断水水更流——抽，动词——刀，名词——断，动词——水，名词——水，名词——更，动词——流名词。许多给汪丰竖了拇指，说我没读出来，平仄有时也搞不懂。汪丰表示不可理解。许多说我们那个年代读书，老师上课讲广东话，拼音不怎么教。汪丰问许多喜欢谁的诗，许多说是张若虚的《春江花月夜》，一首成大家，一首盖全唐。汪丰不同意许多"一首盖全唐"的说法，但同样赞叹这首诗，说全诗紧扣春、江、花、月、夜五字铺开。题目五字，环转交错，各自生趣。江——用了海、潮、波、流、汀、沙、浦、潭等等，月——上天、霰、霜、云、楼、妆台、帘、砧、鸿雁、雾等作衬，描写了春江花月夜的倚丽景色……此时的汪丰，在许多看来，纯粹是个作家或诗人，哪像一个商人、富翁。或许，换一角色，汪丰也能成为一个作家或诗人，起码，要比自己强。

许多问：你写的诗呢，让我拜读一下。

汪丰忙里偷闲写诗，许多却从未让他读过。

汪丰说：等时机成熟吧。

许多说：什么意思？

汪丰说：等我哪一天厌倦眼前的状况了，就放下，出一本诗集。到时呀，你给我写序。

"呵呵，"许多说道："我的想法呢，你的存在，还是做一个商人比诗人好。”

汪丰说：你是看不起我哦。

许多说：我是五体投地，除了佩服还是佩服，但俗话说鱼与熊掌不能兼得。

汪丰说：你没听明白我说的？

许多说：我明白，理想总是很丰满，现实却很骨感。

汪丰说：中午大鱼大肉，晚上喝两碗红米粥不是挺好吗？

许多想着怎么接汪丰的话，年轻人进来了，说：汪总，有点晚了。

汪丰看手表，许多看手机：“哦，十一点整了。”两人同时说。

一人两碗红米粥，喝了几个钟，这事传出去，想必成为一个笑话，或是一个经典。

年轻人送许多回旅馆。车不是雅阁是奔驰。许多猜得不错，汪丰在省城坐的车不是雅阁，是别的。大老板，平时面对的绝不是一般生意人，脸面上是要讲究的，雅阁与奔驰身价等级是完全不同的。

许多上车后第一句话是：我还不知道你的姓名呢。

年轻人说：您好，叫我小何就行。

许多想问问原来跟在汪丰身边的姓汪的中年秘书，今天怎么不见出现，最终没问出口。

回到旅馆，司机对许多说：县长和卜进刚刚离开。

许多不解地看着司机。

司机说：是等你带回汪丰怎么想吧。

许多哦了一声，从行李袋拿出内衣内裤，进了洗手间。

第四天早上吃过早餐，一行人往回赶。

一上车县长有些迫不及待，问：和汪丰谈得怎么样？

昨晚回旅馆司机说县长在房间等他，许多进洗手间就边洗澡边想，这次县长带他来省城的唯一目的，是来做汪丰工作的，在许多看来，是多余的。汪丰是什么人？一个大老板，有自己的想法，有自己的主见，是用不着做工作的。

许多说：县长放心，家乡建设，汪总一定会出力的。

县长说：你说具体点嘛。

许多说：汪总说他是商会会长，有责任动员其他人回家乡投资。

县长说：他不投资？

许多说：他投资了啊，他不是每年给县里捐资了吗？

县长说：捐资是捐资，投资是投资，我们更需要他回来投资。你应该明白。

许多自然明白，捐资多是百几十万，投资上千、上亿，但像汪丰这种级别的老板，找他投资的有几多人？不是找上门的都投资，汪丰是要做出判断和评估的。这些话，许多不能跟县长说，一说就有自己推托、不肯做工作的意思。

许多说：县长放心，汪总会尽心尽力的。

县长说：你这是模棱两可。

许多听得出，县长的口气，心是对他的回答不满意，不满意又如何呢？他许多又不能左右汪丰。不过，他里有数，汪丰会回来投资的，至于怎么个投法，他猜不出，也就说不出个子丑寅卯来。现在说汪丰会怎么样，到时不是怎么样，不成了耍嘴皮吗？县长的不满许多不放在心里，这个姓贾的县长原是邻县一个副书记，前年提拔上任本县县长，因为贾与假谐音，平时大家称呼时就去了贾字。贾县长是一个敢做事做实事的人，不同一些县长，用嘴巴做事没行动。做实事敢做事的人，往往态度强硬、性子急。

县长不再跟许多说话，闭上眼睛，不知道有没有睡过去，反正像睡着一样，直到回到县城才睁开眼。

第十九章　讨好

县委县政府召开振兴乡村会议，全县科局级主要领导参加。散会后，海风镇镇委书记成正东、镇长郑东良拉许多去吃午饭。成正东一直在乡镇工作，与许多不熟，少有接触，郑东良原来也是在乡镇的，是个副书记，图谋镇长几年没能上位，有点灰心，要求上了县城一单位任副职，三年后不知凭哪方的助力，任海风镇镇长。许多与郑东良交集多些，不算熟识，挂团结村扶贫点，有事不找成正东找郑东良。要不是挂点海风镇，许多会找个由头推托。像许多这类清水的单位，挂点乡镇，虽然级别同等，但你手上没钱，穷呀，你穷，办起事来难度就大，得求乡镇，求多了就嫌烦了。认你做朋友？凭什么？许多是见多了，副职时也是常下乡镇的，哪个乡镇书记镇长多看你一眼，多数时候，连你的名字也叫不上呢。

许多没有推托，上了成正东、郑东良的车。

车到了“海鲜一条街”。平时县城的人简称“一条街”，其实是一排连在一起的二三十家小饭店，面对的是居民住房，说海鲜半边街更恰当。名副其实的是，所有饭店都是以海鲜为主。

三人下车，进了饭店要了房间。成正东拉许多坐主位，许多争不过，也就坐了。许多在车上就想了，今天太阳从西边出来了，这两位书记镇长心里必定有小九九。

成正东点了几样海鲜。

等上菜，扯闲话。许多等着闲话扯到正题上。故意似的，成正东、郑东良直到上了饭、菜还在扯闲话。

成正东给许多盛汤，许多装作客气地说自己来，自己来，哪敢劳书记的大驾？成正东不说话，盛完许多的，给自己盛，郑东良的汤自己盛。

成正东端起茶杯，郑东良跟着端起茶杯，许多也随手端起。

成正东说：以茶代酒，敬许局一杯。

许多说：应该是我敬两位。

成正东说：我和东良向许局做个检讨，许局到团结村挂点，我们重视不够，工作上没做到位，请许局多多包涵。

许多说：看成书记说的，你们管着一方水土，有多忙我明白。

成正东说：许局在团结村的大动作，响声都远传了，我们却没听到，是失职了。

许多说：你这话有点过了，现在嘛，振兴乡村将全面铺开，我们做该做的，也是一份职责。

成正东说：这一份职责呀，以后我们一起扛。

许多一时没听明白成正东的话，是责怪他没向他们汇报团结村的情况呢，还是他们真觉得工作没做到位？

郑东良说：县长批评了我们，我们以后要主动配合许局。

许多恍然大悟，原来是这样！想说是我们配合你们，最终没说出口来。说出来，他们肯定又来一番检讨。许多不想与他们纠缠在无用的话题上。坐县长的车上一趟省城，这风声被人传了，许多也听到了。

这一顿饭呀，许多也就吃得明白了。

许多脑瓜一转，说起团结村的事，说整顿村容的钉子户，说村中有人玩奸耍滑，说火龙果经常缺人手，说技术力量不足，说有人打黑山羊的主意，说基地资金有时不能及时到位……想到的都说了，目的是希望镇委镇政府在团结村遇到困难时能及时解决。听得成正东、郑东良四目相对，然后做了表态，说一定“配合”许局把各种困难解决。

其实，团结村的困难，赵伟是向挂团结村点的镇党委委员纪立春汇报了多次了，而纪立春有没有给成正东、郑东良汇报，不得而知，反正，赵伟汇报是汇报了，不见有行动。这个纪立春挂着团结村的点，像一个影子，到团结村常常是那么闪一闪，转眼间不见人了。赵伟背后发牢骚，纪立春听不到，许多也管不着纪立春。纪立春呢，你若是真的当面跟他说，他会有一万条理由做解释。当然，许多不会在成正东、郑东良面前提纪立春。

许多的另一个目的，真的希望成正东、郑东良重视团结村，那对种养基地的推进会顺利得多，多一份力量力度会大大增加，而且，不用事无巨细都得亲自过问。毕竟，自己不是一个挂点单位的驻点人，是一个单位负责人，单位的事也千头万绪，县委县政府下达的各项任务要完成，单位的本职业务也得上台阶。

晚上，吕芳菲给许多打电话，说赵伟说接镇政府通知，明天县长下来团结村考察，问你下不下来。

许多想了想，说再说吧。

第二天，许多还是下团结村。县长下团结村，成正东、郑东良必定是陪着的，吕芳菲也会跟着，许多到不到场关系不大，但许多想，既然知道了，还是下去的好，万一县长问起他来，知道他能下来而不下来，不知道县长做何感想。

八点半，许多到了团结村村委会，赵伟等几位村干部已在二楼办公室集中，吕芳菲自然也在。

支芬说：许局，我夜里做梦梦见您了。

支芬很少跟许多开玩笑，许多觉得有点突兀，笑道：梦的是汪总吧，你不要嫁祸于我哦。

赵伟说：好了，想想有什么要准备的。说完看许多。

许多说：有什么好准备的，人来了陪着呗。

九点左右，几辆小车经过村委会办公楼门前，没有进来，站在阳台上的赵得福见了，说：哎，县长他们直接去地里。

许多说一声走，出办公室下楼，一行人跟在后。

边下楼赵伟边说成书记说县长要到办公室来看看。

没有人答赵伟的话，跟着许多快步下楼。

几个人挤上许多的车。许多的车开得不急不缓。路上洒满阳光，夏天的雨水，滋润得路旁的树木花草郁郁葱葱。

赵伟说：许局不能开快点？

许多说：我都不急你急什么急？

支芬说：皇帝不急太监急。嘻嘻。

赵伟说：嘻你个头！

远远的，望见火龙果地头停了三辆小车，七八个人围在县长身旁，指手画脚，只见动作不闻声音。许多吹响口哨，一曲父亲的草原母亲的河，令站在地头动作的人生动起来。

许多的车像喘着气的头牛到了地头，县长他们才转过脸来。停车。下车。

许多大步向县长走去。县长微微笑着，阳光打在那笑容上，灿灿烂烂。许多脸也灿烂起来。看得出，县长的心情大好。

县长说：我料到你会来得比我早，在村委会办公室等着，我偏偏不让你等着我，来地头等你。你不会来得太迟。

许多笑着不说话。县长这番话是开心话，谁都能听出来。

成正东说：赵伟你领路。

赵伟并不敢领路，靠左并排与县长走在田埂上，后面跟着许多、成正东、郑东良，吕芳菲几个落在后面。县长占着田埂的中央，赵伟踩着边上，常常左脚踩到地里，走得像跛子一样高高低低。

赵伟指着爬藤粗壮、果实肥硕的火龙果说这是下了羊粪的，产量比下化肥的高出好多，那份甜味也就浓厚许多。

县长说："你若不说，我以为是不同品种呢。"

赵伟说：都是金都1号。

阳光的干脆利落，将藤、果、花的青、红、皂白分得明明白白，入目是一道风景，一幅画。在微风吹拂下会动的画。走在前面的记者，将画面摄进了镜头。

到了扩种的火龙果地面，藤苗还幼小，显得丑陋，有点不堪入目。水泥柱子标榜它的高高在上，面目冰冷看着巡视的人们。

赵伟说：新种的有两种品种，一是台湾大红，一是刺黄龙果。

县长问：哪个品种更好呢?

赵伟说：这个说不上，我们考虑的是大众口味。果汁的浓、清，甜度的深、浅……人的喜好，各有不同吧。

县长点点头，问：有技术员吧?

赵伟说：有的，她有事回广州了，我就越俎代庖了。

县长说：回广州?

赵伟说：她是汪总公司员工，派下来的。领公司工资，帮我们干活，算是帮扶吧。

吕芳菲忍不住插嘴：小曾回家乡阳西，说是母亲病了，回去看看。

吕芳菲说了假话，曾小婵真的上广州，上去的前一晚，曾小婵跟她说起她的男朋友，说当初下团结村来，他男朋友坚决反对。近来两人在电话里吵，在视频里吵，在微信里吵。男朋友说她再不回广州就分手。曾小婵是舍不得离开汪丰的公司，工资待遇不错，不听老总的话，回去，可能被开除。男朋友认为没什么了不起，不打东家打西家，此处不留人自有留人处。曾小婵不这么认为，能找到这么好的公司不容易，现在有多少大学生一毕业就失业。两人公说公有理婆说婆有理，吵架越来越频繁了。曾小婵决定回一趟广州，当面锣对面鼓吵一次，看能不能说服男朋友。曾小婵对吕芳菲说，若有人问起就说回家看母亲。

“哦，”县长说：“这个汪总，竟然派人来。”

县长的话，没人听出意思，也就没人接话。

一路行走，许多他们无声无息，如一群影子。

看过团结村的火龙果，到了邻村的地界，赵伟就说这是竹林村的，他们村村小地少，目前种植不到二百亩，东望的那一片是红林村的，西望的那一片是龙湾潭村的，三百亩左右。还有水口村的，眼前看不到，要不要去看一看？要走两里路。

太阳往高处挂，县长微微有汗，头发散发出晶莹来。

县长说：回村委会。

就都掉转过身来往回走，原来的队形就散了。就不单单是县长与赵伟的对话了。

支芬小声对吕芳菲说：县长这么年轻啊，将来一定是个大官。

赵得福小声说：你天生的白鸽眼，看上不看下。

支芬说：你是狗眼看人低。

他们的斗嘴，不入他人耳。成正东左手搭在许多的左肩上，附在许多耳边说话，也不入他人耳。

到了地头车前，许多迅速发动车，开在前面引路。像来时一样不急不缓。太阳似乎有点泄气，反而没来时的活气灿烂。或许天上飘着云。

回到村委会，上楼入办公室，开腔调。赵伟及全村委忙着摆椅子，主次分明，县长却不按位置坐，随意一屁股坐在靠电脑台的椅子上，也就都随意了。

支芬烧水泡茶。

成正东对赵伟说：向县长汇报基地推进情况。

县长摆摆手说：相关材料我看了，不浪费嘴皮口水。说说支部建设。

赵伟没想到，忙找资料。

县长说：找什么找，口头汇报不成吗？

赵伟涨红了脸，汇报得磕磕绊绊。

县长并不计较，说：你们基层支部，麻雀虽小，五脏俱全，也不容易，但不能顾此失彼，方方面面的工作都要做到位，不到位的，要抓紧。

赵伟说：谨记县长的指示精神。

成正东起身到了县长身边，附在耳边说了其他人听不到的话。

县长说："不用。"对赵伟说，"叫人送盒饭过来。"

吃盒饭时，县长搬过椅子坐到许多身边，说：你催催汪总。

许多说：县长真是咬住青山不放松啊。

县长笑道：我不想到了嘴边的肉丢了。

许多无话可说，肉到了嘴边了吗？肉在锅里，得看怎么下筷。

曾小婵坐高铁回广州，却在中途阳西站下了车，回家看父母。她上车前给男朋友发了微信，叫他接她。男朋友没有回复，她又发，不回，打语音，不接，连续打，就是不接。曾小婵急得喘粗气，上车后静了下来想想，男朋友的手机可能不在身边。手机常常有这样的提示。车开出半个钟后，曾小婵又联系男朋友，却发现被拉黑了。曾小婵呆住了，盯住手机看了半晌，又摆弄了半晌，最终确定是被拉黑了。曾小婵泪水本能地哗啦落下来，这男朋友是她的大学同学，是她的初恋。从大一第二学期开始追她，直到大四第一学期才答应做他的女朋友。毕业后，男朋友考公务员，进了省农业厅，曾小婵入了汪丰的公司，两人的恋爱顺顺利利，她以为两人就这么渐渐地步向婚姻殿堂，却因为她到团结村来而无疾而终。

后来曾小婵想，用无疾而终是错了，一定还有其他原因，相恋近三年，短短的几个月时间，争也好，吵也好，了断不奇怪，这么决绝，世间少见。

曾小婵坐班车回家的路上，眼里已没有泪，不是流干的那种，也不是哀莫大过心死的那种，是心里突然生出鄙视，这样男人不值得她流泪，就当过去的一切是一场梦，甚至连梦也不是，是一场幻觉。

曾小婵的村是条小村子，小时候，就算满村的人都在，也显不出热闹来。现在，更加安静了，静悄悄的，连人声也没有。像所有村庄一样，长大成人的，都往外面跑。像曾小婵靠读书离开村子的没几个。曾小婵走在村巷上，竟然没遇上一个人。

西斜的太阳了无生气地笼罩着了无生气的村子。

曾小婵进了院子，先是家里的狗见了她，朝她“汪汪汪”地吠了起来。这是一条老狗，有十多岁了，却认不出曾小婵来。父母从屋边喝老狗的乱吠边出来，见了曾小婵，先是愕然跟着是惊喜。曾小婵扑上去，抱了母亲，抱完母亲抱父亲。换在过去，也就亲热叫了一声就过去了。心里的委屈不是一时就能过去的，此时父母的怀抱就是港湾，这港湾，才是曾小婵这张漂泊的小船迫切要靠的岸。

曾小婵兄妹三个，二哥出门打工去了，大哥守家，孝敬父母。

父母东问西问，曾小婵脸上挂着笑回答父母，说出的一切都好。儿行千里母挂心，曾小婵懂，不能说不好，哪怕一句两句。

父亲杀鸡，母亲和曾小婵唠叨。大哥的一对儿女背着书包进门，见了曾小婵，大声叫喊姑姑。

傍晚，大哥大嫂从地里了回来，大哥见了曾小婵只是笑着。大哥是个木讷的人，见了面连张口招呼也省略了，大嫂大声呼叫着曾小婵。大嫂是个大嗓子的女人，说起话总有让人感觉大呼小叫的感觉。两个不同性格的男女，竟然能成为秤和砣。

曾小婵在家待了三天才回团结村。

吕芳菲从曾小婵脸上看不出什么，但从她的言行举止的不协调，得出结果来，说分了就分了吧，没有什么大不了的事。

曾小婵有些吃惊望着吕芳菲，说我没说呢，你怎么就有了定论？

吕芳菲说我可以做你的母亲，是吧，在母亲的面前，女儿的心藏得最深也是藏不住的。

曾小婵说，父母看不出来。

吕芳菲说，我估计呀，你没有告诉父母这件事吧。

曾小婵两眼呆滞。

吕芳菲说天涯何处无芳草。

第二十章　偶然

汪丰与陈新相遇相当偶然，甚至称得上是奇遇。陈新来见许多是从来不住旅馆的，这天上午他从老家回市里，中途拐车到县城，是想见许多，到了县城已是中午，给许多打电话，许多在团结村，一时赶不回来，陈新打算回市里，却一转念到旅馆开钟点房休息，等许多下午回来。而汪丰是从省城回来见县长，是关于团结村种养基地的事。到了县城也是中午了，几百公里的行程令他觉得有点累，不想马上见县长，应酬起来得二三个钟。就打电话给许多，许多回话自然是在团结村，下午才赶回县城。汪丰就到旅馆开房。汪丰与陈新，找的是同一家旅馆，在前台办入住手续时两人就站在一起，同时办完同时乘电梯同时到了六楼出电梯，走一个方向找房间，竟然是隔离房。整个过程两人没说一句话，只是在电梯上两人对一眼时，笑笑。

许多接过陈新的电话，一分钟接后接汪丰的电话，心生两个字：天意。许多分别在汪丰和陈新面前提过两人见面，两人表现出的态度都是不急，许多也就不急，他们总有一天会见面的，他们也清楚总有一天会见面的。这次跑不了了，许多心里笑。

许多中午赶不回县城的原因是要慰问帮扶的几户五保户。五保户脱贫有政策兜底，平时许多很少到家到户，注意力放在那些指标要达标的贫困户上，搞种、养基地不是原本的计划，是扶贫过程中带出来的，一旦行动了，是不能半途而废的。一个的自觉担当，有其天生的性格，许多就是种人。是一种人性品德。

吕芳菲是经常走家访户的，许多以为这样就足够了。

有一天吕芳菲对许多说：几户五保户都想见见他，他们说你那个领导啊也不来家坐坐。

许多听时难以理解，去坐坐有多大的意思呢？

吕芳说：“你在团结村的动静他们是知道的，说你是个好人。孤寡老人，老了老了，心性更像孩子。”许多才反应过来，你是个“好人”，怎么可以忽略他们呢？

就为这个，许多决定抽半天时间去慰问，没想到半天不行，老人话多，进了一家得花一个多小时，上午只访了四户，中午休息，下午要去访两户。

许多上车前查看一下微信，汪丰和陈新都给他留了微信，一看禁不住笑出声来，而且笑弯了腰，世上有巧合的事，却巧合得太有意思了，汪丰和陈新不但同住一家旅馆同一层楼，而且，是隔离房。

许多开着车，开着开着又笑出声来。自己笑着逗自己乐。

许多给老婆打个电话，说不回家吃。

许多敲开汪丰的房门。

汪丰说：你哪是一个局长，简直就是一个镇长，成天跑乡村。

许多说：镇长跑县城比跑乡村好吧。

许多说的不无道理，有几个乡镇书记、镇长家不在县城，甚至在市里呢？

汪丰说：中午没吃好，晚上你得负责任。

许多说：你等等。

许多边说边出门，汪丰喊道：你要逃跑吗。

许多没回声，敲开陈新的门。

陈新说：我以为你晒我鱼干呢，再不来，我回市里去了。

许多说：你跟我来。

陈新说：干吗？

许多说：跟我来。

陈新跟着出来，顺手关了门。

两人相跟着进了汪丰房间。汪丰看陈新，陈新看汪丰。汪丰、陈新转眼看许多。

许多做了介绍，说这是汪总汪丰，这是陈总陈新。

汪丰、陈新同时瞪大眼，张大嘴，那份愕然令许多咧大嘴笑。汪丰和陈新，好一会儿才伸出手握了握。

汪丰说：你个许多。

陈新说：你个许多。

许多笑道：又关我事？是你们凑在一起，如果我多想，怀疑你们合一起欺骗了我。

坐坐坐，汪丰的房间自然是他招呼。

一坐落就坐到天黑。三个人的话题必然说到种养基地上。先是许多谈自己的看法。许多的看法多是从他的方案中搬来的，掺进一些新的想法。接着是汪丰谈。汪丰基本照着许多的思路说，本来么，这个项目，一开始他就做甩手客，让许多来干，或者是让许多来监督的意思，一是他相信许多，二是他时间上真顾及不过来，三是不计较利润不利润的。陈新是考虑收益的，毕竟不能与汪丰相比，自己是一个小老板，得计较，要日积月累，让自己的财富再上一层楼。但总的来说，他的想法没有偏离汪丰和许多的大思路。说话的过程，面对汪丰时，口吻是谦恭的。商场与官场，混的是一个模式，官小的面对上级，不管你愿意不愿意，话出自然而然带出谦恭来。

本来么，许多的方案，汪丰、陈新都看过，基本上没大的意见，三个人面对面谈了下来，算是统一了思想。

方案是方案，是需要谈一次的，有话在先，事情办起来就少些磕磕碰碰，就能顺畅得多。不要小看磕碰，积少成多，成矛盾了，化解不到位，弄不好一拍两散。这样的局面是不可以出现的。许多想过，有汪丰在，就算有问题，也不至于事半功倍，但两个老板一起谈一次是十分必要的，起码，于许多来说是这样。

两个多小时谈下来，还算顺畅。汪丰没有摆架子，老板大了，气场自然而然生枝长叶，陈新被罩住，谦恭也就自然而然。世间万物，一物克一物，陈新在汪丰的面前，顺话说话。许多是有点意外的，以他对陈新脾性的认知，以为他会在某些方面不轻易就范。说到底，认识一个人，是不能自以为是的。许多心生羞愧，倒不是以小人之心度君子之腹，是自己眼力不够。陈新，一个小老板，有些事是不能强加于他的，许多一直以来，有意识也罢无意识也罢，对陈新，真有点穷追猛打了。

“吃饭去，”许多说，“我是饿了的，两位老总不要说不饿吧，我都听到你们的肚子咕噜叫了。”

汪丰笑着对陈新说：今晚我们喝许多的血。

陈新说：那不是他的血，他贪得无厌，这种人该天天宰他。

两人大笑。许多也笑。

许多说：是去吃羊肉店还是去吃海鲜？

汪丰说吃羊肉，陈新说吃海鲜，各执己见，互不相让。许多嘻嘻笑个不停。汪丰说不许笑着站队，陈新也说不许笑着站队。许多建议两人来铁锤、剪刀、包。两人真来，许多又嘻嘻笑。两人伸手缩手，缩手伸手，斗了十回合才分出胜负——汪丰的剪刀让陈新的铁锤砸了。陈新呵呵，汪丰哈哈，都高兴得不得了。

许多说：汪丰你输了啊。

汪丰说：铁锤、剪刀、包，久违了，岁月无情呐，感谢许大人，让我回童年一趟。

陈新说：我输了，不像汪总那样第一时间回童年。真是啊，为银两、为脸皮，拼命，早生华发，是喜还悲？

时间瞬间的穿越，有时令人思绪万千。

汪丰说：陈总，不要神经过敏。吃海鲜去。

陈新说：现在我不想吃海鲜了，想吃番薯。我们都是屙番薯长大的吧？

汪丰说：陈总真走不出来了。好，吃番薯，可眼前有番薯吃吗？

汪丰转眼看许多。许多说：街上偶尔见着烤番薯的，但今晚能否遇得到，不好说。

汪丰说：这楼上肯定遇不上，下楼到街上去，看看我们的运气如何。

三人下楼出了大厅。流动的街道：人在流动，车在流动，夜风在流动，灯光也在流动……三人一时有些茫然，不知身在何处。城市，无论大小，呈现出来的，大同小异，特别是在夜晚，陌生与熟识，不上心，一切似是非是。

汪丰说：许多，向左向右，你这个领路人得作出抉择了。

陈新说：对的，不许逃跑。

许多领着汪丰、陈新走进人流。无认你是谁，一旦进了人流，你就是其中的一员，千万不要有高人一等的想法。

走进小巷。喧闹声一下子细小许多。

陈新说：许多，你是反其道吧？

许多说：大街有城管，小巷管不来。

走了一段小巷，右拐进另一条小巷。这条小巷，县城人管这条小巷叫 K 物街，它比一般巷子要宽一两米，曾经热闹非常；两面的店铺，商品五花八门品种齐全，白天黑夜人流不息。随着时间的流逝，县城的扩容，热闹渐渐退让，但毕竟名声还在，老顾客依恋眷顾，仍保持一定的尊严。

走到街的另一头，真有一卖烤番薯的。一只铁皮桶，状如邮筒，只不过不是绿色的，是灰暗的铁色。桶身半中的洞口，桶内有木炭，自然是用来烤番薯的。

三人站到铁皮桶前时，身穿铁皮颜色衣裤的中年人脸上灿灿烂烂地笑着。看来，一晚的生意并不好，他要等待的，似乎是这三个人的到来。

穿铁皮颜色衣裤的中年人，并不是一个嘴溜滑的人。做这样营生的人，应该说的比唱的还好听，他却不开嘴，用眼睛询问许多他们，要多少呢？

许多心里一算，一人两斤应该可以了，说来六斤。

穿铁皮颜色衣裤的中年人一怔，这买卖，不论斤两，论条。

许多说你估摸着来吗？

穿铁皮颜色衣裤的中年人，从桶边的纤维袋里拿出番薯，一条一条地放进铁皮桶内的火炭上，那份小心，像在做一件极其庄严的事。

汪丰和陈新，一直没说话。番薯这样的烤法，于他们，新鲜，特别是汪丰，几乎没见过，他从农村中学考上省城大学，留在省城工作，县城的生活，算得上是空白。农村，炭烤番薯的也有，燃一堆炭，将番薯放在炭面上，或干脆埋进去，等待时，不时地翻看一下，防止烤焦了。熟到恰如其分，拿出来。那样地烤，费料费时。而铁皮桶里的烤，番薯只放在炭上，是用桶内的温度烘烤，比在炭堆的烤“科学”得多。而更原始也“科学”的，是小时候，伙伴们用土块砌一像砖窑的小窑，拾来干草木树枝，将窑烧红，放进番薯，推倒小窑，敲碎土块，闷烤。那样烤出来的番薯，是最最好吃的。而且，整个过程，是儿童时代一种好玩游戏之一，既能满足玩耍，又能大饱口福肚福！而现在，从那个年代过来的人，中年了，老年了，还会念着那样的日子，朋友相聚，常有人提出来次“打番薯窑”。

有话说“往事不堪回首”，而实际上，往事，许许多多的事，可以回首，回首其乐无穷。

三人离开，许多提着一袋番薯。可能是真饿了吧，汪丰、陈新迫不及待“襄中取物”，拿上手却倒来倒去，烫着呢，许多笑得牙齿白晃晃的，像街上的灯光五颜六色。汪丰、陈新倒着手的番薯玩到 K 物街的拐角，可以递向嘴了，本能地吹了几吹，连皮也不剥，咬上了。许多连连说哎哎哎不可以这样的，汪丰和陈新才撕皮，接下来的吃相依然有失大雅，因为烫，呵着嘴，呵出一些番薯肉掉到地上，不管不顾继续吃。

或许真的饿极了，或许真的香极了，又或许忘我了。许多不笑了，咽着口水，喉核上上下下。汪丰、陈新拿第二条番薯时，许多也拿了。

许多的吃相同样显得有些狼狈。

回到旅馆，许多提着的是一个空袋。

在汪丰的房间里，番薯没有了，话题却没离开番薯。

汪丰说：我上高中时住校，一周五天，我从学校饭堂蒸笼拿饭盒都是避开别的同学，因为饭盒里五天有四天是番薯干，怕同学见了笑话。你们知道蒸番薯干有多难吃吗，无法找一个词来形容。

陈新说：不是吧，你那个时代，农村生活已经好起来了呀，换许多这么说我相信，你说的不相信。

汪丰说：我兄弟姐妹五个，母亲常年病恹恹的，家里真的穷。人一穷啊，许多事你除了无奈还是无奈。

许多说：现在还有穷人呢，要不，就不用扶贫脱贫了。

陈新说：说的也是。

汪丰说：所以呀，我暗暗向自己发誓，一定要读好书，用知识挖掉祖祖辈辈的穷根。

陈新说：我没你这般穷苦，今天也就没你这般富有。

汪丰不答话，摇摇头。

许多说：谬论。

陈新说：当然，就那么一说。

许多看看时间，说：唷，夜了，两位老总休息。

许多离开时问：明早有没有我的事？

许多是问汪丰，陈新不知道。

汪丰说：没事，你忙你的。陈总你要不要许多陪？

陈新说：不用，他这个人拖拖拉拉，我吃过早餐赶回去。

第二天上午九点，汪丰到了县委大门口，被门卫拦住，不让进去。门卫要汪丰登记，汪丰没有下车，给县长打电话，说我在大门口，劳县长大驾出来一下。

县长正在开常委会，与书记耳语几句，离开会场。下楼时心里有气，自言自语嘀咕，还劳我大驾，你汪丰的架子够大，到了门口不入，要我出来迎驾。

县长到了大门口，汪丰见了下了车。县长心里有气脸上却露出笑容，隔着门栏就开了口：是定了今天到的，你这么早，开夜车吗？

汪丰说：我昨晚就到了，怕打扰县长大人，没有给电话。

县长出了大门，与汪丰握手。两人上了车，门卫躲着身子慌忙开了门栏。他怕被拦门外的这个客人向县长告他的状。

汪丰是看出县长脸上的笑里藏着气的，但他没说被门卫拦住不让入的事。门卫有门卫的职责，没有错，若是说了，门卫必定会挨骂。

县长和汪丰上了五楼，入了县长办公室。秘书忙着泡茶。

县长出门口给书记打了个电话，说：我先陪着，散会你过来。

县长回到办公室，坐在汪丰的对面，脸上微笑着。毕竟，汪丰回来了，千里迢迢回来了。

县长问：昨晚见了许多吧？

汪丰说：还有陈新。认识陈新吗？

县长说：知道，还没见过面。你们约好见的，怎么不跟你一起来？

汪丰说：是偶遇。

汪丰将与陈新的偶遇说了。

县长笑道：真是人生何处不相逢。你应该带他一起来，我真想见见他，认识认识。

汪丰说：没有约他，这个主我不敢做。

正说着，县委书记任何进来，一脸的笑容，许多汪丰站起来与他握手。两人是认识的，也就没有客套话。秘书给书记斟茶。

任何刚坐下，就看看手上的表，说：时间上不迟，要不立即下去走走？

县长看着汪丰。

汪丰说：听书记县长的。

任何说是怕汪丰一路奔波辛苦。

汪丰说：你们也辛苦啊，日夜操劳。

三辆小车出了县城向南驶去。县长在前，汪丰跟着，书记压后。汪丰的车看上去有点旧，倒不是真旧，是昨天跑了上千公里，没来得及洗，让尘埃、泥浆涂得面目失真。但于汪丰来说，想都没想过。汪丰不是个得过且过的人，也不是个不拘小节的人。一个人所追求的是什么，清楚得很。万间大厦一张床，粮仓万斤一日三餐九碗饭。

途中突然下了雨。汪丰望着白茫茫的雨吹起了口哨，难得在开阔的乡村田野间看下雨，心情畅快。

坐任何车副驾上的书记秘书扭转过脸对任何说："这雨下的，真是贵人出门呐。"而同时，坐县长车的秘书说着同样的话。书记、县长听了都没回应，表情麻木。

夏天雨，孩儿脸，来得快去得也快。车行至桃江镇桃江村，已是大晴天了。

车停在火龙果地头。或许是那一阵雨将田地里的人赶走了，或者田地里没活干，迎接一行人的是一望无际的火龙果地。阳光猛亮猛亮的，将满目吊着的火龙果燃烧得火红火红，那份壮丽，令汪丰想写一首诗。

一行人站在地头。

书记的秘书拿来一把伞要给汪丰遮阳，汪丰躲了躲，说：不用，晒晒太阳健康。

汪丰这么一说，书记、县长头上的伞也移开了。

任何伸出左手划了一圈，对汪丰说：桃江镇有一万多亩。

汪丰点点头。其实，汪丰是知道的，县里对火龙果的宣传力度足够大，上电视不说，微信、短视频算得上狂轰滥炸，汪丰也收到了。

看完桃江镇的火龙果，再往南下，去坡北镇。坡北镇镇委书记和镇长已经等候在地头。

坡北镇看的不是火龙果地，是甘蔗地。县长说已计划产业转移，种火龙果，大约有三千亩。

汪丰不出声，也没点头。

中午餐在坡北镇饭堂吃。

一桌的海鲜。

下午往县城回，到了园田镇。看的依然是甘蔗地，也是大约三千亩。回到县城已是傍晚。没有上办公楼，直接到县委饭堂，进了房间。

落座，喝茶、等晚餐。

任何说：汪总，希望能得到老总们的支持。

汪丰说：我是不太懂的，供求也得考虑。

县长说：我们谋划过，应该没问题。

汪丰说：我有个建议，县里要对整个半岛县、市区做个调研，甚至粤西地区。如果是一窝蜂上基地，得做出调整。

任何看看县长，县长看看任何。

任何说：汪总你的思路是对的，我们尽快调研，给你一个情况报告。

汪丰说：可行的话，我召开商会会议，动员他们回来投资家乡建设。

第二十一章　回乡

这晚散步回来，许多给陈新发微信，说：“八一”快到了，昨晚十多位战友喝晚茶，讨论今年“八一”怎么过，有人提到你，说你好多年没参加战友聚会了，口气不满呢！还有的战友说了不好听的话，说做了大老板，眼中没有战友了。今年你回来吧，要不，我也埋怨了，世间有多少情能胜过战友情呢，生死与共啊。

陈新很快回话：今年我请大家，算是赔罪。许多你知道吗，这几年每到八一，不参加聚会，心里疙瘩着呢，像你说的，毕竟战友一场。

许多回：这就对了嘛，平时像你我时间忙，少和战友相聚，若连八一也不见上一面，真说不过去呢。

事实上，许多不管有多忙，平时战友叫吃饭什么的，一般不推托。一百三十多战友，官职比许多大的有，钱财比许多多的更多，许多架子摆不起来，就算官最大钱最多，也摆不起来，许多是许多，讲究情感。

说完战友聚会的事，许多提到县长，说：陈新，县长想见你呢。

陈新回：什么个意思？

许多直回：拉乡贤回家乡投资呗，按政府的话：招商引资。

陈新回：那还是不见的好，我这么个老板，认真说起来算不得老板，小小生意，有时资金捉襟见肘，拆东墙补西墙，哪敢乱投资，与汪丰他们比，他们是大海我是小沟，不能相比，无法相比。

许多回：没这么惨吧，你不是经常捐资吗？

陈新回：有一种人死要面子，我就是，撑面子呗。跟你说真话，捐款，我觉得也是广告。广告是要付费用的，是吧，所以，平时弄出一个动静，就想着让更多的人知道。

许多给一个笑的表情：我以为你是个爱显摆的人呢，原来是这么个心思。

陈新回：显摆值几斤几两，做生意，不挖空心思，难做。

许多回：你觉得这样有用吗？

陈新回：有时有用，有时没用。屙屁吓牛牯吧，有时还真能吓一下。

许多回一个大笑脸。

陈新回：团结村的项目，不知道能不能获利。

许多回：有汪丰托底，你从中一定能收益。

陈新回：这话不好听，似乎我是揩油水的。

许多做了个投降状。

响应号召，龙湾潭村在市农业局工作的李天佑回到团结村委会。

“十百千”是市里为推进精准脱贫攻坚战的一项举措，李天佑申请回乡，许多人像李天佑一样申请回乡。

李天佑读的大学是中山大学，名校的学生毕业后绝大多数在省城找工作。李天佑却考公务员回到市里。有同学不理解，李天佑的初心是离开家近些，好照顾父母。他是独子，有孝心。农村独生子女少，二个、三个、四个、五个极为普遍。攀比着生，政策管也没用。传统的多子多福、重男轻女的观念，仍是农村的现象。

父母生了李天佑后，不是不想再生，而生不了，怎么努力也打雷不下雨。对李天佑来说，也是好事，别的人家多子多女的，父母负担重，就放任自由，学好学坏不管。李天佑与村中别的孩子不同的是，父母将所有疼爱放在他身上，数量上输，质量上要打赢翻身仗。一个孩子，物质上占优，加上爱，李天佑的成长也就顺风顺水，小时候不用做家务，长大了不用劳动，专心读书。书读得好，上了名牌大学，四邻五方都没有过呢。轰动一时。父母那个开心那个骄傲，人前人后都露在脸上。

李天佑拖着行李箱肩着大包提着小包回到家时，父母见了张大了嘴瞪大了眼。平常回家时不是这样，肩挎一个小包，手提装着给父母买的新衣或吃的什么的，眼前这一身行装搞的哪门子？父母对自己的孩子是最敏感的，一个神情一个动作休想逃过。

父亲开了口：佑儿，你这是？

母亲没有开口，父亲替她问了。她拿过李天佑手上的肩上挂，还挪出一手拍打李天佑身子，虽然那身上没有尘埃什么的。

进了正屋，李天佑让父母坐下，自己也坐下，喝了母亲端来的白开水，才说：我回团结村委会工作。

父母更是吃惊了，嘴张得更大，眼瞪得更大。李天佑见父母这般表情，就来龙去脉简单说了。

父母没有完全听懂，或者说理解不了。

父亲说：你被贬了，下放？

李天佑笑道：不是，是我自己申请回来的。刚才我说的爸妈没听明白吗？

父母你看我，我看你。

李天佑说：现在国家要将农村建设好，号召部分人回家出助力。

父亲说：在城市里好端端的，回来找苦吃不说，不要前途了？那书不是白读了？

母亲跟着父亲的思路，说：可不是，佑儿你的脑子坏了吗？

李天佑说：哎呀，真是的，这么说吧，我是下来锻炼的，满三年回原单位。

“哦，”父亲想了想说，“领导派下来锻炼是好事呢，你不骗我吧？”

李天佑说：爸，我骗你干什么。

父亲说：杀鸡。

儿子回来，做父母的第一个想到的是做一顿好吃的。

李天佑回来第二天早上吃过早餐，便到团结村委会报到。上了二楼办公室，只赵伟一个人在。

赵伟有点惊讶，说：唷，太阳从西边出来了，天佑你是来看我吗？

李天佑从提包里拿出一张纸递给赵伟。

赵伟看了几遍，抬起头时脸上的笑成了一朵花，说：我接到镇通知，没想到是你，真是天上掉下个林妹妹。

李天佑笑道：我是个男子汉。

赵伟也笑，说：我书读得不多嘛。

李天佑说：从今天起，听从伟叔的指挥，指东打东指西打西。

赵伟皱眉，说：上面怎么搞的，也不指明你的职务。

李天佑说：有“协助村民委员会书记工作”吗？

赵伟说：这算哪门子职务？连个称呼都没有，真是的！

李天佑说：管他呢，有活叔派就是了。称呼嘛，叫我小李，或叫天佑也可以。

赵伟说：村委会办公条件差，平时大家多是一起开会说事，习惯了。你来了，我尽量挪出一间来。

李天佑忙说：不用，一起热闹，挺好的。

赵伟说：不好，毕竟你是市里派下来的。

李天佑说：不是派下来的，是申请下来的，赵叔不要太放在心上。

赵伟说：外人会说我的，镇上也会责怪我。

李天佑说：赵叔你别多想，你给我一间办公室，我也不要。你要我特殊啊，脱离群众啊。

赵伟说：你这孩子，给我上课来了。

李天佑说：看赵叔说的。我不说了，就这么定了。

赵伟问：你是住村委会还是回家住？

李天佑说：回家住，赵叔也不是回家住吗？

赵伟点点头，说：好。你先回家休息两天再来上班。

李天佑说：不用，有活你指派我。

赵伟说：我要去地里，你跟我去？

李天佑说："去去去。"那份兴奋好像去玩似的。

两人下楼，赵伟开摩托车，李天佑坐在身后，说：是去火龙果地吗？我自己去过，挺不错的。听说要上规模，整个村子都拉进来，是吗？

赵伟说：你这个名牌大学生，怎么看。

李天佑说：这个我不懂，不过想起来很丰满。

赵伟没听懂，说：你说什么？

李天佑想着下一句，现实很骨感，忙说：我说错话了，怎么说呢，梦想一定会实现。

摩托车停在地头，赵伟、李天佑下了车。地里的人都在忙活，没人看过来，以为是赵伟一个来。赵伟来，习以为常。

女人摘果，男人装筐装箱，井然有序。李天佑想参与装筐装箱的男人队伍中，被赵伟拉住。

赵伟说：天佑你记住，你是个管理者，不是一个一到田地就干活的人。

李天佑：闲着也闲着，帮着干点活有什么呢。

赵伟说：也没什么，但记住重点，你是脑力劳动者，不是体力劳动者。去吧，想干点什么干什么。

李天佑一时没反应过来，有点懵，刚刚不让帮忙，现在又叫帮忙，愣头愣脑看着赵伟。赵伟挥挥手，说：慢慢适应吧。

李天佑走进男人堆里，却不知怎么插上手。

一个中年男人说：新来的吧，你给我送果，我来装。

李天佑哎了一声，忙动手。

中年人说：你皮嫩肉细的，是个学生吧？不对，不是假期哦，你是？

李天佑不知怎么回答，支吾着，弯着腰一个一个递果。

中年人说：在城里待不下去了，那就回来吧，虽说日晒雨淋的，舍得力气，挣的钱不算少。

“我儿子啊，在省城混，连房租都交不起，月月要我寄钱呢。书没读好，能混出啥名堂？”

天上无一丝云，阳光刺眼，不过，已是入秋，秋高气爽，晒的感觉就没有那么强烈。

中年人问：你家是哪的？

李天佑答：龙湾潭村。叔叔您呢？

中年人说：龙湾潭村？怎么面生呢，你爸谁呀？

李天佑说：李保强。

“哎呀，”中年说：“你是李天佑呀，名牌大学生啊，你怎么……哦，我明白了，你是来扶贫的。”

“你是许局单位的人？”

李天佑说：许局？不认识，我是市里来的。

“哦，”中年人说：“我以为你应该在省城工作，怎么在市里？”

李天佑说：我考公务员。

“哦，”中年人说：“公务员好啊，铁饭碗。”

李天佑说：叔叔您还没回答我呢。

“哦，”中年人说：“我是团结村人，叫赵荣，你爸妈认识的。”

李天佑说：荣叔是个乐观人。

赵荣说：边干活边说话，不累。快要收工了。

李天佑望望天，果然，日快至中天了。

有人喊一声：收工啦——

收工啦——

收工啦——

收工啦——

声一波比一波小，直到消失。

李天佑站起来，不见了赵伟，四处张望，见了一些熟识的面孔，一些陌生的面孔。熟识的是团结村的人，不熟识的是来打工的、也有团结村的人。除了赵荣，没有人知道李天佑是谁。李天佑读小学在镇学校，初中在县城一中、高中在市一中。难怪赵荣不认识他，别的人也不认识他。

李天佑找赵伟，不是要坐他的摩托车，是想打声招呼，他要直接回家。

人们散乱地走着，李天佑朝着龙湾潭村走去。

李天佑回到家里父母在家。父母还不老，地里有活到地里，地里没活闲在家。分田到户的好处，想偷闲的，或者说不需要时，可以偷得半日闲。李天佑大学毕业有了工作后，父母没之前勤劳了，也学会了偷闲。他们铆足劲，达到培养儿子的愿望，心满意足。衣枕无忧了，想闲也就闲了。

母亲见儿子额上有微汗，说：佑儿，不要苦了自己。

李天佑说：不用挂心，我年轻，又不用干重活，累不着。

下午，李天佑到了村委会，没人在办公室，隔离房有响动，走多两步，门开着，见了吕芳菲。吕芳菲在看本子，听到动静，抬起头望着李天佑。

李天佑站在门口先开口：大姐，你是扶贫驻村的吧。

“咽，”吕芳菲说，“你找我？”

吕芳菲不知道李天佑是谁，心想应该是团结村委会某村的人。

李天佑微笑着说：我叫李天佑，回乡的，上午报的到。

“哦，”吕芳菲反应够快：“‘十百千’回乡干部。我叫吕芳菲，大家叫我菲姐。以后我们是同事了。你进来坐坐。”

李天佑进了吕芳菲的房间，拉过一张椅子坐下，说：我是找伟叔的，问他派我什么活。

吕芳菲想了想：等一下，我带你走走吧，熟识一下情况。

李天佑说：谢谢。

吕芳菲说：谢什么谢，工作上的事。

与吕芳菲相隔房的曾小婵，听见吕芳菲房间有说话声，整理一下衣服，照了一下镜子，出了房间。曾小婵站在吕芳菲房间门口时，吕芳菲和李天佑同时转脸看她。曾小婵自然看的不是吕芳菲而是李天佑。那么一眼，令曾小婵的心狂跳起来，两颊发热，有点站不稳地晃了晃。曾小婵没有感觉到自己的失态，盯住李天佑，错不开眼了：白里透红的圆脸，浓浓的剑眉和清亮的眼睛，高高的鼻子，用时下的话说帅呆了……李天佑被盯得脸都红了，吕芳菲看曾小婵一副呆样，再看李天佑的大红脸，笑了。

如果吕芳菲不打破眼前的情景，会定格到几时？说："小婵，进来坐坐。"曾小婵像怕被蛇咬着一样战战兢兢挪着进了房间。李天佑忙起身搬一只椅子，让曾小婵坐。

按说曾小婵有着男孩子的性子，不应该如此的失态，却真是失态了，而且，是那样的不可救药。吕芳菲心想，接下会不会发生一场风花雪月的爱情故事？

曾小婵不在场时，吕芳菲和李天佑一话答一话，曾小婵加进来，房间竟然一时无言语了。都手足无措了。

这个局面，还是由吕芳菲来打破，说：小李，跟我出去走走，了解一下情况。

李天佑立即站起来，说：好。

吕芳菲站起向门外走，李天佑跟着，曾小婵也站起来跟着。吕芳菲笑着，一直下到楼下。三人相跟着变成一排行，吕芳菲在中间，李天佑、曾小婵一左一右。

也许是天高地阔吧，房间内那种被挤压喘不过气的局面松弛开来。

吕芳菲说：介绍一下，李天佑，曾小婵。

李天佑、曾小婵相互闪一眼，算是回应。

吕芳菲领着李天佑、曾小婵走进村巷。

吕芳菲说：我呢，要走访一下帮扶户，你俩是跟着还是走走看看，熟识一下村子？

李天佑说：我跟菲姐一起。

曾小婵说：我也跟着。我早想跟菲姐见见帮扶户了。

曾小婵说的是真话，她一直把精力放在火龙果的事上，但的确想找时间了解了解扶贫的事。毕竟，来团结村也是为扶贫脱贫而来。

三人在村巷上走着，一时左拐一时右拐，一路向前，见了几家在建新房子、几家在拆旧房子。李天佑不明就里，曾小婵也不明就里。

曾小婵忍不住问：菲姐，村里怎么这么多建房拆房的？

吕芳菲说：响应上级号召，拆旧建新，推进农村新建设。这也是一项重要任务，脱贫致富奔小康，不单单是收入方面上去，村容村貌也得改变，这才是真正的新农村。

吕芳菲像个领导在讲话。吕芳菲很少像个领导讲话，在李天佑和曾小婵面前自然而然讲出来了。

吕芳菲接着说：我们各有各的单位，本不认识，为何走到一起来了？明白吧？

曾小婵说：是啊，有一首歌名叫作《相识是缘分》。

李天佑没出声，有曾小婵，话出不了口。

一个下午，走访了四家帮扶户。过程简单，每户都是问几句有什么困难、有什么要解决的，多半是扯些闲话。在李天佑和曾小婵看起来，访与访没什么两样，而吕芳菲非常清楚，访与不访完全不一样，道理深着呢。

西斜的太阳挂在屋顶，三人穿街走巷，出了村。

李天佑说：菲姐，我回家了，拜拜。

回家？吕芳菲愣住，曾小婵也愣住。

李天佑说：我是龙湾潭村人。

吕芳菲、曾小婵对对眼：这个李天佑，葫芦里还有什么药？

曾小婵望着李天佑远去的背景问：这小子从哪来的？

吕芳菲说：真不知道，没问。

曾小婵说：不会是个骗子吧。

“呵呵，”吕芳菲笑道：“他没骗我什么，骗你什么了吗？”

曾小婵听出吕芳菲话中有话，红着脸说：菲姐你取笑我。

吕芳菲说：如果没有错，今天啊，我见证了什么叫作一见钟情。

曾小婵连脖子都红了，急急地说：没那么回事！

吕芳菲说：好好好，是我看错了。

吕芳菲和曾小婵回到村委会，没上楼，直接到楼下厨房弄晚饭。曾小婵未来之前，一日三餐，吕芳菲自己做吃的，来之后，两人一起弄。柴米油盐由村委会出纳负责购买，一月结一次账，县财政付钱。

第二十二章 商会会议

珠江宾馆召开的商会会议，来了三十多个大大小小的老总，围一张圆台，没有主次座的排列，随意坐。副会长党政民是个讲究的，在汪丰的面前讲究不起来，每次商会会议，都想弄个座位牌，排出大大小小老总的身份来。汪丰不同意，人要脸树要皮，小老总见了大老总脸上表情是矮了几分，心中未必服帖。没有几个心里服输的，说不定哪一天你破产了我青云直上，富甲一方，这么想的人大有人在。

党正民的资产在一帮商人中不上不下，本不该在副会长之列，选举时汪丰点的名。党政民天生一张看一眼就觉得是个忠厚的人。人不可貌相，有的人是可以貌相的，所以就有笑面虎之类的说法。党政民靠的是忠厚积累起财富。汪丰欣赏这类人，两人关系密切。老总们都知道汪丰和党民政走得近，就算心里不服，党政民副会长的位置，私下也不说不是的话。

汪丰说我们县书记县长上来几次，招商引资，我们都有响应，有人回家乡投资了，但总体力度不算大。或者，我们之中有人觉得，回家乡投资实际上是捐资，我不这么看，现在的农村是有商机的，抓准了是有利可图，自己获得财富积累，又能帮助乡亲增加收入、致富，一举两得，大好的事。可能在座的还有人不知道，有好几个外乡人到我们家乡投资，为什么？他们才没有捐资的想法呢，套一句难听的话：无利不起早呗。我不多说，抛砖引玉吧，大家讨论。

议论一个上午，午餐时又一边喝红酒一边议论。

午餐途中有人提前退席，忙事去了，散席后各自散去。

汪丰叫党政民跟他到公司办公室。

两人喝茶。

党政民明白汪丰叫他来不是单单的喝茶，不过他不急着问，他的性子像他的忠厚的脸一样，不急不忙。

汪丰说：政民，你不考虑回家乡做点什么？

党政民说：我每年都捐资了呀。

汪丰说：看你这脑壳，生意竟也能做得顺风顺水。

党政民想了想，笑道：我也想过，还未想出名堂来。

汪丰说：从你的本行想想。

党政民是专做农副产品，将南方的产品北上，北方的产品南下。

党政民说：要说我们家乡的产品，海产品有特色，但中国海岸线长，供求早就失衡，想分一杯羹不容易。

汪丰说：你得换换思路，比如家乡的沙虫，北上的海岸是没有的，稀有海产佳品。过去是海生海长，现在可以养殖了。又比如，北运菜，家乡起步较早，有基础，你回去开发一块大的蔬菜种植基地，再利用好北方多年的经营地盘，应该可以的。

党政民说：你的思路不错，找个时间回去考察考察。

第二十三章 打杂

李天佑问赵伟要活儿，赵伟拿出种养和村场改造等方案给他，说：你仔细看看，从中找出你想做又能做的工作。

李天佑很为难，说：哪有自己选择工作的，您具体指派我工作，分工负责嘛。

赵伟说：村委会的工作杂七杂八，没那么明确，分工呢也就不太具体。我们呀，像万花油，哪里有问题擦哪里。

李天佑哭笑不得，只得看方案。

李天佑一人在办公室看方案时，许多进来了。许多也不知道李天佑是谁，见他正看得入神，也就不出声，找张椅子坐下，看李天佑的那份认真。

李天佑看累了，伸伸脖子转转脸，看见了许多，颤了一下，有点被惊吓了。

李天佑问：您是?

许多说：我叫许多。

李天佑眨眨眼，等许多继续介绍自己，许多只看着他不说话。

“您像我大学时的一个老师。”

“哦，”许多问：“你毕业哪个大学，老师教的什么?”

李天佑说：中大，汉语言文学。他跟您不一样的是，他戴眼镜您没有。

“呵呵，”许多笑道：“那还是不像嘛，相貌像不算像。神似才算像。”

李天佑挠挠头，笑笑，说：也是哦。

几句对话，许多已猜出八九分，问：你是回乡干部吧。

李天佑说：是，我从市农业局来。

许多说：你读的是中文，怎么跑到农业局?

李天佑说：考公务员，分到农业局。您还没告诉我您的情况呢。

许多说：我是县档案局的。

李天佑说：菲姐是档案局的，你是她领导，局长？挂点团结村，是吧。

许多笑笑，问：赵伟让你看方案？

李天佑说：可不是，我要他给我派工作，他却要我从方案中找工作，这是什么事嘛。

许多说：那就好好找找，但事无巨细，可能什么事你都得干。好了，你看方案，我找赵伟去。

李天佑说：我跟您去吧，我也看累了。

许多说：好呀，跟我走走。

两人下楼，上了许多的小车。

李天佑以为是去火龙果地，见方向不对，问：去哪？

许多说：兜兜风。

兜风？李天佑不出声，他不相信。到农村兜风，也是件新鲜、浪漫的事，但这个许多，挂点团结村，常常会下来，应该没有新鲜感了。

车蜿蜿蜒蜒，到了红树林村，没进村，在村一片甘蔗地头停下。甘蔗在深秋凉风吹拂下抖擞着身子，沙沙的声响有点凄婉。再过一些日子，一入冬，又到砍蔗的季节了。眼前，地里没有人影，凄婉的声响也就显得寂寥，令人心里有点发慌。许多站在地头，一动不动。李天佑也一动不动地站着。李天佑不知许多在想什么，想做什么。

许多说：小李，明年开春这片地要种上火龙果了，你有什么看法？

李天佑想起看的方案，说：按你谋划，产业转移，有风险也是机遇吧。

许多说：是啊。有资本投入，机遇应该大于风险。

许多说完又上了小车，李天佑跟着上。车掉转头，又蜿蜿蜒蜒地前行。

李天佑说：许局，我的专业不是农业，下到村里来是不是错了？

许多说：你不是一时冲动，有真想过吧？

李天佑说：我当时想呀，虽然从小读书读到大，少到地里劳动，毕竟是土生土长的农村人。俗话说没吃过猪肉还没见过猪走路吗？农村的状况是熟识的，像手掌上的指纹，不常常看，也是清楚的。读几年书，工作几年，体会到城乡的差异似乎越来越大，城市在迅速发展，农村脚步有点跟不上。这种局面得改变，要不差距会越拉越大，国家就不能真正富强，就这么个思路，我回来了。

许多说：你的思路是对的，至于专业，你是个智商高的人，有句成语叫作触类旁通，你不要怀疑自己。

小车擦过水口塘村，到了一片地头，停了下来。庄稼收成了，地空置着。

站在地头，许多问：小李，你看出这块地之前种的是什么？

李天佑说：木薯，地里不是铺着木薯杆吗。

“嗯，”许多说，“木薯是农村传统的农作物之一，不是不能种植，只是收益上不行，可不可以换种别的？”

李天佑说：我看种养方案，大的思路是对的，这两天在看细节。

许多说：赵伟让你看方案是对的，在实施种养基地的过程中，必然会出现这样那样与方案不相符的状况，不适时宜的，得修改。需要一个人来做这份工作。

李天佑说：许局，您这样说，这担子我怕担不起来。

许多说：你起个提醒作用能做到吧，担子大家一起来挑。

李天佑说：您这样说我就轻松了。

许多说：轻松不了，你提醒的不一定都对呀，被实际驳回了呢？辩证一下，事物辩了才能正。

李天佑说：我的思路跟不上您。

“呵呵，”许多笑道：“我走的路比你多几步罢了。你还年轻，经历和阅历是要有一个长长的历程，是不是？”

李天佑说：我明白了，虚心学习。

上车，离开。

车来到龙湾潭村，依然是擦村边而过。

李天佑说：我是龙湾潭村人。

“哦，”许多说，“没想到。是真正的回乡人。”

第二十四章　爱情

初冬的晚上，风有点刮皮刮骨。曾小婵到吕芳菲的房间。正在本子上写字的吕芳菲合上了本子。

曾小婵说：我总见你记笔记，记些什么，能不能让我看看？

吕芳菲说：扶贫脱贫有关资料，没什么好看的。

曾小婵说：我怀疑你是不是在写情书。

吕芳菲说：现在还有人写情书吗，你写过情书吗？

曾小婵说：都微信了，想见面来一段视频。情书，老套。不过我知道，菲姐你们这代人是写情书的，是不是放不下呢？

吕芳菲说：像我这般年纪的人还写情书，你脑子想什么呢？哦，我明白了，小婵春心萌动了，放不下了。

曾小婵说：你乱说，这世上没有一个好男人。

吕芳菲说：你就嘴硬吧，我呀，见有一双眼睛，那个叫李天佑的身影走到哪里，跟到哪里。

曾小婵说：你牙尖嘴利，说不过你。

吕芳菲说：好好好，我们扯别的。

曾小婵静了一会儿，小声说：这个李天佑好似正眼都没给我一个。

吕芳菲笑笑，不接话。

曾小婵说：你笑什么，他是不是讨厌我？

吕芳菲说：我哪知道啊，你去问李天佑呀。

曾小婵说：有问人有没有讨厌自己的吗？

吕芳菲说：怎么没有，当年我的老公追一年多，我没理睬他，他有一天晚上在我家门口等我，我出门时他站到我前面，一开口就是你是不是讨厌我，我捶他一拳，那晚我们就确定了关系。

曾小婵抓一把短发，说：不是，你不是不理睬他吗，怎么来一拳就定了呢？

吕芳菲说：不理睬也可以装的是吧。

曾小婵说：菲姐你啊，慈面善目的，心里也有花花肠子。难道李天佑也装作不理我？

吕芳菲说：他装不装目前我真看不出来，不过他一定不会讨厌你。

曾小婵说：一定？你凭什么这么肯定？

吕芳菲说：凭第六感觉。

曾小婵说：这个词过时了。

吕芳菲说：所以呀，就有了代沟这个词。

曾小婵说：我的天，我们说不到一块。

吕芳菲说：爱情不一定是一见钟情，也可以水到渠成。若喜欢他，继续喜欢他，终有一天惊天地，泣鬼神。

曾小婵说：这话听着怎么那么悲壮？

初冬的脚步走得有些慢，但还是到了深冬。今年团结村的深冬不同往年，今年的深冬有点温暖，不是因为天气，是心暖，一年下来，村民平均收入增加了一倍。谁嫌钱少呢，心也就暖洋洋的了。

曾小婵回阳西乡下老家过年，大年初三回到团结村委会。按假期有八天，农村呢，不过正月十五不算过完。但曾小婵火急火燎的赶回。那一定会有原因，对的，大年三十晚吃过团圆饭，曾小婵没出门，没看春晚，在她的小房间发微信，给大学同学发，给初中、高中同学发，给朋友发，还给吕芳菲发，祝福祝福，来来往往不断地祝福。最后给李天佑发，发时犹疑再三才点发送。好似李天佑在等着她，秒回。接着来一小段视频，是团结村的演出晚会现场画面，然后是李天佑上台演唱一首《我和我的祖国》，曾小婵看了李天佑那风流倜傥的帅，浓厚的男中音，像一口气灌了一瓶酒，一下子醉了。曾小婵守了一夜。不是因为新年守夜的习俗，而是脑海里李天佑的帅和他的歌声，令她一夜无眠。从小到大，她是从未新年守过夜。

年初一和初二，曾小婵像丢了魂的神不守舍，她母亲看出来了，问她说没事啊。知女莫如母，母亲一次次地追问，曾小婵一把抱住母亲说："我想他了。"母亲是个女人，一声"我想他了"什么都明白了。母亲拍拍女儿的背，说一声新年大吉。

曾小婵稍稍安静时，母亲问她那个他是谁，曾小婵说起了李天佑和他的情况。母亲说："想他就回去吧。"曾小婵初三离家时父亲是要阻拦的，母亲没有说出女儿的真实情况，只说女儿急着离家自然有她的理由，父亲也就不勉强了。

曾小婵回到团结村委会，已是中午，办公楼静悄悄的，但并不落寞，村中浓浓的新年气氛散发着，将其笼罩着。

曾小婵上楼放好行李，下楼出了村委会，快步走向龙湾潭村。一路上，遇上走亲戚的，认识小婵的招呼一声新年好，不认识的也问候一句新年好。

大新年的，人人都心情大好，喜气洋洋。

曾小婵问了村里人，找到了李天佑的家，进院子门时，李天佑一家三口正在摆桌上菜准备吃午饭，李天佑脸一转见了曾小婵，呆住了，父母见了，愣住了。曾小婵要的是这样的效果，她事先不跟李天佑打招呼，就是要来个突然。

父母是不认识曾小婵的，但瞬间从愣住中醒过来，这个女孩不会是突然出现在家里，必定是清早院子里龙眼树上喜鹊的叫声招来了大喜事，两张不算老的脸花一样开放开来，迎接曾小婵。

冬天的花开起来是很艳丽的。

李天佑万万没想到曾小婵的突然出现，太突然了，等曾小婵到客厅饭桌前，脸上才有笑。曾小婵没有看李天佑的眼睛，若是看了必然会看出那眼神不对。

世上的许多事，就那么在阴差阳错中顺理成章。

在新年的吉言声中，四个人围饭桌坐下。在贫穷的岁月里，农村有句俗语"年初三番薯汤"，就是到了初三，进入一年中一日三餐的平常饭菜的日子。绝大多数人，"番薯汤"的日子早已远去。午餐是丰富的，虽然桌上没农村看重的鸡鸭，但李天佑的父母弄了六个菜，鱼虾什么的摆了大半桌。

放在平时，吃只不过到了该吃的时间吃，来了曾小婵，就多了一份客气。李天佑的母亲不断地给曾小婵夹菜，曾小婵挡也挡不住，碗里见菜不见饭。要不是李天佑劝母亲，说一句妈新年大头的，不要撑坏了。恐怕曾小婵怎能吃下去。

母亲开口说："姑娘……"坐在她身边的父亲用脚碰了她一下，母亲也就收了口，明白阻止她的意思，一见面问人家身份不好。

李天佑觉察到了，说：妈，她叫曾小婵，是从省城下来指导种植火龙果的，也就是技术员。

"哦，"母亲说："难怪眼生呢。"

曾小婵突然到家里来，李天佑不知差错出在哪里。从初冬到深冬，两人的确走得近，经常在一起工作，有时一起吃饭，聊起来也欢愉。李天佑是感到曾小婵是喜欢自己的，自己呢，也是喜欢曾小婵的，只不过，他还不能确定这份喜欢是不是爱情。

午餐到尾声时，李天佑想到差错在哪了，他想到年三十晚发的祝福和视频，发给曾小婵的是错发了的，他的一位大学男同学的微信英文号与曾小婵的微信英文号是一样，只是一个大写一个是小写，头像是不一样的，但头像容易被忽略。李天佑没有发错过啊，但大年三十晚就发错了，就有了如此景况。

吃过午饭，李天佑和曾小婵出了门。

母亲对父亲说：不像个城市人，看上去十足的农村姑娘呢。

父亲说：你呀，没听佑儿说啊，整天在地里忙，风吹雨淋的，哪有白白净净的。

母亲说：说的也是。

龙湾潭村没有潭，村前有一条小溪，在李天佑的记忆里，小时候的溪是清澈的，可以见到溪水下的大大小小的鹅卵石，溪水流动，鹅卵石似乎也在动，活生生的像动物。水至清则无鱼，这小溪不是这样，有鱼儿，一群一群一队一队——成群结队，有的顺水而下，有的逆水而上。现如今，已经两个样了，看不到鹅卵石了，看不到鱼儿了，是从什么时候开始的，记不得了。

李天佑和曾小婵傍溪而行。不是李天佑有意带曾小婵到溪边来，是两人出村后无选择地走动，走着走着就到了溪边。两个有心人第一次相依而行，自然无心关注小溪的清澈与浑浊，虽然还没到卿卿我我的程度，柔声细语是少不了的。

出家门的时候，李天佑闻到曾小婵的体香，再看到她一双迷醉的眼神，自己的怦然心动，心想，这个女孩将会是他一生的女人了。

天寒地冻的，李天佑和曾小婵心里烧着一把火，热乎乎的，一点都不觉得冷。情感这东西，燃烧起来，可以将一切化为灰烬。

天将黑，两人往回走，到了龙湾潭村也不入，李天佑要将曾小婵送回团结村委会。

进了曾小婵的宿舍，拉开亮亮的灯光，两人坐下，曾小婵坐在床铺上，李天佑坐在椅子上，一时无语，一时不看对方。或许，在田野里，天大地大，包容一切，两个人也被包容了，任意说这说那，与情感有关的，与情感无关的，像小溪的流动，认真听了有感情，忽略了没感情。或许在窄小的房间，被挤压了，倒一时开不了口。好奇怪的呀。

有多奇怪，也是不可能将两个大活人憋得太久，曾小婵先开口。

曾小婵讲了一个故事：大学的时候，她的一个女同学爱上一个空中清洁人，也就是人们通常称的“蜘蛛”人，两人爱得死去活来。那一天上午没有课，同学拉着曾小婵去看她所爱的人空中作业。她们还没到那幢高高的楼下呢，远远的，看到像有一只大鸟从高空俯冲而下。的确是，她们以为是一只大鸟，而不是别的什么，现实是，在人们的惊呼声中，这只大鸟变成一个人，瞬间摔落地面。曾小婵的同学意识到发生什么了，当即晕倒在她的怀里，她将她弄醒时，救护车将她男朋友拉走了。

男朋友埋在城郊的一个小山坡上，每隔一段时间，同学都出城去看男朋友，曾小婵有时陪她去。同学那份彻骨的伤痛，深深地烙在她心上。世上的爱情可以这样可以那样，所以就有了梁山伯与祝英台。

李天佑听得一脸的痛苦，那一天，他也目睹了那一俯冲的悲剧。李天佑没有说出那天他也在现场，跟他发错视频一样永远收藏于心中。

两人唏嘘了一阵。

李天佑也讲了一个故事：有一对情侣，男孩叫何标，女的叫叶子，俩人一见钟情开始了恋爱。那是个春暖花开面朝大海的日子，他们在人山人海海边银色沙滩遇见，一见面两人四目目不转睛，长时间对望。事后他们说仿若一辈子。有半年，小吵小闹地相爱着，但突然就分了手。

两人再没有遇见，也没有彼此任何的消息。

何标还在这座海边城市，不知叶子在不在。

分开好长的一些日子，何标时常会想起她，他所怀念的自然不是他们在一起一些不愉悦和吵闹，而且她的那种自然的、甜美的笑意，或者是那美丽的脸庞。想起这些，何标就恨自己的不够包容。男女恋爱，吵吵闹闹，男人应该低一低头，哄一哄，事情就过去的。大男子主义要不得。

日子一长何标不再时常想她，即使偶然想起，也如没有风的湖面，没有波澜没有起伏。用一碗放在桌子上的水来形容也可以。

跟随着时光，走了很多路，过了很多桥，阅读过许多人，特别是女人，越来越多看到外壳或美丽或平庸但经不起推敲世俗的女人心，终于看淡了这些。

何标自觉以为自己已修行成佛，禅定了。

五年后的又一个春暖花开的日子，只是不是面朝大海。何标在走过一座桥，看见一个伫立的女子。有一瞬何标错觉以为是叶子，错觉就是错觉，显然不是。

女子不是叶子有着甜美的笑意、美丽的脸庞的那种，她仿佛是栽在河边的一棵柳树，生机勃勃。在她的身上，有一股无形的气质，那感觉似人醉酒之后，美景迷人。

女子看着何标，这一点，像极当年叶子的眼神。

何标陷入了失魂落魄的状态，那也是一种一见钟情的境界。这是非常要命的。他认定自己成佛之后，坚信自己不可能再有情爱之类的冲动。

何标此时此刻有点迷离。女子将他的迷离看作沉醉，目不转睛。

何标稍稍清理思绪，拷问自己：要不要再来一次一见钟情！

曾小婵说听得入神，说你是这个故事里的男主人公吗？

李天佑说不是。

真的不是。李天佑说的是他单位一个同事的故事，这位同事半年前结婚了，结婚前有一次与李天佑喝酒，同事说了将与他将要结婚的女孩相见的“二见钟情”。

李天佑没谈过恋爱。以李天佑的长相和现在大学里盛行恋爱、同居的景况，说出来没人相信。李天佑自认不是另类，也想找一个同学谈一场恋爱，只是追他的女孩他没看上，他想追的女孩，人家不理睬。加上他是一个学霸，很多时间是坐在图书馆里，四年时间一晃过去了，只身回到家乡。

讲故事，夜的脚步便走得慢也走得快。李天佑看看时间，十一点半了。

曾小婵明白李天佑要想离开回家，说：我害怕。

曾小婵的害怕，已经不是初来吕芳菲夜里不在时的那样害怕了，是可以一个人在若有若无的小小不安中入睡。

李天佑明白。李天佑打电话，告诉父亲自己不回家了，在村委会过夜。父母知道李天佑和曾小婵在一起，电话里静静的半晌不出声。

李天佑说：曾小婵一个人呢，会害怕的。

父亲说：好吧。

断了电话，母亲说：他俩睡在一起？

父亲说：你管呢，现在的年轻人哪像我们这一辈人。

曾小婵甜甜地笑着脸，李天佑也笑着，说：可我睡哪呢，办公室没有床，更没被子，有没有菲姐房间的锁匙？

曾小婵说：没有。我们就坐到天亮。

李天佑说：好吧。

冬夜往深里走，寒冷跟着走，话语、故事可以忘却时间，但抵挡不住寒冷。坐在床的曾小婵，用被子盖了半身，李天佑双手插进袖子里。

曾小婵让李天佑也坐到床上，一起盖裤子。李天佑犹豫了一下，坐上床去。身子不敢挨贴，留有空隙。

两人靠墙坐于床上，话说起来反而不流畅了，心跳得有点快，抢了嘴的话。

时间一点一滴地流走，心也不跳了，话也少了。团结村公鸡的啼鸣声传来，朦胧而依稀，有着催眠曲的味道，在啼叫的第三次的时候，李天佑和曾小婵睡过了。靠墙而睡，两个人的头靠在一起。

曾小婵先醒过来，朦胧着眼，脑子有些混沌，李天佑的鼻息让她清醒过来。她的头没有抬正，就那样靠着李天佑，心里像流淌蜜一样的甜。李天佑的头动了一下，曾小婵忙抬正了头。李天佑也醒过来了，鼻子嗅到既陌生又熟悉的体香，立即清醒过来，侧头一看，见曾小婵闭着眼睛，但睫毛在动，装睡。李天佑笑着轻轻朝曾小婵吹弹可破的红红脸颊吹了一口气。曾小婵感到温暖、甜美而又温暖，一侧脸，给李天佑一张笑脸如花。李天佑只看那双如黑珍珠亮亮的眼睛。曾小婵令李天佑最喜欢的是她的眼睛，每看一次心醉一次，梦里见了也醉。曾小婵见李天佑一副的醉态，也醉了，软软的瘫到他的怀抱里。本来就醉了的李天佑，叠加了清晨醒来的曾小婵体香，那醉意更是不可收拾。

李天佑紧紧抱着曾小婵，也是紧紧地抱着，一动不动。乡村里长大的李天佑，或多或少受到父母辈的影响，压抑着本能的冲动。

其实，曾小婵也一样，她已软成一摊水了，却没那种强烈的要求。

就这样，曾小婵让李天佑抱着，过一段世纪般的爱意。

冬天的太阳从窗口照进来，房间温暖如春。

几乎是到了中午，两条身体才分离。

两人站在阳台水龙头旁刷牙洗脸。村里有人声笑语传来，却不见人。偶尔响一声炮仗，也显得依稀……

冬天的阳光的明媚，将一对玉男玉女打扮得光鲜亮丽，活活的如一幅画。

早上没有吃早餐，两人觉得有点饿了，李天佑提议到镇上去吃饭，顺带走走看看。曾小婵不同意，想到李天佑家里去，陪陪他爸爸妈妈。李天佑想取笑曾小婵一句：急着讨好未来的公婆啊，没说出来。

回到家里，父母都不在。

李天佑打电话号码给父亲，父亲说和母亲去走亲戚了，在你姑姑家呢，姑姑叨念你呢，正准备吃饭呢，吃过饭回去。

曾小婵听到了，她凑在李天佑身边。

李天佑看着曾小婵，眼睛里有话，我说嘛到镇子去走走，现在好了，饭没得吃。

曾小婵笑道：原来啊，你是个大少爷，连饭都不会做，家里应该有肉有菜吧，我来做。

曾小婵拉开冰箱，满满的装着食物，伸手挑选。李天佑站在曾小婵身旁，不给意见。他真的不会做饭，从小到大，父母不让他沾手厨房的活儿，大学吃饭堂，在单位吃饭堂。

曾小婵做了三菜一汤，五花肉炒蒜苗、酸菜煮黄花鱼、白灼小白菜、鸡蛋紫菜汤。

吃着，那味道，很是特别，不是曾小婵的厨艺有多好，特别之处是像在吃着母亲做的饭菜。

李天佑忍不住说：要不是亲眼看到，我以为是我妈做的呢。

曾小婵笑道：我才不做你妈呢。李天佑你记住，我是曾小婵。

李天佑也笑，说：我是世上最幸福的人，娶了一个好女人，是我的爱人。

曾小婵说：你想得美！

第二十五章　新篇章

正月十五一过，春忙开始。团结村委会召开了几个村村长村副主任会议，布置种养基地工作，各村行动起来了，全面动工。

汪丰的大笔资金进来了，陈新的小笔资金也进来了。团结村委会的会计赵桥、出纳谷小花几乎天天到村委会办公室入账出账。赵得福负责监督。

曾小婵跑这村跑那村，指导土地平整，灌溉系统设置、排水沟深浅、走向，水泥柱的标准种扎……起早贪黑忙得团团转。

李天佑也是东跑西颠，事事过问，找对与错。他觉得自己有点指手画脚的意味，但赵伟要他这么做，不太愿意也得遵照。发现问题解决不了的向赵伟汇报。

李天佑与曾小婵碰在一起，却也说不上几句话，照个面，你忙你的我忙我的。晚上约个会，情话没说几句转到工作上了。李天佑给曾小婵最大的安慰和照顾是常常打电话让她到家来吃饭。

谈情说爱、卿卿我我暂时放在一边。

吕芳菲一如既往盯住脱贫户。

赵伟镇守团结村和红树林村、赵得福负责龙湾潭村、支芬负责水口塘村。各守一方，相互联系。

许多隔三差岔五地下来。

县长下来了一次，成正东、郑东良、赵伟陪着，一村村地走。县长对赵伟做了些口头指示，务必要落实。

汪丰没回，陈新也没回。许多是打了电话的，赵伟也是打了电话的，他们的回答都是抽不出时间，也不知道是不是，也不知道是不是相邀一起不回来。平时撒手不管也就罢了，是一场大会战呢，关系到种养基地的未来呢，怎么可以事不关己呢。

无奈，许多和赵伟只能用微信的方式向两位老总汇报。陈新的每一次回答是：挺好，挺好。汪丰给许多和赵伟的回答是：烦不烦啊，用得着一天一汇报吗？

一段日子了，吕芳菲要做午饭、晚饭的时候都给曾小婵打电话，回不回来吃。曾小婵回或不回。确实是，曾小婵吃不定点、不定时。

曾小婵有时在地头吃，有时回村委会和吕芳菲吃，有时躲着人去李天佑家吃。居有定所，吃无定处。

过去，曾小婵晚上没事，多半在办公室看电视，吕芳菲有时陪她看，有时留她一个人。像吕芳菲这般年纪的女人，多半会追剧看，她却对电视可有可无。未驻村之前，吕芳菲上班下班，朝九晚五，吃过晚饭，打理好家务，自己或与有闲的老公出门去散散步。老公有闲的时候不多，同学、朋友找他或他找朋友、同学喝酒、吃饭，然后打牌摸麻将。老公也是公务员，这样的秉性吕芳菲是看不惯的，常来一场口角争吵。吵了多年，吕芳菲也就懒得吵了。吕芳菲是个窝家的人，对电视兴趣不大，就看看书，感觉来时写写诗、散文，自我陶醉。当然，有时也会一下朋友、同学。驻村之后，团结村委会的办公楼就成了吕芳菲的另一个家。

好大一个家。

曾小婵原来也不是一个追剧的人，来团结村时，与吕芳菲住在一起，而吕芳菲这个近中年的女人如此的安静，似乎晚上唯一的消磨时间是在她的房间里看书做笔记，别的都不放在心上，如果除了那份唯一，能与她交谈上的是曾小婵问她感情上的事时还有点兴趣，她真是一个无趣的女人，或者称得上无趣的老女人了。所以，曾小婵一般不去打扰在房间里的吕芳菲。所以，晚上曾小婵除了追剧，还能做什么呢？不过，曾小婵不是一个真正的追剧迷，有时候她看着、看着就睡过去了。李天佑的出现，曾小婵不再追剧不说，像吕芳菲一样，视电视，可有可无了。

曾小婵晚上回村委会无规律可循，像一个初学打铁的新手，东一锤西一锤，入夜就回来、深夜不见人影，是常事。

李天佑晚上少到村委会来。吕芳菲知道李天佑与曾小婵谈恋爱了，曾小婵若不跟她说这方面，她也不张嘴问。

吕芳菲已到什么时候也不好奇的年龄了。

这晚大约八点，吕芳菲在房间听到脚步声，听出是曾小婵。与曾小婵相处日子长了，既熟悉她的气息，也熟悉她的脚步声和别的。曾小婵的脚步声有别于一般女人的细软与轻盈，像极男人，而是年轻男人，落地有力。

曾小婵要经过吕芳菲的房门口，进她的房间，却没有，开门进了办公室。吕芳菲想起这是近来的第三次了，之前是没有的，曾小婵干吗呢？吕芳菲没深想，继续看书。

吕芳菲正要入神，曾小婵出现在她房门口，一声“菲姐”，没容吕芳菲抬正头，人已到了她跟前。

吕芳菲用询问的眼神看着曾小婵。

曾小婵说：“锤打”是金字旁还是木字旁？

吕芳菲说：打人用木字旁，打桩用金字旁。

曾小婵说：明白了。我呀，读书语文最差。

吕芳菲问：你在办公室忙什么？

曾小婵呶了呶嘴，说：是汪总，要我十天八天给他汇报火龙果种植推进情况。真搞不明白，这事应该是许多或赵书记，却要我来做。

吕芳菲说：叫你做也是当然啊，你是汪总公司的人。

曾小婵说：写材料方面我是不行的，强人所难嘛。

吕芳菲说：世上无难事。再说多写写对你有好处，李天佑是中文系毕业的呢。哎，你可以叫他帮你呀。

曾小婵说：我才不想麻烦人家。

曾小婵转身出了房间，在门口掉过头来说：谢谢菲姐。

吕芳菲想，她是谢谢那个“锤”字呢还是提醒她李天佑是个中文毕业生？

爱情这东西，道不清说不明，来了，管你的学业是什么，管你的身份是什么，管你的脸是白是黑美与丑……

陈新是在火龙果种植收官阶段到了团结村，来前给许多打电话。许多在省城开会，陈新给了赵伟电话，自个来了。

吕芳菲、赵伟、赵得福、支芬几个在办公室等陈新。九点多钟，陈新到了，也不上楼，赵伟他们下楼，一一来个握手。几个上了陈新的车。

赵伟以为陈新来看羊，车却拐进去红树林村的路。

坐在副驾驶位上的赵伟说：陈总，走错路了。

陈新说：我要看看其他村的火龙果，应该没错吧？

“哦，”赵伟说：“没错，往前是红树林村。”

几条村的火龙果种植，汪丰大投资，陈新小投资，但两人投资的方式不同，汪丰基于不计利润，而陈新是要利润的。去年的火龙果大丰收，陈新原想今年价格可能会跌，农作物价格的波动，他是知道的，一年涨一年跌，而且常常是涨得高跌得狠，参不参与投资，是犹豫再三的，想到汪丰的大手笔，才决定参与进来。有汪丰的托底和运作，应该能应付价格波幅带来的不利。

红树林原来的甘蔗地基本换种了火龙果，不过，村子小，田地分散，东一片西一片，南一片北一片，站在地头，片片不用眺望，尽收眼底。陈新和赵伟他们东南西北转了一圈，看得陈新没有脾气。

陈新问：多少亩？

赵伟说：不足二百亩。不要看亩数不多，事实上人均人口并不比团结村少多少。

“哦。”陈新点点头。

一行人上了车，去水口村地头，在村东南看见一群羔羊隐隐约约散落在杂树丛中，一个年轻女人直着身子挥舞赶羊的鞭子，鞭出一闪一闪的火花来，似乎要点燃阴暗的天空。又似乎天空的闪电。

赵伟问：要不要下车看看羊？

陈新说：不用。羊也按人均来计算？

赵伟说：对。

吕芳菲问：放羊的女人是哪家的，我好像没见过。

团结村委会几个村的大小老嫩，吕芳菲只有叫不出名的，几乎没有不认识的。

支芬说：是孟仲明的老婆，原来和孟仲明一起打工，两人好上了，孟仲明回来没多久，她跟到家来了。

赵得福说：还不是老婆吧，听说还没结婚呢。

支芬说：都进家门睡一张床了，结不结婚还不算老婆？

支芬的话，几个男人都笑了，只是没放声。

水口村只站一个地头看一片火龙果地，和红树林村的一样不用远眺。陈新返身往小车走，一行人也就跟着。

赵伟以为陈新不去龙湾潭村了，就那么回事嘛，去与不去都一样。

陈新问：还有一个村怎么走？

赵伟说：陈总先开车，到路岔道再说。

红树林村和水口村火龙果地里没有人，火龙果苗栽下了，短期内除了浇浇水别的不用劳作，而浇水设有浇灌管网，早晚有人负责。龙湾潭村在抓时间栽最后一批苗，地里有几十人，站直身子的，弯着腰的，蹲着的……姿态各异，像是在来一场舞蹈，入目精彩。

李天佑在，曾小婵在。赵伟放声叫他们的名字。李天佑跟着曾小婵的身后朝赵伟他们过来。村主任李生也跟着来。

赵伟伸左手向陈新，对李天佑和曾小婵说这是陈新陈总，伸右手向李天佑、曾小婵对陈新说这是李天佑、曾小婵，两位回乡大学生。

李天佑和曾小婵知道陈新是投资方，伸出手来又缩回去——满手是泥。

李天佑面带笑容说：家乡父老乡亲感谢陈总。

陈新知道曾小婵的来头，却不知道李天佑，说：大学生回乡，我佩服。

赵伟说：李天佑是龙湾潭村人呢。

陈新拍拍李天佑的肩膀，心里说：我不及也。

第二十六章　角色

许多下午散的会，吃过晚饭想往回赶，想着未曾夜里行这般远的车，就打消这个念头。第二天吃早餐时突然有些想念汪丰。近半年了吧，许多与汪丰无论是通电话还是微信，极少谈及种养基地的事，汪丰扯断这个话题是年前的事，他说不用我们事事操心的，我们呀，要珍惜身体，快乐的多活几年。许多听着心里不太舒服，似乎自己是真的老了，还我们呢，你汪丰正当年呢。

许多给汪丰发个微信：上午在办公室吗？

汪丰立即回：我现在就在办公室。

许多有点意外，回：这么早？逗我玩吧？

汪丰回：我是谁呀，无利不起早。

许多回一个咧嘴。

汪丰回：难道你在广州？

许多回：来开两天会，昨天下午结束。

汪丰回：你上午滚到我办公室来，都第三天了，现在才跟我说。

许多回：我马上滚过去。

开着车的许多心情舒畅，微信上的对话，不是铁的朋友不会这般的说法。人生难得一知己，这般年纪了遇上了汪丰，真是上天的眷顾。

许多进了汪丰的办公室。汪丰正坐在茶几前吃粥，而且，对面放了一碗红米莲子花生粥。汪丰也不起来，指指对面让许多坐。许多坐下，没动那碗粥。

汪丰说：我知道了，你吃过早餐了。

汪丰拿过那碗粥继续吃，吃一口看许多一眼，吃一口看许多一眼。许多安静地看汪丰吃，那吃相若用心看，像一个饿极了的人，而真相是，汪丰是刻意的。许多笑了，汪丰也笑了。不用语言，用动作开一个玩笑也是一种境界。

汪丰吃完将碗筷搁茶几一边，看着许多说：你精神很好嘛。是的，精神好也可以安静。你就没什么可以跟我说的？

许多说：是你要我滚来的，听你的教诲。

“嘁，”汪丰说，“你我都是明白人。你说你又何必呢，认识你的时候，白发没一根，现在你照照镜看。”

许多说：你夸张了吧，之前，也是有白发的。或者，初时你没刻意看，现在刻意了。

汪丰点点头，说：或许吧，不过，轻松不好吗？看看书写写东西，或和我聊聊文学不好吗？像我刚才吃的红米粥，放上几粒莲子几粒花生，味道就挺好。

许多说：我也明白，但我不是一个点卯的人，也是不想让人点卯的人，职责所在，不认真，心里就空落落的。

汪丰说：你已经可以了，甚至太可以了。再说，一个统帅，没必要每一仗都在战壕里。

许多说：这一场仗，你才是统帅。

汪丰说：NO，NO，我是一个制造武器的人，输送弹药的人。你搞错了，是不是，你想想。

许多说：那我也不是统帅。

汪丰说：对了嘛，你也不是一个正面战场的指挥者，最多是个侧面包抄的利器。

许多笑道：你应该去当军事家，而不是商人。

汪丰说：所以呀，商场如战场，要是我是一名军人，说不定，一不小心成为一个军事家呢。唷，我差点忘了，你曾是一个军人，没伤着你吧。

许多沉默不语，这话真有点点中他的痛穴，在部队时真的雄心勃勃，渴望一生戎马生涯。不想当将军的士兵不是好士兵，他从战士到连长，算是进步神速，却是天意弄人，一个事故，就说一个与他有关又可无关的事故，毁灭他的梦想。回到家乡，他依然渴望自己的人生能大展拳脚，却是客观打败了主观，被现实磨去了棱角，慢慢地就平庸了。偶然间，他又被推到初心的、向东奔流的河流上。他明白，河流的尽头是大海，自己不一定能到达大海，但也要朝着大海奔流不息。现在汪丰的话，不是完全没道理，但自己已苏醒的初心太强烈了，就心有不甘。

汪丰说：一场舞台大剧，各有各的角色，你演好自己、问心无愧，也达到了境界，是不是？

虽然汪丰的话听起来是“谬论”，细想也就那么回事。“问心无愧”，自己是做到了问心无愧。

许多说：你真不想回去看看啊。

汪丰说：真是分身无术啊，这样吧，下午我处理好一件事，明天和你一起回去一趟。不过也只能在团结村待上一天。

汪丰和许多从广州直接到海风镇，已是中午。两人找家小饭馆吃饭，吃完找家小旅馆午休。下午两点半到团结村村委会，办公室用寂静迎接他们。站在楼下，许多喊了几声有人吗，没人回答。

汪丰说：到地里去。

上车后，许多给赵伟打电话，赵伟说在龙湾潭村。许多的车在前汪丰跟后。

到了龙湾潭村地头，村委会成员就赵伟在。车一停，赵伟、李天佑、曾小婵已在车边。汪丰不认识李天佑，赵伟做了介绍。汪丰微笑着，第一眼就喜欢上这个年轻人。

汪丰说：小李，将来有什么打算?

李天佑：将来? 哦，回单位。

汪丰说：到我公司来吧。

李天佑笑笑。汪丰第一句话这么说，加上真挚的口气，说明他喜欢上了他，但他不能也没法回应他，不是要顾虑什么的，大学毕业考公务员，考虑离父母近点是一个因素，他喜欢做个公务员也是一个因素，这可以决定了他一生的选择，很难改变。他一时不好解释。

赵伟对曾小婵说：小曾，向汪丰做汇报。

汪丰摆摆手，说：不用。

汪丰、许多、赵伟上车，去其他村。曾小婵和李天佑目送小车远去才回到火龙果地，继续与干活的人们一起劳作。

曾小婵说：汪总欣赏你呢，刚才的问话你怎么不回答?

李天佑说：回答不了，我是不去他公司的，我的天地在家乡。

曾小婵说：那我呢? 将来是要回公司的。

李天佑说：不回也可以嘛，你是学农的，考公务员留下来。

曾小婵嘴唇向上呶，说：我才不，男的得让女的，我去哪你去哪。俗话说公不离婆，秤不离砣。

李天佑想了想，说：那我是砣。

曾小婵在李天佑的胳臂上拧一把。身旁一中年妇女见了，说："唷。"闹曾小婵一个大红脸。

曾小婵与李天佑的事，龙湾潭村人是传开了的。

汪丰、许多、赵伟兜了三条村的火龙果地，都是停留了一会儿就离开，不听汇报，不听讲解，似乎看别人家的田地庄稼，与自己无关。

赵伟的心有点失落，而许多心中有数。只是心情有点说不清，如果知道是如此，不如对汪丰不提回来的事，千里迢迢地跑回来，走马观花，岂不是浪费时间，你许多有多大的面子啊。

看火龙果地，花时间大约一个小时。汪丰不在团结村逗留，许多自然跟着。车不往县城方向行，进了海风镇，先是北拐，再南下。许多想，要去哪呢？汪丰从后视镜里见许多紧紧跟着，脸上有了笑容。其实不用看，也知道许多跟着。

阴着的天，在近傍晚时开了脸，阳光金黄色，路两旁的庄稼让阳光打扮成成熟季节的景象，而事实是远远还未到。路面，宛若一条金灿灿的带子，让所有行驶在公路的车都变成会行走的盒子。

好奇怪的一个即将来临的傍晚。

到了洪江镇，穿过洪江镇，车行约莫十分钟，一片海滩用金色的笑脸和胸怀迎接汪丰和许多。

下车，汪丰脸朝大海，伸出双臂，似乎要一把将大海和海滩拥入怀里。此刻，在许多的眼里，汪丰像个孩子。

面朝大海，春暖花开，一个叫海子的人留的诗句，让许许多多的人面朝大海时，情不自禁地出口朗诵，汪丰也是许许多多的其中一个。

汪丰和许多坐在海滩上。海滩上没有人，海上有船只。

汪丰感慨一番，许多也感慨一番。后来，许多写了一篇散文。

《面朝大海》

一个金色的傍晚，一个中年人和一个青年人，坐在金色的海滩上，两目光投向金黄色的天幕，天空清澈静谧，一弯新月挂在海的一角，妩媚地看着中年人和青年人，阅读他们的感慨。重点阅读中年人，这个走过五十多个春秋的清癯的汉子，他将远眺的目光收了回来，想起了自己的父母，想起了父亲的严厉母亲的慈祥。母亲生长在海边，是海的女儿，那份慈祥摒弃了大海的凶暴，吸吮了它的平静时的安静，父亲遗传了闽南祖籍男人的行事严谨。中年男人年满十八岁的那年，父亲到村口的一个十字路口，一条跑向文一条通向武，他义无反顾选择了戎马生涯。

回首往事，仿佛是在昨天，却是物是人非，大海的女儿——母亲，在父亲一次车祸升仙后不久，抑郁而去，临终前反复叨念一句话：我的海啊，你是我的母亲，您不是可以包容世间万物吗？何以因为爱离开不祈祷我，而是惩罚呢，是您的安详培育了我的啊。

中年男人让青年男人的“面朝大海，春暖花开”的神态拉回了现实。青年男人已醉入人不人仙不仙的境界，如一条畅游于大海里的鱼。中年男人一旦归来也被天海感染，红艳艳的霞光从眼中灌入心胸，开出一朵一朵珊瑚花，五色斑斓；大海如红鲤的背脊，极目尽是红海；天与海融为一体，倒回看天是海海是天。

一个中年人和一个青年人神态也已融为一体，不分你我……

如果没有人伸手拉一把，一个中年人和一个青年人怕回不来，让海天坐定成为一对雕塑，给后人瞻仰时各有各的故事，各有各的传说，然后铁定了是故事或传说。

霞光中一只手伸了出来，只不过不是手而是声音，这声音穿破一个中年人和一个青年人的梦境，醒来的两人显得年轻了十岁。

归来兮，归来。

来人是党政民，他从洪江镇政府出来，怕书记、镇长跟着，怕那个养几亩沙虫叫作方季的跟着，借口赶时间回家看看，来了，来赴汪丰的约。只许他一个人。

党政民抱了一下汪丰，抱了一下许多。也是此情此景，党政民才来一个拥抱，也是此情此景，汪丰、许多才让党政民拥抱。也是此情此景，才不扭捏做作。

一时三人三影，一时三人成两影。

汪丰给两人做了介绍。

党政民对许多说：你像我读小学时一个老师。

许多说你像我小时候邻居做木匠的大叔，眼眉间有一粒痣。木匠大叔是我们村最富有的人，算命先生说眉上长痣的人叫作草里藏珠，必定大富大贵。

呵呵，党政民笑道：汪总眉间没有珠哦。

汪丰说：不无道理的，你党政民这么副憨态，有今日真是福大了。

党政民说：不是说，傻人有傻福嘛。

汪丰问：谈得怎么样？

党政民说：大家都高兴。签了约。

汪丰说：那就好，傻人有傻福。

许多如鸭子听雷，听不出名堂，后来知道党政民投资养沙虫。

三个人离开海滩时，天、海的金黄灿烂已褪去，挂于天角的弯弯月亮做了主角，以它的笑脸笑眉追着三只身影，似乎还发出声来：你们不要走，不要走。

三个人找一家饭店吃晚饭，找一家没房间，找二家没房间，找三家还是没有，又不习惯坐露天的大排档，还得继续找。没想到，一个海边的镇子，饭店如此的爆满。

汪丰说：我们成了无头苍蝇了。

党政民说：你又不让我叫镇政府接待。

汪丰说：烦人，饭不用吃，吃客套话就能饱了。

党政民说：那怎么办？回县城还得一个多小时。

汪丰说：坐在露天下又如何？我们的本原就是老百姓，只不过忘记了，把自己当一棵葱了。走，找一个位置，回到我们还不是葱的时候的位置上。

天已经黑尽，大排档的灯光朦胧而暧昧，相挨的桌与桌之间，人与人只顾喝酒吃饭说话，不经意瞥上一眼，谁跟谁呀，三生不认识。

汪丰说：我不是这个镇子的人，政民、许多你们也不是。只不过许多是政府官员，可能有人认得出来。

许多说：认得出认不出我无所谓，平时在县城，我和一帮狐朋狗友常常坐大排档，又有什么？又能有什么？那些不坐大排档、当自己不一般的大官小官，没有大酒店的雅座、套间不去，又有什么？又能有什么？面子、身份？嘁！

汪丰说：我就知道你许多是这样的人，喜欢。

一煲沙虫、几样海鲜上了桌。汪丰脱上衣，光上身膀。许多跟着脱。党政民看看汪丰，看看许多，也脱。

党政民说：有点怪怪的。

汪丰说：你这个憨人，憨得不彻底哦。

党政民笑道：我就不相信你们没别一样的感觉。

汪丰说：我现在的感觉就一个字：爽！

三个如此身份的人，在这般露天场合，如果让认识他们的人看见了，那是什么样的感觉？一定不是一个爽字。

吵吵哄哄，声声入耳，声声不入耳。汪丰、许多、党政民大声说话。此刻，他们和所有坐在露天下喝酒吃饭高声说话的人没有两样，不管是谁，无论身份，你已经成为这儿的一体。本来么，本是同根生。

党政民说了一句什么，汪丰说：没听到，你大声说。

党政民大声说：海鲜的味道不错。

许多说：要吃到海鲜的真味道，必须到海边来，运往陆地的，经过打氧就少了原汁原味，若是时间一长，不堪入口。

党政民说：是啊是啊，在省城啊，常常吃一嘴的腐臭来。

汪丰说：你这个憨鸟，吃着香的说着臭的。哎，许多，李天佑在和曾小婵谈恋爱？

许多看着汪丰，话题转得也太快了。汪丰也看着许多，等他回答。

许多说：有听说，说不清楚。年轻男女的事你也感兴趣啊？

汪丰说：我感兴趣的是李天佑，一见如故呐，能来我的公司就好了。许多，你给我打打边鼓。

“哦，”许多说：“下午我以为你随口一说呢，果真看上眼？”

汪丰说：我是随意开口的人吗？我说了，但我从他的眼睛里读出不愿意。

许多说：他若是不愿意，我敲边鼓也没用，人有各志，你就阿弥陀佛吧。

汪丰说：你是不肯带话了。

许多说：我说不肯了吗？你理解错了吧？

汪丰想了想大笑：我也是憨鸟。

三个人回到县城已近十一点，到了旅馆，汪丰让许多回家，又说明天不用来送了，他和党政民吃过早餐回省城。

电梯上汪丰问党政民养殖沙虫的事，党政民就说面谈的事，没说几句到了电梯停了，门开。党政民跟在汪丰的身后，要进汪丰的房间继续说。汪丰说句：“我累了，休息吧，以后再说。”党政民同转身回自己的房间。

第二天吃早餐时，党政民又要说养沙虫的事，汪丰断了他的话，问他知不知道，那次商会会议之后，到目前为止有几个乡贤回来投资，或者有意愿回还没回的。汪丰跟党政民交代过，关注这事的动向。党政民的回答已有三位回来了，有三五个嘴巴上说过要回，还没见有行动。

汪丰说：这是自愿的事，不要强来。商会商会，是商议事的，不是命令。

党政民说：我明白，要命令轮不到我，是你的事。

汪丰说：你以为他们都鸟我，都奸着呢。

第二十七章　见证

时间似乎是那么一跃，到了 2019 年深秋。

吕芳菲是来见证团结村委会将几个村合并成一个合作社，种和养联为一体的；是见证陈新先后二次送来的黑山羊的；是见证汪丰多次将钱打入团结村账户的；是见证团结村委会村场一步一步改造的；是见证文化楼即将竣工的；是见证超百分之九十贫困户脱了贫的。她还要继续驻团结村委会、完成差一年三个月脱贫任务的，但她是那样决然地离开。她不可以这样的，怎么可以这样呢？

秋天是农忙的时节，有人类以来就如此，但深秋到了收尾阶段，可以偷一下闲了。吕芳菲有三个周六周日没回过家了，也就是二十多天，有点想家了，有点想那个从爱人熬到亲人般的自己的男人。有点想写一首关于秋天的诗。她对许多说：“就差点灵感。今年啊，一定要写一首自己满意的诗。这么多年写下来，没有一首写得好。”

周六上午，吕芳菲去市里的滨湖公园，本来，她是要老公陪着一起去的，老公不愿意，他约好了一帮猪朋狗友摸麻将。有这么一帮走火入魔的族类，似乎天底下只有麻将，没有别的了。吕芳菲心里很生气，懒得理他了，自己一个人去。

公园里有近千类树种，唯独没有枫树。深秋的枫叶红得能勾人魂魄，专心看着就能成一首诗，滨湖公园却没有，不要紧，有的树像枫树一样，到了深秋也红了叶的。

进了公园大门，迎接吕芳菲的是纵横有序的树林。她像打开一本书一样开始阅读，一棵树是一页码。以她慢条斯理的性子，不急不忙一棵一棵地阅读着。果然有像枫树一样红了叶子的，只是不懂树名。这是不打紧的，写进诗时就当是红了的枫叶就是了。

在树林里漫步的人们，是不是也像吕芳菲那样忘我，她是顾不上的，她只顾自己沉醉在诗境里。本来嘛，别人是什么样的心态，与她无关。

太阳快正顶的时候，吕芳菲在不觉间直面大海。是的，穿越林带是大海。

海天一色。晴朗秋天的海与天，更是蓝得不可收拾。

堤坝上的人，比树林里的人更多。人们更喜欢不可收拾的场面。

面临大海，吕芳菲想起海子的诗，却是另一番思绪，春暖花开与秋高气爽，诗意是完全不同的。

……

那天晚上，许多收到了一条视频。一般，许多是懒得看视频的，当然，也偶尔看看。许多点开视频，事故的场景是这般开始：海面上一个挣扎的孩子伴着许许多多的尖叫声，一个穿着米黄色连衣裙的女人从堤坝纵身跳入大海，一下子被海水淹没了。接着一个年轻小伙跃入海里，急速向那孩子游去，却一时见不着孩子了。年轻人几番潜入、冒头，终于托起孩子。

孩子被众人接上了堤坝后，年轻人没有上岸，他的头随着身子转圈，寻找那个穿着米黄色连衣裙纵身跳入大海的女人。这个一跳入海水就被淹没的女人，不曾冒过头。显然，她是不熟水性的。显然，她一着急忘记自己不会游泳。后来，又有几个人跳进海里……过了很长时间，好似一个世纪那么长，才有人捞着那女人。

几个人往堤坝上举女人时，盯着视频的许多浑身颤抖起来：是吕芳菲！是的，吕芳菲，许多最熟识不过的女人，无论她在任何境况下，哪怕在抖抖索索的视频里，整个人是模糊的，他一眼就能认得出。

事后好一段日子，许多看了那段视频多次，每看一次心碎一次。芳菲啊，你不知道自己不会游泳啊，你以为那是自家的浴缸吗，那是深千尺的大海啊，随时可以卷起万丈浪的大海啊。你应该跟着大家一起呼叫，却不可跳进大海的啊。你这次出门，是想写出一首自己满意的诗的，诗的内容包括红叶、深秋蓝天、湛蓝辽阔的大海和渗进抢救孩子的壮举，你却将自己也揉了进去，你叫人怎么读好呢。

许多在心里说：芳菲啊，你不是要写一首自己满意的诗吗，我是等着要读的，这二三年，你的作品越来越耐读了，正在从平原走向高原呢，我不及你，你怎么就这样放弃了呢。再有，你的脱贫工作今年是要拿奖励的，你怎么可以此时离开岗位？

噩耗传到团结村时，赵伟打电话给许多说，团结村许多群众要上县城送吕芳菲，贫困户特别强烈，那六户五保户在村委会楼下哭得抱成一团呢，他们边哭边喊苍天啊，哭得一村人都哭了，村子都哭了。

许多不让团结村的人上来，跟赵伟说，吕芳菲啊，是一个安静的人，让她安安静静地走吧，别打扰她。

团结村有一个人参加送吕芳菲上路，是赵树强在一中读书的女儿，她悲痛欲绝，哭成一个泪人儿。没有人太过注意她，连许多也没有，人们都处在悲痛中。

吕芳菲的男人怕睹物思人，不去团结村房间看有没有她留下什么遗物，拜托许多。时隔几天，许多走进吕芳菲的房间，他先是闻到了一股馨香，脑海里立即出现视频上的玫瑰花。是的，玫瑰花的馨香。女人的体香也可以是玫瑰气息。许多慢慢地扫视房间的每一方寸，他所看到的是水洗一样的洁净。一张小床，被子叠折成长的四方形，有棱有角，让许多想起军队的床铺，被子是四方形的；一张桌子，桌面上一只雕花竹筒，插着两支笔，显得孤独无援。床头前的墙上挂着一件灰白色风衣，风衣下是一只拉箱。拉箱里应该是吕芳菲日常要换的衣裤了。再没有什么可看的了，起码在许多来看是这样。房间里能看到的遗物是风衣和拉箱，被子竹筒钢笔算不算吕芳菲的遗物，许多不能确定。因为被子是团结村委会买的，雕花竹筒和笔也是。再有，许多能想到的还有吕芳菲的洗漱用具，在阳台的水龙头旁边。

许多的目光再次落到那风衣和拉箱上，心里说这个吕芳菲啊，你是一丝一毫没打算离开的，你只不过想抓一个空隙出门去找灵感，写一首自己满意的诗，或许你要到这房间来完成呢，你却再也不回来，真的，不可这样的啊。

许多到了桌子前，拉开抽屉，第一个是空的，第二个躺着一本笔记本，大大的小十六开本，看上去像一本个人专著。

在打开本子之前，许多有个念头，希望本子里写满了诗。如果本子上写满了诗，一定掏钱给她出一本诗集。吕芳菲也写散文的啊，那也没事，出一本诗歌散文集，更能体现她的经年累月的创作成果。

许多打开本子一页一页地翻看，没有一首诗没一篇散文，都是日记。现在，有谁还写日记呢？

许多看首页的第一篇日记：

下来驻村，老公跟我吵了一架，骂我都快成老女人了，假正经，假担当，梦想官升一级什么的，话太难听了。我最初想啊，要住几年村，心里也有抵触，但拿国家的钱，得为国家做事，这是公职人员的起码觉悟吧。多哥说得对，单位几个人，无论从哪方面考虑，我是最适合的人选，我要是拒绝，别人更有理由拒绝，那成什么了？人活在世上，如果只想着自己，不想着别人，活着又有多大意思呢？往深处想，千千万万贫困的人真的需要人去帮助，让他们走出贫穷，是一个人啊，能出份力也是一份贡献。国家要富强，人民要富裕，就是你出一份力我出一份力。添砖加瓦嘛，这个道理是要懂的。没有小家哪有大家，没有大家哪有国家？哎哟，我把自己想高了，一个岗位而已，在单位要工作，下来也是工作。又不是千山万水，海角天涯，周六周日同样是休息，一个小时的车就到家了，两公婆不是可以见上了嘛，再说，中途单位有事家中有事也是可以回的。老夫老妻了，朝碰口晚碰鼻的，常常视而不见呢，倒比不上隔天隔夜的见上一面亲。

我觉得挺好的。

2018年10月16日

一篇极没文采的日记，看得许多流了泪。吕芳菲走了几天了，许多不曾流过泪。

许多站着勾头看日记，此刻，他的背驼得像八九十岁的老人，而且，身子颤抖不止，欲倒不倒，不要说有人轻轻推一把，哪怕从门口吹进一口稍有力度的风，他可能也会倒下去。这副极度悲伤的模样，倒与不倒，只差一根稻草压上去。

哭声相邀着从远处传来，从弱到强，直到呼天抢地，许多才听到。按说，欲倒没倒的许多，应该倒下去，这哭声重如泰山，哪是一根稻草可比的？但许多反而不颤抖了，腰身也站直了，背也不驼了，回归平日的许多。

是哭声将许多拉回现实，他要面对的不是自己，也不是吕芳菲，是楼下的苍老欲绝的哭声。不许这样的，若吕芳菲能听到，她也是不允许的。逝者如斯，活着的要好好地活着。

许多将日记本夹在腋下，快速下了楼。许多看到的与在楼上听到的场景不一样，刚才听到的是许许多多人的呼天抢地，以为像那一天赵伟所说的，几个村都要来人了，眼前看到的却不是，是七八个老人。赵伟在劝说他们。有一样像赵伟在电话里说的一样，他们抱在一起哭，许多到了跟前，他们抱着他哭，撕心裂肺。这也足够呼天抢地了，所以，许多听到的，并非完全是幻觉，有真实的部分。

许多和赵伟不断地劝说和安慰，他们像受了委屈的孩子，越劝越哭，哭得许多和赵伟跟着哭，哭得天昏地暗。老天爷也哭了，下起雨来。

赵伟忙开了会议室，和许多拥着他们进去。

后来赵伟告诉许多，有一个老人知道许多下来村，电话告知其他几位，他们就从几路哭着而来，相聚村委会楼下。

那一场村庄的恸哭，自然是因为吕芳菲离开得太突然，重要的还是她已被公认是几个村的共同女儿。这个高度的认可，若是吕芳菲没有离去，或许达不到。这种认可根植于内心，只有失去才能完全爆发出来。

至于几位老人再来一场痛哭，一层意思是思念，一层意思是向吕芳菲的领导诉说。他们要亲口对许多说出来，吕芳菲啊，她是我们的孙女。无论许多是懂了的还是不懂了的，他们都要诉说，一次一次地。

许多决定先不把这本日记给吕芳菲的老公，他要看完再说。或许说不定，他要保留一辈子。一起共事二十多年，留一件她的物件，应该不过分吧。

第二十八章　追念

赵伟对许多说，成书记要我们整理一下菲姐的事迹，往县上报，看能不能弄个因公殉职。

许多明白成正东怎么想，电视上有宣传扶贫脱贫路上因公殉职党员干部的事迹，但吕芳菲是一个意外。许多想过，如果吕芳菲是在团结村走的，他一定弄一份评价给她，哪怕有拔高的成分。但吕芳菲啊，你叫我怎么办好。

支芬在许多的面前哭得一把泪一把鼻涕。这个平时话多的女人，陪过吕芳菲一起赶走害怕夜晚的女人，与赵得福经常斗嘴的女人，敢在众多人面前说出农村大多数女人常说的骚话，一个不太像村委会妇女主任的女人，哭得眼前的人也想哭，真哭得十足了。赵得福转过脸去，偷偷抹了一把眼睛。赵伟转过脸去抹了两把眼睛，赵桥蹲下来，头勾在裤裆里。谷小花蹲下来，头勾在裤裆里。许多呆呆地立着，像一根被烧焦的木头。

而此时，临中午时分，曾小婵在龙湾潭村火龙果地十步开外的杂树丛里，挖坑埋黄叶，一边埋一边滴泪。李天佑陪在她身旁，仰头望天，拷问着，苍天啊……

几个晚上了，曾小婵住在李天佑的家，也不忌得别人的口舌了，反正她没有与李天佑同睡一张床。曾小婵真是害怕，这个经历与阅历都不足的女孩，心智远未成熟的女孩，哪有不怕的呢？

吕芳菲，且姐且母的女人，不是闺蜜的女人，曾小婵除了初来的几个晚上与她挤一张小床、热乎热乎之外，后来的日子，并不太在乎了，特别是李天佑来了之后。但吕芳菲不在了，她一下子觉得，她们同甘共苦、生死与共，是分割不开的。

曾小婵埋着黄叶，周围还有许多黄叶，她是埋不完的。

曾小婵说：今晚我要回村委会去过夜，我不该这样，菲姐没有离去，夜里，她自己一人在，会孤独的、寂寞的，甚至会害怕的，我回去陪陪她。

李天佑认真看着曾小婵，没看出她说的是清醒话还是胡话。

曾小婵说：你不要这样看我，你再这样看我，我把自己成长为一位母亲。女孩与母亲之间，不过一纸之隔。我与菲姐相隔的那一墙，好像一纸而已。

李天佑还这分不清曾小婵的是清醒话还是胡话。说：要不，我睡菲姐的房间？

曾小婵说：那不行，那是菲姐的房间，菲姐是要回来睡的。

曾小婵的话，说得李天佑起鸡皮疙瘩，伸出手摸摸她的额头，农村世代相传，有人得了魔怔，是撞了鬼中了邪，曾小婵不会的吧。

曾小婵拿开李天佑的手，握着，说：天佑，我不能为菲姐做什么了，就当我陪着吧，人是不在了，灵魂还在。

李天佑从那黑亮亮的眼睛看到了平日的曾小婵。她回到了原本。

李天佑说：让我和你一起吧。

曾小婵笑了一下，说：不用，那样会让菲姐笑话的。没事的，从今以后，我不会再有害怕。害怕的话，永远长不大。

李天佑拥了拥曾小婵，一下子也觉得自己成熟了。

下午，许多在火龙果地头。几个月摘取下来，火龙果的收成到了尾声。

成正东、郑东良来见许多，说吕芳菲的事，说还是要宣传宣传她的事迹。一个人的事迹是能用嘴说得生动起来的。

许多说：你们还是把精力放在村子的建设上吧，要不，跟不上别的乡镇别的村庄。

许多说的是实话，团结村委会几个村的经济上台阶了，村庄的改进工作推进缓慢，这不是许多的责任，是镇委镇政府。你成正东、郑东良是拍着胸口做保证的，行动是有行动，但真的跟口头上说的差得远了。比如计划建一幢文化楼，选了址，却迟迟不动工。许多问过赵伟原因，赵伟说我们该出的钱出了，他们说上面给的钱还不到位，要我们先垫，那是老虎借猪，有去没回的，还不知道他们啊。

许多说：上面拨的款是专项资金，他也敢？

赵伟说：有什么不敢，太敢了，见得多了，挪为他用，见得多了。

许多无语，他也知道这种现象，事情的最终结果常常是不了了之。

成正东、郑东良被许多说得哑口无言。

成正东说：资金一到位我们就动工。

郑东良用试探性的口气说：许局，你能不能跟汪丰、陈总说说？

许多不出声，文化楼的事，他是不跟陈新说的，陈新毕竟算不上大老板，跟汪丰说过。汪丰的答复是用你们一定要给我的红利中拿出一部分，多少你们考虑。汪丰说的红利，是火龙果收获的利润，团结村委会会议做出的决议，利润的分配多少要回给汪丰一些，人家给的钱老是当捐资不好，汪丰要不要再说，心意一定要有。许多觉得行，跟汪丰说了，汪丰的回答是先放在团结村的账户里。所以说到文化楼的事，汪丰就这么回答许多。

火龙果的价格果然比上一年跌了不少，但有汪丰的互联商业运作，县政府助力，整体收入还比较可观。

成正东、郑东良得不到许多的答复，灰着脸。

今天探访两户五保户，上午一户下午一户。

赵文彬坐在家门前的阳光下拉二胡，拉的是《二泉映月》，闭着双眼一副影视上阿炳的模样，进入无境的状况。

我轻手轻脚到了老人家的面前，拿过矮凳子，也坐在阳光下。挂在天东边的太阳，照着我的左脸，照着赵文彬老人的右脸。老人的脸比平日见的红润许多，近七十岁了，此刻看上去岁数没那么大。我是听过村人说过老人的一些故事的，年轻时做民办老师，做了近二十年没有转正，因为出身成分不好，富农。批斗“黑五类”时，父母双双吊死一条绳上。即将成人的他，苟且偷生，好在村人怜悯，让他做了老师。成分不好，长得俊俏些的女子不愿嫁他，长相不好的他不要。他觉得自己是个有文化的人，心性就高，相信爱情终有一天要到来。一拖再拖，岁月长河无情，眨眼间似的到了四十，爱情没有来，他心已无想念了，孤寡一人，一天天老去。分田到户的那年，他丢了民办老师的身份，田是分到了，却因自小到大不涉农事，犁耙不听用锄揪不听使，勉强种下的作物，永远是瘦不拉几的，一张口也维持不了，好在村人都能吃饱肚子了，这家给他一筐番薯那家给他一篮子芋头，当然也偶尔有人给几斤米的，日子也就能度过来。

一曲《二泉映月》拉完，老人睁开眼睛，说姑娘你一到我晓得了，可就算听一曲也得善始善终是吧？

我说好听着呢。

老人说：姑娘你来问我什么呢？

我说：不是姑娘，是为人母了，且儿子叫我老妈子了呢。我来呀，没问老人家什么，只是闲扯，看看有什么我们做不到的。

老人一脸的皱纹舒展开来，心满意足地说：国家好啊，去年给盖的平顶房，被褥衣着、家里用具也是国家给置的。你们从城里下来，行善呐。

我和老人扯着闲话，把太阳扯到正顶了。

我离开时，老人在身后喊：今天我好开心！

我转过脸，老人向我挥着手，我说：我也开心。

我明白，一个孤寡老人，有人陪着扯一段闲，那开心一定不假。

下午去赵仁义家。赵仁义是个跛子，生产队的年份，他基本不参加劳动，他会一样手艺：木匠。团结村还有另一个木匠，年纪比赵仁义大几岁，手艺却没赵仁义的好，村人要打个衣柜，做个门、窗、桌、椅，台、凳，多半叫他。邻村的也知道赵仁义手艺好，也找上门来，这样一来，他一年间基本有木匠活。赵仁义头上有大哥二哥，成家后先后分出去另起炉灶，他跟父母吃住。跛是跛，赵仁义能讨上老婆，且长得不差。女人是看上他的手艺能挣钱，日子过得滋润，但不知是男的还是女的出了问题，没生育。赵仁义人到中年后，社会已到了木匠少活干的时代，要置家具得到镇子家具店买。赵仁义木匠活少，老婆本来就是个懒女人，分田到户后，自家的田地种的不是庄稼是荒草，日子哪经得起坐吃山空？日子一日比一日苦。有一天赵仁义的老婆去镇子趁墟，一去不回。以为是出意外死了，一村人到处找，活不见人死不见尸。有人说可能跟人跑了，半老的女人谁个肯带她跑？有人不相信，赵仁义也不相信，连她娘家人也不相信。相不相信吧，反正，赵仁义的老婆一去不返。

就这样，后来赵仁义成了五保户。

赵仁义的平顶房也是国家的钱盖的，只不过，围了小院子，是大哥二哥给围的。要是认真说起来，赵仁义不算孤寡老人，有大哥二哥照时常看着呢，但毕竟，是一个人过活，吃五保，符合政策。

我进了院子，赵仁义在坐在杨桃树下椅子上用刀雕刻一截木。见我进来，忙将那一截木藏于身后，脸上露出尴尬的笑，也不叫我坐。

我自个拉过椅子坐下。

赵仁义问：他嫂子，有事吗？

赵文彬叫我姑娘，他叫我嫂子，都叫乱了，我只能笑笑，像人名一样，一个符号罢了，叫什么都一样，没必要解释。真是多余。

我说：没事，路过呢，进来看看。身体还好吧？

赵仁义说：好。

我说：有困难，跟我说一声。

赵仁义又说一声好的时候，他身边的手机响了。他嗯了几声站起来，一高一低地走出几步，背对着我听电话。我看到进院子时看见的他手上的那节木，横在椅子上。我侧头看，一端刻的是一张人脸，一张女人脸。赵仁义转过身时，我两眼离开那张脸。

赵仁义重坐那椅子上，只坐半个屁股，坐实了，会坐在那张“脸”上。他是知道的。

家长里长、短的，我们扯一段话。

我离开到院子门时，他像赵文彬一样在背后说：今天我好开心！

我转过脸，老人向我挥着手，我说：我也开心。

回村委会的路上，我想，那张女人脸一定是赵仁义老婆的脸。

赵文彬没想念，赵仁义有想念，谁更孤独些？

2019 年 3 月 19 日

水口塘村的孟家中……

电话铃声响起，打断了许多看吕芳菲的日记。躺在床上的许多直起身子，拿床头柜上的电话，是汪丰打来的。汪丰说苏娟又上省电视台了，问他手上有没有苏娟的文字资料，许多说没有，许多差不多一年时间没跟踪苏娟了，太忙了。苏娟的志愿者群，也少看，群聊太多，半天不看，积累几百条对话，“爬一次楼梯”得花很多时间，所以不能全知道他们在干些什么，但偶尔打开，看到的要么是通知，某月某日下某镇某村慰问某户某人、养老院搞卫生、配合妇联、团委、残联工会维护公共秩序、宣传呀什么的，或者，群内出现一只一只红包，一个“善”字。明白这个群像一列高铁，在高速运作，无论是向着哪个方向，都是在不断奔跑向前。

许多说：我跟苏娟说了，他们的大大小小事，收录起来，等我有闲，写一部长篇纪实。

汪丰说：这个想法好。今天的志愿者，是一股很大的社会力量，对国家做着贡献，值得宣传、赞扬。

许多说：你也进群来呀。

汪丰说：我也怕“爬楼梯”。

两人又扯些别的事。许多又拿起吕芳菲的日记本，却没接着一篇一篇看下去。他一页一页地翻，专看吕芳菲记录与五保户交流次数。从 2017 年冬开始，直到她的离去，共有六六三十六次，所有五保户都在列，去的次数不等罢了。

去的次数再多的是龙湾潭村的李能家。他已九十多了，行动不方便了。许多挑一篇日记看。

今天到李能家打扫卫生，他竟然大小便都找不着卫生间了，尿在床上，屎拉在墙角。我花了半天弄下来，抽抽鼻子，还是满屋的臭气。他的痴呆症越来越重了，好在邻居李有粮夫妇常照看他，但也是两位老人了，总有照看不到的，这样下去总有一天会走失的。前几个月带他去医院，医生建议送到镇养老院，我没跟多哥说，也没跟村主任说，想再看看情况再说，现在看来，刻不容缓了，是送去养老院的时候了，那里有人照顾，会好些。

2019 年 10 月 9 日

2019 年 10 月 9 日，比吕芳菲离世的迟三天，也是吕芳菲的最后一篇日记。

第二十九章　接手

许多打电话给赵伟，说：明天你将龙湾潭村的李能老人送到镇养老院，亲自送。

赵伟静了一下，用几乎听不到的声音说：老人家大前天走了，当天下的葬。见你这段时间情绪挺低落的，没告诉你。

许多挂了电话，陷入一种脑子空白的状态。

在客厅看电视的老婆进了房间，见许多呆呆的神态，问："你怎么啦？丢了魂魄似的。"许多像没听到，依然呆呆地。

老婆见许多身边的日记本，拿过来看，看着看着，明白是吕芳菲的，惊吓似的丢开日记本，说：你怎么可以留着她的遗物呢，按习俗说，她会跟着你，不吉利。

许多突然大声说：她跟我二十年了，继续跟着又怎么样?!

老婆说：你神经病。

许多声音没小下来，说：对，我神经病。

老婆说：要找死没人拦住你。

许多刮了老婆一耳光，心里说：让你咒我！

老婆或许明白自己说错话了，捂住脸离开房间到客厅，坐在沙发上，觉得委屈，流了几滴泪。

许多一巴掌刮出去，手没收回来，举在空中，两眼怔怔地看着。结婚二十多年来，他从未对老婆动过手，哪怕一只手指头。今天竟然……

第二天清早，许多下团结村委会。吕芳菲一走，工作上，像一个人好好地走着，一只脚突然踩进坑里扭崴了，再走，失去了平衡。眼下单位真抽不出人下去驻村，填补吕芳菲走后的岗位。得想办法。

进了办公室，只有赵伟一个人在，许多直接说：脱贫的事无小事，得有人接着。我们单位确实下不来人，你替我想一下。这些天我脑子乱得像甘蔗砍下后的蔗衣。

赵伟看了一眼许多，他原以为许多很快会派单位的人下来呢。想了想说：让我想想。

驻村干部不是赵伟的事是许多的事，赵伟可以说。许多挂点团结村委会，做了多少工作有目共睹，尽心尽力，短短不到三年，村子是鲤跃龙门了的。是团结村的功臣。换了之前别的挂点单位，赵伟才不说可以呢，做个样子，走过场，时间一到做一个达标的账，应付考核，完成所谓的任务，一走了之，心安理得去了。

许多在赵伟的心中，不同凡响，是个大能人，是他人生中遇见最能的人，什么老总，亿万富翁，也是能人，却比不上，要是拉一个出来比，汪丰还可以，别的不行。

赵伟认为，是许多做事从不事不关己高高挂起，与一起的人平起平坐，掏心掏肺，且担当，大公无私，感染别人不敢怠慢，事情就做得彻底。

赵伟说可以，但他只是一时的口头之语，他也是无米之炊的，没能耐找到一个能替代吕芳菲的人的，团结村没有这样的有能力的人，出了村找，他没能耐。

几天后，许多、赵伟、李天佑在团结村委会办公室，赵伟见许多正常人一样了，说他想不出有人能接替吕芳菲。

许多似乎忘记他对赵伟说过的话，说有办法了，昨天找了县长，将事情说了，要求县长给一个招聘临时工指标。

今天到阿莲的小卖部买牙膏，阿莲高兴，硬是不让收我的钱，推来推去推了半天，她才收下钱。

阿莲说：当初你们要我开店，我心里嘀咕呢，日常村人都跑到镇子去买东买西呢，镇子近着呢，村里开店，能赚钱？现在看来，贪方便的人不少，这店生意真能做，细水长流，也是能积少成多的。

我说：那发财了。

阿莲说：说不上的，日子好过是真的。谢谢你们出的主意。

我赞几句阿莲勤快什么的，阿莲脸笑成一朵花，她要塞我一瓶椰子汁。我将手背在身后笑着，她伸着手上的椰汁不肯收回，说拿着嘛，我们女人跟女人，还客气啊。小本生意，我是拿不得的。最终退一步的还是她，收回手。

我小声问：你跟赵阿日什么时候摆酒啊。

阿莲的老公年纪轻轻走得早，她带一女儿、照顾家婆，日子过苦。赵阿日是个单身汉，有闲帮着阿莲做这做那，早就好上了。

阿莲涨红了脸，说：八字还没一撇呢。

我离开时暗笑，八字没一撇，两人都睡在一起了。女人啊，是需要男人的，特别是活得艰苦的女人。

2018 年 11 月 13 日

前两天，镇扶贫办打电话追问赵伟，问省里下达要填的几项指标，团结村委会为何迟迟不上程序。赵伟回答："你们也知道为什么，追个球呀。"电话那头静了一下，显然，那人知道吕芳菲的事，口气降了几分："赶紧抓个人填报吧，上面才不管什么原因呢。"赵伟无语，的确是，客观是客观，工作是要做的。他没给许多说，想到了李天佑，让他来填报。赵伟跟李天佑说明情况，李天佑没有二话，坐到扶贫专用电脑前，赵伟坐在他身边指点。怎么填，赵伟是知道的，只是他不熟电脑，不敢动那些表格。

时代飞速向前，很多人跟不上，特别是技术上。比如一部手机，在年轻人的手上，能玩出百样花样，在上了年纪的人手上，也就会那么几个功能。

赵伟坐在李天佑身边一个上午，下午就不用他坐了，他像一直在做这项工作一样，熟门熟路了。

但李天佑不是许多单位的人，职责不在填扶贫数据。

许多招聘的临时工，是一个年轻女孩。这个女孩比曾小婵高出几厘米，苗苗条条的，看上像个模特儿。单比身材，曾小婵失分不少，但曾小婵有着黑亮黑亮的大眼睛，女孩是小眼小眉。小眼小眉也有耐看的，但女孩鼻子有点塌，一搭配，不敢说不着调，起码是不协调。曾小婵的五官和谐共处，一看不那么入眼，看久了，好看。

上天给你长相，很难十全十美。

女孩叫王熙风，一不小心会听成王熙凤。

许多带王熙风进团结村委办公室时，李天佑正在填表格。王熙风看到李天佑的侧脸时小眼就睁大了，李天佑转正了脸面对面时，那小眼不是睁了而是瞪了。着实，李天佑的长相于王熙风来说，用时髦的话说，是她的菜。

的确，第一个与李天佑照面，王熙风一见钟情，说："天佑，我爱上你了。"闹得李天佑一个红脸。曾小婵对李天佑也是一见钟情的，但没王熙风来得那么直白，或者说夸张。

王熙风的表情有点吓着李天佑。

李天佑更喜欢含蓄些的女孩子。

王熙风自己是不想要这份工作的。她想做公务员，但书没读好，考公务员几次，没考上。书读得不好，心却比天高，毕业后在省城混了两年，每月问家里要伙食费，父母很怒火，不给了，回到县城，亦是一个混。父母做生意有点钱，也就不计较她游手好闲，先养着。但也明白长久如此不是办法，托人给她找工作。哪有那么好找的。这次也是巧了，许多有一个朋友，也是王熙风父亲的朋友，朋友知道许多要招聘临时工，觉得是政府的，想到王熙风的父亲托他给他女儿帮忙找工作，就跟他说了这件事。王熙风的父亲一听这么个身份，不合意，朋友说这工作现在社会上许多人抢着要呢，说是临时工，干下去说不定能转正，你有点钱，以后花钱让女儿转正不就行了？王熙风的父亲觉得有道理，跟女儿一说，王熙风一听也不乐意，鸡嘴说成鸭嘴才勉强答应了。

答应是答应了，跟许多下来的一路上，不说一句话。许多听朋友说是一名大专生，不太满意，只是岗位告急，也就同意了。

王熙风见到李天佑，心一下了开满了花，暗自对自己说：好在答应这份工作，要不，这一生就错大了。是自己的"菜"，一定要吃在嘴里。

王熙风就是这么个自以为是、舍我其谁的人。

赵伟本来想安排王熙风住吕芳菲的房间，想想，觉得不妥，吕芳菲离世不久，若让王熙风住进去，她知道了，一定会愤怒，事情会弄到不可收拾的。毕竟，按农村的习俗，是有所忌讳的。但又没别的可以挪得出的房间。就想着能不能与曾小婵同住，跟曾小婵一说，曾小婵不愿意，说房间这么小，再铺一张床，转个身都不能了，不成。怎么说曾小婵也不肯。在曾小婵心里，房间小是次要的，重要的是，两个女孩一起住，李天佑来了不方便。她和李天佑正热恋着呢，来一个电灯泡那可不成。

赵伟只能安排王熙风住办公室，是扶贫专用的这间。有一张单人小床，连买都不用买了。赵伟担心王熙风拒绝，那就难办了。王熙风没意见，还高兴呢。

王熙风同意住办公室，是因为见李天佑在办公室工作。她以为是与李天佑一起工作的。当许多跟她说她的工作是接替李天佑的，心里就十分不乐意了，但没有提出来。在李天佑面前不能一来就闹，那会让李天佑看不起，留下不好的印象就不好了。

第三十章 新来的女孩

中午，王熙风与曾小婵见了面。曾小婵是知道王熙风今天来了，而王熙风不知道有曾小婵这么一个女孩。

曾小婵对王熙风说了声欢迎，王熙风只是咧了咧嘴，想来一个笑，却没笑出样来。曾小婵从王熙风眼里看出敌意，何尝，王熙风不也是从曾小婵眼里看出敌意呢。

曾小婵听赵伟说来接替吕芳菲工作的是一个年轻女孩时，心里就嘀咕：这个许多。为何又找来个女的，还是个年轻女孩。

两个年轻女孩第一次见面应该有很多话说，许多做了介绍后她们没有交流。许多看她们对眼时也看出了敌意。许多哪里会考虑到出现这么个局面，从王熙风的眼神看，她不把曾小婵放在眼里，这就有些傲慢了，而曾小婵则是小心眼了。

谷小花在楼下叫：小曾，饭做好了，你们下来吃。我不上楼了，回了。

早上赵伟跟谷小花说：从中午开始，以后多做一个人的饭，许局找到接替菲姐的人了。

“哦，”谷小花说：“她们自己做不行吗？像以前一样。”

赵伟说：你先做，看看情况再说。

曾小婵朝楼下应了一声：知道了！

许多见气氛不对，说：中午我请你们三个去镇子吃饭。谷小花做的饭留做晚餐。

赵伟本该在场的，是参加镇政府一个会议没到。

李天佑说：好啊，许局还没请我吃过饭呢。

李天佑不是个傻子，王熙风看他的眼神，王熙风与曾小婵对眼的眼神，他全看明白，看得心里一团乱。

曾小婵和王熙风不搭话，跟在许多和李天佑身后下楼，上了许多的车。李天佑上了副驾座，曾小婵和王熙风坐后座。

一路上，谁也没说话。许多想说话，却找不到合适的话题。

进了一家海鲜小饭店，许多点了几样菜，全是海鲜。

午餐吃得沉闷。许多问李天佑一些工作，李天佑一一作答。李天佑的工作，许多问是多余的，知道他是尽职尽责的，大可放心的，他是想用说话来打破沉闷。李天佑希望许多不断地问他话，他觉察到曾小婵和王熙风，不时地盯他一眼，心里很不是滋味，说话能冲淡那种滋味。问完李天佑，许多对王熙风说她工作上的事叮嘱她不懂多问。其实，与王熙风签工作合同的当天，许多已经跟王熙风详细地谈工作上的事了。再提，现在也是为了打破沉闷。而实际上，有点多此一举，无论他问李天佑话或是说王熙风的工作，沉闷依然沉闷，话一停下来，餐桌就笼罩着压抑。这个场面，如果曾小婵与王熙风不对话，一切都是徒劳。

吃过午餐，许多送他们回村委会，就回县城了。

李天佑继续教王熙风填表，曾小婵应该到地里去，却没去，她一时在房间里，一时到办公室，而这办公室不是李天佑和王熙风工作的办公室，是隔壁。她是想听听他们说些什么。

曾小婵太敏感了，按李天佑说的，心眼针尖般大。一些女人有着阔大的胸怀，但有时遇上自己喜欢的男人与别的女人的一些事，哪怕是没影子的事，也捕风捉影，自寻烦恼。曾小婵是一时失态了，不是原本的曾小婵了。

曾小婵没听到她要听到的话，李天佑和王熙风的对话是脱贫数据如何录入程序方面。王熙风听到曾小婵的脚步声，听出坐立不安的浮躁，心里发笑。她以无声胜有声的来算计曾小婵，让她不得安生。

曾小婵出现的那一刻，王熙风已感到她与李天佑的关系非一般。非一般又如何？王熙风在心里说，我才不管先来后到呢，不要说你们是男女关系，就算是夫妻关系，我看上的男人我就千方百计得到他。

王熙风上大学时有几个男生追过她，她没看上眼。她的心性是要征服男人不是被男人征服。王熙风还不懂什么叫爱情。许多事可以征服，但爱情不能。不是有俗话嘛，强扭的瓜不甜吗。

李天佑和王熙风下班后，曾小婵已不在村委会。王熙风要李天佑陪她一起吃晚饭。李天佑婉言拒绝，说父母叮嘱他晚饭一定要回家吃。

王熙风的心一下子空落落的，也不完全因是李天佑不与她一起吃饭，她初来乍到，眼前，一幢楼仅她一人，一股悲凉从心而生，倍感孤独，而李天佑断然的不陪伴更是令她如雷一击，泪水不禁夺目而出……

孤傲的心往往也是最脆弱的。

李天佑回到家里，曾小婵在帮母亲弄晚饭。李天佑站在厨房门口看着曾小婵的背影，脸上挂上微笑，笑她半天的醋意，笑她一时的敏感和惊慌失措。曾小婵感到背脊的灼热，那是她最熟悉和温暖的目光，那是她需要一辈子的目光，陪伴一起到白头偕老的目光。

坐到饭台前，曾小婵不敢看李天佑，怕看到他可笑的笑意。她在办公室的一时的迷失自我，真是农村人说的，是鬼缠身了，好在她没有被完全缠住，当她清醒过来时，立即离开了办公室。

自己真是太可笑了。

李天佑是什么人，自己还不知道吗？世上没有一个好男人，那是失败的女人嘴里说出的话。世上好男人多着呢，要不，这人世间也就没有爱情了，也就没有“爱情”这两个字了。她坚信，李天佑是爱自己的，其他的女人，怎样的挖空心思，没用。

吃过晚饭，天完全黑了。李天佑进了他的房间，还来不及拉亮灯，曾小婵从背后一把把他抱住，脸伏在他的背上。

曾小婵喃喃地说：我错了。

李天佑掰开曾小婵的手，转过身来将她拥在怀里，捧起她的脸，在黑暗中准确无误的一下吻上了她丰润的嘴唇。

此时此刻，这一吻，有一个世纪那么长。

去赵毕来家的路上，遇上了拉着羊粪车的李月儿，空着的车在水泥路上咣当咣当地响。她是完成了清理羊粪回家了。远远的，她见了我，站在巷子边、从围墙探出的杨桃树下等我。风，将杨桃树权当一把大扇，为李月儿扇风。

我走到她面前，见她脸上挂着汗水，说：也不擦把汗。

李月儿说：大热天的，擦了还流。菲姐您去哪？

我说：去您家，看看老人家。老人家可好？

李月儿说：老样子。不过精神还好。

我点点头。李月儿上午清理羊粪，能空出一个小时左右回家照顾家公。记得，赵毕来在镇子大排档打散工，为照顾老父亲，两头跑，常常惹得老板不高兴。赵毕来勤快，嘴又甜，才不被辞退。多哥是想帮他开一家属于他的饭店，说了几次，他还是那句话，不是那块料。让他回来放羊，他是有所犹疑的，怕见不着李月儿。两人天天一起打工，对上了眼，嘴上没说过，但心里各自知道对方有点那个意思了。赵毕来回家不久，李月儿就找上门来了。农村的爱情，大多实实在在，没那么多花样。嫁鸡随鸡嫁狗随狗的传统依然浓厚，不像现在的城里，一对男女，说分手就分手，说离婚就离婚，像脱一件衣服一样简单。嘴上把爱情说得海一样大，山一样重，但动不动分动不动就离，一句感情不和，一拍两散。

和李月儿到了她们家，老人家在荔枝树下的躺椅上睡着了，一只蚊蝇叮在额头上，一只苍蝇落在鼻子了，像一粒大痣，一粒小痣。我们不弄出响动，老人家安静着，蚊蝇和苍蝇也安静着。我们轻手轻脚到了老人家跟前，李月儿伸手扇走了蚊蝇和苍蝇。老人家向右侧着的脸，嘴角流着黏稠的口水，像一条疤痕。

我和李月儿，等着老人家醒来。

2018 年 7 月 10 日

28 号台风来了。每年台风都要来，是大是小罢了。是大是小，都要做好预防工作，挂点单位的一把手一定要来，这是铁的规矩。多哥自然下来。村委会成员开了预防会议，分工到家到户检查，该转移的转移，要做到预防万一，不能有疏漏。人命关天，出了人命，是要撤职查办的。至于庄稼的保护，能做的做到位，能不能躲过台风的蹂躏，不是人人可以笃定的，是台风的强弱。

雷州半岛有人类以来，农民有两怕，怕旱怕台风。雷州半岛没有大川大河，雷州半岛这块土地似乎因为哪一点得罪了天上雷公，令它从来不正眼看一下，或者是无端的讨厌，不屑一顾，把雷声打到别的土方去，尿水尿不到这块土地上。十年九旱，半岛人饱受干旱的困苦，新中国成立前，民众流离失所，客死他乡是一种常态。20 世纪 50 年代，党和政府动员近百人修建了雷州青年运河，解决了大部分农田的灌溉，民众才得以生息。台风是大自然的现象，可以面朝大海春暖花开，但也得承受大海的翻脸不认人，它一旦动身要来，没有任何力量可以阻止，如果它心情好是玩耍一下的，顺便逗你一下，那没什么，如果是带着恶意来的，那就可以随心所欲掠夺你的东西，甚至要你的命。

雷州青年运河鞭长莫及，没能润泽海风镇，政府打的水井，可以解决干旱问题。

多哥到赵伟家去过夜，多哥叫我也去赵伟家过夜，我想我还是留在村委会好。

一夜没合眼，听着哭泣的风和雨。不管在哪里，每年都得听一二回，或两三回这样的哭泣。从小到大，习惯了。

台风不强，哭泣一夜就过去了。

2018年8月15日

红树林村的毛阿婆，近九十岁了，耳聪目明，生活还能自理。我常常想，她一生饱受的打击足够让她早早厌世离开，她却像要一根岩石缝隙间的竹子，顽强地活着。毛阿婆生的前三个孩子均是早夭，第四个男孩，长到十五岁，玩水溺于山塘。她的爱人经受不起命运的捉弄，没几年驾鹤西去，村人担心她也命不久矣，但她还是一年一年地活下来。

我每次到毛阿婆家，她那张老脸都喜悦成一朵花。她说我孙女来看我了。我心里酸楚，觉得自己真是她的孙女。

毛阿婆话少，扯闲扯不上几句。我给她剪指甲，梳那已银白的头发，帮她换一身干净的衣服，洗换下来的。无论我干什么，她的眼睛跟随着，安安静静地跟随着，心安理得地让我做这做那。我知道此时此刻，我在她的心中，是她的孙女。我呢，心甘情愿。她幸福着，我也幸福着。

有一个好奇怪的现象，我每次来，毛阿婆门前的杨桃树上都飞来一群鸟。

鸟儿们唱着歌，伴着我给毛阿婆做完中午饭，伴着我与毛阿婆吃饭。毛阿婆门牙掉了三颗，不知大牙有没有掉。毛阿婆细嚼慢吞，慢条斯理的模样很可爱，此刻，我们真的像婆孙。

出毛阿婆的家时，我知道她目送我，那是怎样的一种目光，说不清楚，从来没回过头来探个究竟。我怕自己走不出门去。

在巷子的一个拐角，遇见了巫生。我们停下了脚步。这个曾经扶贫钉子户，用满脸红光的笑容望着我。

我望望天空，说：过午了呢。

我以为他回家吃午饭。

巫生说：我在地头吃过了。回来喂猪。

巫生养了猪？我真不知道。从他肯到地里干活，我就知道这根钉子不存在了，还养了猪呢。真改性了。

巫生张了张嘴，没有说出话来。他说出什么话来都可以，别说出“给我找个老婆”。他的这句话都传开了。

我们没扯开个话题，巫生说：那我回去喂猪了，得赶回地里呢。

两人别过，我转过身来朝巫生的背影喊：来地里干活的有些好姑娘，放开胆子看上一个！

巫生掉过头，一脸的笑，挥了挥手。我突然觉得自己那么一喊，好多余。

2018年9月3日

第三十一章 礼物

许多看吕芳菲的日记，像看一本选刊，不是从头看到尾，挑着看。党政民打电话中断了许多看日记。党政民说他明天回县里，汪丰要他带样东西给许多。汪丰带东西给他？许多想不出能带什么，也没问，明天见了不就知道了嘛。

第二天中午，党政民来电话说他回到了，说住“方圆旅馆”。方圆旅馆？许多没一丁点印象。县城有这么个旅馆吗？

党政民说在农林路，是他表哥开的。哦，原来是私家小旅馆，难怪没印象。县城私家旅馆有好多，没有一家许多能记住。许多没有吃午饭，他等党政民电话，中午一起吃饭。

许多到了方圆旅馆，问服务员党政民住的房间。服务台没查出来，说这人没入住啊。许多正疑虑，肩上落上一只手。掉头一看，是党政民，一脸的笑。

党政民拉住许多的手到一房间。房间一张饭桌已上满了菜，两个中年男女站了起来。党政民说：我表嫂表哥。

“来来来，坐坐坐。”党政民的表哥说。

围而坐，开吃。

党政民说：吃过午饭，要赶洪江镇。镇长书记，还有方季，签好的合同，要改动，当初不跟他们谈就没麻烦。

许多问：怎么回事？

党政民说：吃饭，跟你说没用，我去处理，我就不信了。

许多也就不问，说：汪总送我什么？

“唷，”党政民说，“不提说不准真忘了。”

党政民从身边的挎包里拿出两本书，许多接过一看，是《应物兄》。这个汪丰真是，这本书许多是跟他说过的，许多也是买了的，断断续续看了近一半了，要不是看吕芳菲的日记，是看完的了。许多没说出来，还说谢谢汪总。在党政民的面前，不说一声谢，不好。

党政民说：我说呢，许局和汪总，原来真是臭味相投。我呀，一看书头就大。

许多说：那你怎么也和汪总臭味相投呢？

党政民说：他呀，看着我这人好欺负，想骂人出气找不到人了，好找到我头上。这不，养沙虫的事就是他唆使我弄的项目。这不麻烦来了。

唆使两个字，许多听着想笑，汪丰用得着唆使谁吗？

吃完饭，党政民下洪江镇，许多回家的路上给汪丰打电话。

汪丰说：《应物兄》好看。买了两套给你一套。

许多不接这个话题，问：党总的养殖场出问题了？

汪丰笑道：能出什么问题，是他神经质，那边也是，双方是骨头里挑刺，当初签的时候眼都瞎了。没事，我给你们的县长打电话了，估计党政民到洪江镇时，不用花口舌。

许多说：你真够坏了，让党总气急败坏。

汪丰笑出了声：他喜欢呀，总觉得别人欺负他。

许多说：你什么时候有空回来？前几天见了苏娟，她说要见你。

“苏娟跟我说，这半年有一家基金公司转了两笔账进他们的账户，问是不是你的基金。我说我不知道。她说肯定是你。我说过嘛，你瞒天过海不了的。”

汪丰说：这个苏娟，我的钱又不是给她的，计较什么。

许多说：话是这么说，她的团队也问她呢，你让她怎么回答他们。

汪丰叹道：现在什么都得透明，有时间是得见见苏娟了。

许多挂了通话，手机又响了，是赵伟。

赵伟焦急着说：王熙风不干了，离开团结村委会了。

许多一怔，说：不可能吧，没几天呢，发生什么了？

许多近十天没下去了。

赵伟说：我也不清楚，好似与李天佑不和她什么的。我问李天佑，他不说。

第三十二章 装

王熙风坐在李天佑的身边，心思根本不在电脑上。曾小婵晚上常常十一二点才归来，她十分确定她和李天佑在谈恋爱。有了第一天他们三个人在一起时的预感作铺垫，这份确定没有打败王熙风，如果这么轻易被打败，王熙风就不是王熙风了。从第一天开始，她就有了异想天开的想法，一定要从曾小婵的手里抢过李天佑。王熙风的极端想法令她一时陷入茶饭不思的境地，脑海里一时是李天佑一时是曾小婵，她要从两人中间找出破绽，自己好楔入其间尽快找出办法，反败为胜。王熙风习惯了天生的本性，自己想得到的一定要得到。这种本性的人，行为做事十有八九是竹篮打水一场空。

李天佑很投入地填表，边填边说如何如何。王熙风不应声，李天佑以为她在认真听教，反复地填表反复地说如何如何。

李天佑问懂了没有？王熙风答没懂。李天佑想说她笨，却没说出来，又周而复始地耐心说教，王熙风的回答还是不懂。

几天下来，李天佑才发觉王熙风根本一句都没听进去，所思所想不在电脑表格上，白费时间和口舌了。认真看她的眼神，看出她走火入魔了。也明白她走火入魔的原因了。李天佑大意了，他是知道王熙风对他的心思的，以为与曾小婵的恋爱公开化，王熙风会知难而退，没想到她的走火入魔到了不可救药的地步。

李天佑不得不直白地对王熙风说了，他说王熙风，你醒醒吧，我和曾小婵一生一世不会分开了，身体和灵魂已全为一体了。

王熙风先是发怔，继而号啕大哭，有点泣天地哭鬼神的惊天动地。李天佑的反应是皱眉，这是哪跟哪嘛，我与你不过相识几天，又不曾伤害过你，何以这般呢。

李天佑人生的过程，生活的经历，社会的阅历毕竟不足，离看懂世间人生百相远着呢，王熙风的反应，他除了皱眉别的表现不出来。

王熙风的突然号啕大哭不是装出来的，是自然而然，她的经历和阅历也像李天佑一样，不足以看懂世间人生百相，不同的是，李天佑没有浮于现实表面，而王熙风则相反。对于他们这一代的男孩女孩的情情爱爱，网上流行什么“防火防盗防闺蜜”“劈腿”“情人节与清明节是一样的，都是送花送吃的。区别在于，情人节烧的是真钱，说一堆鬼话给人听，清明节烧的是假钱，说一堆真话给鬼听”……王熙风跟着流行走得远了些，对待爱情的观念进了牛角尖，就自以为是了。李天佑这样的人，她是不曾遇上过的。

王熙风的离开就顺理成章了。

用什么来形容王熙风的行为呢，她太年轻了，就不形容了吧。

王熙风的离去，许多挠头。本来，招王熙风这类的人来驻村扶贫就不地道，还得重招吗？许多犹疑。无米之炊，奈何？奈何??奈何???

“我来负责吧。”李天佑面对许多和赵伟无计可施时说。

许多认真地看着李天佑半晌，说：可你不是我们单位的人。

李天佑说：你就当借用我嘛，还不用办手续呢。

许多连连眨眼，说：你有你的岗位啊。

李天佑说：我的岗位很明确吗？

战场上机枪手牺牲了，步枪手顶上，也是行的。许多这么一想，说：那你其他工作也不能放手，要多担当些？

李天佑说：许局放心，我担得起。

许多对赵伟说：能不能变相给小李加班费？

赵伟说：行，我来办。为了脱贫大业，顶这个雷应该没大事。

李天佑急道：要是这样我不干了。

许多看看赵伟，看看李天佑。赵伟看看许多，看看李天佑。

李天佑说：看什么看，你们要把我看扁啊。

许多拍拍李天佑的肩，说：好吧。难怪汪总第一眼见你就喜欢上了。你怎么不是我单位的人呢？

李天佑说：现在不是跟在你屁股后面嘛。

“呵呵，”许多说，“总有一天你会骑在我头上。”

李天佑举起双手，说：上帝啊，让我骑在许局头上的那一天快点到来吧。

三个人哈哈大笑。曾小婵在笑声中进了办公室，也跟着笑，至于三人笑什么她并不知道。哭声不一定让人哭，笑声会引人笑。

曾小婵是让笑声带进办公室的。曾小婵很少在地里中途回村委会，是月儿来了回宿舍处理一下。曾小婵一进来三人就收住笑声，似乎这笑声是她听不得的。曾小婵也收住笑声，望一眼这个看一个那个，眼里说你们笑的什么名堂？

许多说：伟哥，到地里走走去。

赵伟跟着许多出了门，下楼。

曾小婵问：刚才你们笑什么？

李天佑说：刚才我对许局说“上帝啊，让我骑在许局头上的那一天快点到来吧”。

曾小婵自然听不明白，等着李天佑说因由。李天佑就说了。

曾小婵口气带着埋怨说：你事先也不跟我说一声，你这样真的会受累。

李天佑说：心疼我哩？

曾小婵嗲嗲地说：哪个心疼你，你是自找苦吃。

李天佑说：我多半时间坐办公室了，少了日晒风吹，一加一减，扯个平吧，是不是？

曾小婵说：歪理，上工作量了，还一加一减。说不定真要加班。

李天佑说：加班好啊，那样天天晚上有理由来陪你了。

曾小婵说：没理由你也得陪我。

李天佑装作糊涂说：真是哦，我的数学没学好。

曾小婵说：你就贫吧。

李天佑说：说正经的，我若不接替脱贫程序管理这一块，王熙风走了，说不定许局还会招来张熙风，黄熙风、陈熙风，你不闹心啊？你不闹心我还闹心呢，我一刀切断，你我都不用闹心了。

曾小婵说：是哦，原来你的心眼比我多。

许多和赵伟没有到地里去，而是进了村庄。旧房改新，村的环村路正在按规划推进，全县农村改造全面铺开，团结村之前村庄建设没跟上，这次不能落后，要迎头赶超。许多和赵伟走走停停，说说看看，不觉间到了村东出口。环村路两边有人在种树。许多往左方看时见一个熟识的背影，认真一看是谭华中。镇党委的分工，谭华中是抓点团结村委会，按理，应该常常会有交集，但许多很少见到他。

许多说：好些日子不见谭华中了。

赵伟也看见谭华中了，他正在对种树的人指手画脚，说：他呀，这大半年可勤快了，惦记着环村路和文化楼的建设呢。

赵伟用“惦记”两字，许多听出意思来了，说环村路和文化楼，团结村也出了钱的啊。

赵伟说：没错，但凡是上面有拨款的项目，他一定搬出镇政府的“指示精神”主动抓。你未挂点我们团结村之前，不是为贫困户建了十幢平楼吗，还有光伏发电，也是他亲自抓，找人建。

许多听出赵伟的不满，说：这种人你少理他就是了，但一定要有人监督他，不能让他胡来，若出了事，会连累一帮人。

赵伟说：这个我明白，所以呀，他看我那眼神，像仇人。

许多笑道：还分外红是吧。现在谁监督他？

赵伟说：李天佑。

许多说，小李年轻没经验，你得时常敲打敲打他。

赵伟说：小李跟我说，谭华中见了他，就像你说的“分外眼红”。

许多叹了一声，返身往回走。

第三十三章 深冬的晚上

2019年冬天的一个晚上，天下着毛毛细雨，却不太冷。团结村委会办公楼二楼脱贫工作室亮着灯光，从门里漏出来的光线与雨丝纠缠在一起，有着情人般缠绵悱恻的情调。而坐在室内的李天佑和曾小婵，却是一个动一个静。李天佑盯着电脑填表，双手在一动一动地敲着键盘，曾小婵静静陪在他身边，入神地看着李天佑，看灯光下闪着光的黑头发，看他如剑的眉毛，看他长长的、一扇一扇的睫毛，看他高耸的鼻子，看他不厚不薄、润湿的嘴唇……自我陶醉的幸福着。

李天佑接替这份工作，若是不急着报送，白天不坐在办公室里，晚上加一两个小时班就能完成。有时，根本不用填报什么资料数据，也会过来，拉亮脱贫室的灯光，掩耳盗铃，与曾小婵待在一起。团结村所有懂事的人都知道他们的事，没有闲言碎语。大家已当他们是一对夫妻了，而实质上，他们没有大家想象的那样。现在的社会，你若说他们没那个，没有人相信。

九点左右，李天佑关了电脑。两人站起来，相拥着出了工作室，到曾小婵的房间去。两人坐上床，背靠着墙，这是他们在床上的习惯姿势。曾小婵拉过被子，盖着两个人的腿脚，这也是习惯了的。哪怕是夏天也这样。夏天，开着空调呢。

曾小婵说：你呀，白天累了一天，晚上还得加班，不能白天完成这份工作再做别的啊。

李天佑说：环村路和文化楼得盯住，我跟你说，那个谭华中，给我的感觉，奸诈。

曾小婵说：那真的要好好盯着，工程的质量马虎不得，旁岭镇坡口村委会上省电视台了，听说要带出一帮人来。

旁岭镇坡口村委会的事李天佑自然知道，都传开了。

李天佑说：他们怎么想的啊，真敢这么干，人命关天啊。

旁岭镇坡口村委会建的文化楼，尚未完工就倒塌了，好在没死人。

曾小婵说：天佑，你真得好好盯着，若是出了事，你八嘴难辩解，不是苍蝇也是苍蝇。你不为团结村着想也得为自己着想。

李天佑说：这个谭华中，见了我不正眼看我，偶尔看，一副要吃了我的模样，我才不理他呢。

两个恋人，在灯光与雨丝缠绵的情景下，在这冬夜却温暖如春的晚上，本应谈一场很有诗意你侬我侬的情情爱爱，或者不至一言的肌肤相亲、醉入忘我融为一体的境界，而他们却在谈工作。

李天佑和曾小婵就这么坐着，说着说着睡了过去。他们太累了，一个话题没说完就睡过了。这种景况，于别人，是不可理喻的，于他们，想想，也是不可理喻。

曾小婵房间的灯光，一夜不眠，同样，为掩耳盗铃的脱贫室的灯光也一夜不眠。细说起来，很没必要。

清晨醒来，两人还是缠绵一小段时间的，而且，顾不得还没刷牙，来一次长吻。

两人一起做早餐，一起吃。这个时候，整个村庄都醒来，各种声音夹杂着传来。新的一天开始了。两人要开始新一天的工作了。

袁婶的家，赵十成夫妻在时称作赵十成的家，赵十成夫妇一不在，改口为袁婶的家。学校放暑假半个月了，得去看看袁婶和两个孩子。

到了袁婶的家，见了苏娟几个人。我不明白苏娟他们为何在这么个平常的日子到来。苏娟在我的耳边耳语，今天是袁婶的八十岁生日，两个孩子希望我们来，袁婶的情绪还未完全稳定下来，我们得来一下。我是不知道的，撞上了。

袁婶见了我，脸上的高兴又添多了一分，她以为我也是知道她生日的，专程来的。我不能说什么，让她的理解成为正确。

龙眼树上来几只鸟儿，唱着歌，为院子增添了愉快的气氛。两个孩子坐在地上拼图，苏娟拿来两张报纸让两孩子垫坐，他们不听，苏娟要坚持。袁婶说农村的孩子随意，野草不管才能蔓生。苏娟不再坚持，不知道从哪里拿来一把梳子，给袁婶梳头，梳出袁婶一脸的精神气来，从脸上往外散发。

苏娟做着的一切，是那样的自然而然，令我佩服。

一男三女四个志愿者，相跟着从厨房里出来，将饭菜端上已摆好的饭桌上，然后才跟我打招呼。他们能叫我菲姐，而我不知道他们的姓名，甚至，有两个女的，看着面生。我想，志愿者，一个团队，有谁会计较贵姓名谁？就像一队军人，无论你是张三或李四，你在这个队伍里，就光荣。是的，他们就像一队军人，穿着统一的队服，标志着一个团队，你是团队一分子，这点很重要。

树上的鸟儿似乎是一个乐队，给我们伴奏着唱生日歌。

2018 年 8 月 2 日。

第三十四章　追问

苏娟追问着许多资金的来源，许多翻开日记本，看看吕芳菲有没有记录有关苏娟团队的事，找到了这么一篇。汪丰过两天回来，说办私事，什么私事都没有说，许多也没问。

汪丰和许多见苏娟仅一顿饭工夫。是中午餐，依然是汪丰喜欢的海鲜小饭店。三人要一间小饭店最大的一间房间。这与之前有差别，汪丰从不挑选的，有房间坐就行，合口味、吃得舒服就行。后来许多问汪丰，为什么一定要一间大房呢？汪丰回答很直接，说顾及苏娟对他身份的理解。许多听明白了，笑道汪丰，这个谱摆得不伦不类。汪丰也笑，说要的就是这样的效果。

面对苏娟，汪丰不再隐瞒，告诉她转入他们账户的资金是他公司的基金。

汪丰说：基金有人专管，做投资，所获得的利润用来帮助社会上需要帮助的人。娟姐，我们有缘，你们和我做着同样一件事，我不能像你们一样走进千家万户，假手于你，做我该做的罢了，辛苦的还是你们，至于钱是谁的都一样是不是？你们团队若有人再问，你就说是国家的基金，行不行？

苏娟想了想，说：汪总是为难我啊。好吧，我答应您。

吃饭时再没提钱的事，扯闲话。

吃过饭出了饭店的门，苏娟分别握了许多和汪丰的手，离开。汪丰拉住许多去旅馆。许多说："下午我还有事，下班后再来陪你。"汪丰不肯放过，硬拉着许多去旅馆。到了旅馆，汪丰从提包里拿出《应物兄》。许多哭不得笑不得，这个汪丰，以为他有什么重要的事说呢，原来是这么个事。

许多说：我觉得啊，现在睡一个午觉更划算。

汪丰说：你老没时间上省城，我专程回来跟你谈论谈论《应物兄》。

许多认真盯着汪丰看。

汪丰故意说：我又不是姑娘，你不用色迷眼睛盯着我不放。真的我是专程回来。

许多说：我脑痛。

汪丰说：你还蛋痛呢，有什么不好理解的，时时刻刻记着自己的身份，累不累啊。天马行空不好吗？

许多心里叹道，这个汪丰，真服了。一个人，有时候由着自己的性子快乐着，不妨社会，不妨别人，这般的境界，这世上，又有几个人？天马行空，汪丰不是张嘴随口说说，许多想到他总是一个人开车。

汪丰说：我好喜欢这本书。从开篇到结尾，我像是一个人走进几条河流，我竟能分身顺河而流。小说里的人物众多，应物兄、费鸣、葛道宏、程济世、栾庭玉、季宗慈、郏象愚等等，一群知识分子，在我眼里，个个怪异。掩卷时想起《水浒》，一百零八汉，“人有其性情，人有其气质，人有其形状，人有其声声”，而《应物兄》，同样是同中有异，惟妙惟肖。

汪丰娓娓而谈说了近半个小时才喝了一口茶，眨着眼看许多。许多在认真听，他没有读完《应物兄》，汪丰说的，与他对作品的初步认知差别不大，令他惊讶的是，作为一个读者，能说出一番像评论家一样的话来，实在罕见，换作是他，说不出来。他也清楚，汪丰不是评论家，“像”只不过是一个褒奖，或者是一个形容，说到底，作品内涵的深度或者说高度，就算能理解，但要彻底的说出来，是不及的。

毕竟，评论家是评论家，读者是读者。不过，汪丰如此般的一番论说，可以的了，太可以的了，令许多惊讶也在情理之中了。

汪丰说：说说你的体会。

许多说：我还没看完。

汪丰说：我看你呀，官当得真上瘾了，这么一部与众不同的作品，竟然不能让你一口气读完，你还是一个写作的人吗？

许多笑道：我本来不是真正写作的人。倒是你，刚才的一番论说，听得我匪夷所思，你不写小说而写诗？

汪丰说：你这个问题，我也曾问过自己，怎么就写不出小说呢。后来我想到李寻欢，给他一把长剑，他成不了“小李飞刀”。

许多暗暗叹道：这就是汪丰，他的天性，你想完全吃透，得花时间，还有距离。

汪丰说：李洱能写出《应物兄》，源于他活在他们知识分子圈，让他写别的，恐怕写不出精彩来。我要是能写小说啊，能出彩的，一定是商场，比如商战、商机什么的。而你许多，可以写一部官场作品。

“嘁，”许多说：“官场的水，不到我的脚踝眼，深浅不知，浑浊不清。我倒想写一部苏娟们的纪实文学。”

汪丰说：NO、NO，还是写小说好。你想想，如果李洱将《应物兄》写成纪实文学，能展示出那么多众生相？纪实，你若把一个人写贬了，人家会拿一把长刀来要你的命。

汪丰的思想又飘了，不过许多想想也是，纪实容易把某人抬高了，让人读了，有吹嘘的嫌疑，不往好里写，又没看头。

汪丰说：苏娟们值得写，众生相比《应物兄》还要精彩。

许多说：你以为我是谁啊，还《应物兄》呢，不自量力。

汪丰说：你这话不中听，路遥的《平凡的世界》怎么写成的？源于生活。

房间暗了，该吃晚饭了。许多说：吃饭去。

“哟，”汪丰说，“这时间真是的，一点情面都不给，一点礼貌都没有，悄无声息地溜走。”

许多问：去哪？

汪丰说：就在旅馆吧，总住人家的房不吃人家的饭，有点说不过去。

“呵呵，”许多说：“这么个理由你也说得出来。”

汪丰的随性，有时许多也有点懵，这种随性像一个不懂事任性的孩子，想怎么就怎么。有一次县长问许多汪丰是个什么性子的人，许多回答是像一个孩子。县长理解不了，有点生气，许多也不做解释。

两人乘电梯下楼，汪丰按的是一楼键，许多心想不是在旅馆吃吗，难道不坐房间坐大厅？一楼是没有房间的。如果真的坐大厅，那真可有汪丰的了！

到了一楼出了电梯，往大门外走。许多又想：你汪丰一定要把我搞晕吗？右拐往车场走，许多依然没有问，跟着汪丰走。到了车前，汪丰打开车尾箱，从一个纸箱里拿出一瓶葡萄酒，返身回旅馆。许多掩了掩嘴，不让笑声出来。许多在心里对自己说：其实好笑的是自己，这就是汪丰嘛，你许多不是不知道。

两人上了三楼要了一间房。

第一杯酒，汪丰洒到楼板上，许多怔住了。汪丰指着许多端着的酒杯，意思让许多也把酒倒在楼板上。许多倏地醒悟过来，将酒泼在楼板上。许多望着汪丰时眼里有泪，而汪丰也一样。

汪丰说：吕芳菲这个女人啊，在我觉得她像一本书、还来不及读一读，就这么悄然的离去，真是啊……

许多定定地望着汪丰，心头袭上一阵酸楚。吕芳菲，这个在他面前展现二十多年的吕芳菲，他从未认真放进心里过。他打算将她推上副职的位置上，是出于一种缘分而不是情感。他任正职后，曾多次对全单位的人说过，世界那么大，我们能在一个单位，是缘分。而汪丰，在认识吕芳菲不长的时间里，渐渐悟出她像一本书。要是吕芳菲没有留下日记本，他也许一生一世不能读懂她。他不及汪丰也。

汪丰说：许多，你能不能和我说说吕芳菲的事？

许多说：怎么说呢，要我说出她的精彩来很难很难，但她来到人生的这趟，的确精彩。这么说吧，她像埋在地下的珠子，闪着别人看不到的光。你能听明白吗？

汪丰说：我听明白了。你想让它继续埋着？这对她不公平吧。

许多说：我只能这样，谁叫她以这种方式离开呢，我只能让她委屈。

汪丰说：我明白了，期待你早一天让她活过来，让世人看到她的闪光。

许多说：题目我定下了，就叫《芳菲》。

汪丰背诵：草木知春不久归，百般红紫斗芳菲。

第三十五章　家长会

周六，县一中高一（1）班召开家长会，我去参加。一路上，我心里怪怪的。周五晚上赵树强给我打电话，说女儿赵花子班里开家长会，他没时间去县城，要我去代表一下，当即就觉得怪怪的，代表家长参加家长会是常有的事，但一般是亲属、亲戚，哪轮到我这样八竿子打不着的呢？我没有立即回答，赵树强急了，说菲姐我求你了。我能不答应吗。

我上了六楼到了教室，赵花子见了我，脸上露着灿烂的笑容。我们认识了两年多。第一次见赵花子是在海风镇初中学校，困难户读书的孩子，政府有补贴金，我拿表格去学校让她签字。赵花子签完字，没有说谢谢，而是轻轻地抱了我一下。这个失去母亲的女孩，或者见到我，感到的是一丝母爱吧，母爱是不用谢的，拥抱等于往母亲的怀里靠一下。我是这么想，实际上她离开我怀抱，我看到了她温柔的眼神有泪光。

一定是赵树强告诉赵花子，我来参加家长会，她在教室等我，看我会不会来。赵花子朝我笑过后就下楼去了。

班主任一一点学生的名，家长回答一个“到”，点到赵花子时，我很自然也回一个“到”。赵花子送我灿烂的笑容的那一瞬，我有点情不自禁、很愿意当一回她的母亲。

班主任给每位家长发两份表格，一份是一（1）班的成绩排名，一份是班级排名。班主任发给我时，小声问我是赵花子什么人，我回答是你就当我是她的母亲吧。班主任笑笑，很有深意，显然，那深意是误解，以为我是赵花子的后母吧，或者是准后母。我不做解释，也笑笑。

赵花子在两份表格上都是排名第一。不奇怪，我知道，一（1）班通常是班级尖子班，在班中第一，那在班级中也第一，是很自然的事。

单亲家庭的孩子，往往是两个极端，要么很懂事，要么是很不懂事，赵花子是第一类，这令人很欣慰。

班主任表扬了赵花子。许多眼睛看我，我有点经不起，脸有点热，毕竟，我不是赵花子的母亲，而那一双双眼睛并不知道。

散会后，我看看手机，没到午饭时间，便向一位学生打听一（1）班的女宿舍。

赵花子坐在架子床上铺看书。我叫了她一声，她见是我，放下书本，从床上铺跳下来，抱了我一下，同样没有说谢谢，离开我的怀抱时，眼里没有泪光，是笑意，是女儿见母亲的那种。

我拉着赵花子的手，一直拉着，出了宿舍，出了校门，到了街上。我想，外人看见了，肯定要认为我们是母女俩。我想，赵花子也这么想。我愿意别人这么认为。我想，赵花子也愿意别人这么认为。

我和赵花子在一家快餐店吃午餐。整个过程，我们话语不多，我赞扬她学习成绩好，鼓励她继续努力，她给我的回答是点头，坚决的那种。

这个女孩，将来必定有出息。

2018年10月15日

第三十六章　分担

许多找支芬谈话。两人在办公室面对面，半晌，没有言语，办公室沉闷得死寂。支芬见许多一脸的严肃，不敢开口问，而许多一时不知怎么开口。这次谈话，许多事先是想好了的，面对支芬，脑子里是吕芳菲的身影，一时走不出来。

许多长长叹了一口气，说：支芬，菲姐走了一些日子了，她的一些工作，需要人顶上，我想来想去，还是你合适。

支芬说：李天佑不是接上了吗？

许多说：那只是一部分。小李还有别的工作，全面接替有难度，我想你来分担些。

支芬看着许多，她想不出吕芳菲还有什么工作需要她来分担。

许多拿出日记本，递给支芬，说：你先看看。

支芬接过日记本，翻开，从第一页看起。看了大约半个小时，一页一页往后翻，轻轻地，慢慢地翻。她抬起头时，许多看到她那张略显粗糙的脸生动起来，红润了许多。这个中年女人，平时说话口无遮拦，糙的多，细的少。她任妇女主任一职，是矮子里选高佬。而此刻，她显得与别的农村妇女有差别，面部表情细腻有光彩，眼神温情而有思想，很真挚地看着许多。

支芬略带颤音地说：没想到菲姐如此这般，我原以为她是一个很平凡而平庸的女人呢，原来啊，与我们有着千差万别。

许多说：是啊，我和她共事二十多年，一直认为她很一般。

支芬说：许局，你放心，菲姐这方面的工作，我一定做好。说实在的，这方面工作应该是我们村委会的责任。我跟伟哥汇报一下。

许多说：可以，但菲姐日记这事不要跟伟哥说，也不跟别的人说。

支芬问：为什么？

许多说：不为什么，既然菲姐不想让别人知道，那就暂时不宣扬吧。

支芬说：总有一天会传播开来的。

许多说：那我们就等待自自然然地传播开来，那是完全不同的。

支芬想了想，说：我明白了。

支芬回到家里跟赵五说了许多和她谈话的事，赵五嚷嚷起来，不同意她接吕芳菲的工作，支芬一下子黑下脸。平日里，赵五一有不顺支芬言行，她就黑脸，一黑脸，赵五就驯服。结婚二十多年没有一次不是这样，这次，赵五不卖支芬的账，也摆出一副黑脸。

赵五说：不给你添加工资、补贴不说，你愿意去吃那份苦不说，让我多担当家里的事也不说，这是晦气。吕芳菲的魂魄会上了你身的。

支芬很生气，高声说：什么时代了，你还是迷信。你迷信大半辈子了，还是个穷鬼！

赵五也跟着高声，说：我知道你嫌我没本事，我穷鬼，可活得好好的，长命百岁呢。

赵五的意思是指吕芳菲短命，支芬气得发抖，说：你长命百岁是吧，今天我就宰了你。

支芬从厨房里拿出菜刀，赵五慌忙逃出了家门。支芬没有追出去，站着气得手颤刀抖。支芬是个讲不出道理的人，遇事用脸色、声音、行为来处理。

吕芳菲驻村，支芬除了陪她睡了几夜、平日里两人客客气气，没有更深入的交往。两个年龄相仿的女人，没有成为好朋友，是性格的差异，支芬张嘴多出粗言，吕芳菲则轻声慢语，虽然不是话不投机半句多的那种，但毕竟话很难说到一处。吕芳菲生前，没有什么能令支芬佩服的，如果说有，那就是吕芳菲生活在县城，拿公务员工资，不用日晒雨淋，比她过着舒坦的日子，但那是人有各命，佩服也罢、嫉妒也罢，没有用，也就不放在心里。就算听到吕芳菲离世时，支芬也只不过心里难过一下。吕芳菲走进支芬心里是她离世后几个村村民的那场恸哭。哭声让支芬一下了醒悟什么叫作“无缘无故的爱，无缘无故的恨”，村民中何以这种情感来表达来对待吕芳菲。不用去询问，不用去探究，如果自已悟不了那真是不是一个人了。万事都有因与果。

许多与支芬的谈话，让她看日记本，她没有过于大的反应。她已知道吕芳菲有故事，至于什么样的故事都一样。日记本，村民是没看到的，故事刻在他们心中。对的，是这样。就算许多不给她看日记本，她也会答应许多。

第三十七章　春节

春节前慰问困难户，不像往年那样每到一家，都欢欢喜喜，笑脸如花。许多和单位的人、赵伟他们村委会的人，进家入户，脸上总是挂着笑的，困难户却不配合，脸色是沉闷的，特别是五保户，有三位还落了泪，劝也劝不住。所有人心里装着吕芳菲，一切都与往昔不一样。

2019 年春节假日不太冷。新年，团结村依然热闹。不热闹不是年。只是没有邀请县上的“文艺轻骑兵”下来。赵伟是问过许多的，许多的回答是你们自己弄吧。赵伟猜测许多的心思，或许是吕芳菲的事缠绕在他的心头，没有劲头儿。赵伟没有请粤剧团来唱一台二台什么的，他与一个在读“星海音乐学院”回村过年的学生商量，组织外出回来的拉一班人演两晚文艺节目。团结村外出工作的人不少，演节目的消息传开，得到了响应，懂不懂的围成一团，嚷嚷着这样演那样演。音乐学院的学生归结，弄出一个节目单，大家觉得可以，就定下了。

大年三十晚习惯看春晚。初一演节目。往年要演个什么，得搭台，现在有戏台了——虽然文化楼整体还没竣工，戏台是建成了。扯一块大红布，挂上“团结村新春文艺晚会”的横幅做背景，气氛也能出来。

节目没有经过排练，演出时有些乱：讲相声的忘词哑巴了，台下哄笑不止，效果比讲的时候还好；唱的歌跑调十万八千里，哄笑中台下有几个人开喉大唱，硬是将曲调拉了回来；跳舞的十多个男男女女，你跳的民族舞，我跳的桑巴舞，他（她）跳广场舞，令人捧腹大笑。

这演出算得上是一台“丑剧”，但“丑剧”是欢快的。新年要欢欢快快，无论年前如何，年得好好过，幸幸福福地过。

李天佑也上了台，他唱的是《我和我的祖国》，一张嘴，台下跟着唱了，独唱变成合唱。响响亮亮的，四邻的村庄都能听到。

曾小婵在台下。

曾小婵本打算回家过年，而且要李天佑和她一起回。李天佑要赶做脱贫资料、报表，年后要迎省考核，直到年三十才赶出来。曾小婵心里不爽，耍了小性子。李天佑哄着她，哄得她没有了脾气，就留下来。

曾小婵留下来过年，最高兴的是李天佑的父母，他们好喜欢曾小婵早就当她是儿媳妇了，但毕竟还未领证结婚，说不定哪天来个变故，曾小婵成不了媳妇。世间的事谁说得清楚呢。按农村的习俗，姑娘家在男方家过年，那事实上就成了家里人了。还有比这更令人高兴的事吗？

2019的新年夜，李天佑和曾小婵睡在一张床上，真真正正像一对新婚新郎新娘。说实在的，现在的年轻人，一恋爱就同居，已是普遍现象了，什么伦理道德，统统一边去。像李天佑和曾小婵这样相恋着，迟迟没有肌肤相亲，很少有了。

初一的早上天刚亮，李天佑的母亲拍响李天佑的房门，先是轻轻拍，见没有动静，加重了力，拍得啪啪响。李三佑醒了，曾小婵也醒了。李天佑坐了起来，应了一声知道了。曾小婵还躺着，嘀咕道：“干吗，大新年的难得多睡会儿。”

李天佑拉曾小婵起来，说：我们的习俗，年初一要早起，吃完早餐出门去行运。

曾小婵睡意没全去，继续嘀咕：这是什么习俗啊，找苦吃。你不困啊。

两人恩爱大半夜，天亮前才睡过去，的确困，困得眼睛睁不开。

李天佑说：我爸妈一夜没睡呢，他们也困。

曾小婵误为李天佑的父母也像他们一样恩爱一夜，说：不是吧，爸妈都这把年纪了。

李天佑边穿衣服边说：别胡思乱想，是守岁，一夜不睡，你们家乡没这个习俗？

“哦，”曾小婵说：“也有，我们这辈人不讲究了，随意。”

李天佑穿着整齐，帮曾小婵穿衣。曾小婵身子软软的，穿得不便利，李天佑挠她的胳膊窝。曾小婵嘻嘻笑着说痒，完全清醒了。

饭桌上的早餐是几样素菜：腐竹炒粉丝、酱淹生蒜苗、红糖片、红枣。曾小婵家乡基本也这样，明白这几样菜的含义。炒粉丝：长长久久；蒜苗：五谷、钱财有得算；红糖片：事事如意甜心；红枣：早生贵子。几千年传统沿袭下来，代代讲究，也算得上是“传承”。

吃过早餐，父母领着李天佑和曾小婵出门，在村子顺时针走着，见了人抱拳说吉利话，带着小孩子的，给一个红包。大人教小孩说吉祥话。李天佑小时候，年年接了几个红包，一般是一毛钱，心里那个美，夜里做梦都会笑。那样地走着，形式上看似是互相拜年，实质是“行运”。大年初一，早早出门走一走行一行，新的一年从第一天开始，“运程”一切顺顺利利，平平安安。

曾小婵的家乡，没有“行运”这个讲究，也就不懂，问李天佑。李天佑跟她说了，曾小婵说新鲜。

走了一圈，回到家里，父母对李天佑和曾小婵说：“你们去玩吧，怎么玩开心怎么玩。”小时候，李天佑找村里的同龄小伙伴玩，读书找同学玩，长大后找同学或好朋友玩。

李天佑和曾小婵没有出去玩。曾小婵进了房间哈欠连连，李天佑抱她上床，脱了她的外衣，自己也脱了外衣。两人钻进了被窝，李天佑抱着曾小婵，话没说一句，很快入睡了。夜里没有睡好的确令他们欠睡，重要的是，一年绷紧劲儿工作真有点累了，好好睡一觉比什么都要好。

中午，母亲又要去拍门，叫他们起床吃饭，让父亲拦住了。父亲说：两个孩子是累了，让他们睡到醒。

母亲说：年轻着呢，哪里累得着。

父亲说：一年到头，都将精力放在工作上了，忙忙碌碌的，你看不到啊。

母亲说：也是。

李天佑和曾小婵睡到天将黑才醒来，父母已做好了晚饭等着。李天佑和曾小婵洗一把脸，坐到饭桌前。这时团结村的锣鼓声响起了。

李天佑说：赶紧，晚上演出要开始了。

李天佑和曾小婵草草吃了晚饭出了门。出门时李天佑问父母去不去看戏。父亲说：去，你上台呢，哪有不去的。你们先去，我和你妈收拾收拾就去。

初二，惯例走亲戚。从小到大，父母都带着李天佑出门，探外公外婆。与外公外婆，大舅、舅母，小舅，舅母一家吃一顿饭。小时候，李天佑盼着跟着父母去外公外婆家，有“利是”呢，外公外婆给，大舅小舅也给。所有的小孩子，在新年期间，都喜欢跟父母走亲戚。之后的很长的日子，李天佑不缺零花钱。长大后，不看重那点零花钱了，但依然跟父母去看外公外婆他们，不是想着钱，而是念着他们，一年见不上几次面呢。人世间，亲情永远放在第一位，血浓于水嘛。有句俗话：天上雷公，地下舅公。

去外公外婆家，带不带曾小婵去，父母私底下一时左一时右，为难。李天佑和曾小婵还没结婚呢，曾小婵肯不肯去呢，或者，犯不犯忌好不好去呢。一为难就没有定夺，问李天佑。李天佑也左右。最后是李天佑问曾小婵，曾小婵很坚决，去！曾小婵不想那么多，她所想的是：时刻要和李天佑在一起，新年大头的，人生地不熟，让她孤零零一个人在家，什么滋味啊。曾小婵的坚决，父母和李天佑也就不顾犯什么了。而实际上，也没有具体这类的说法。

外公外婆一家，见了曾小婵，可高兴了。外孙有媳妇了，那是人生最大的一件事。至于曾小婵长相如何，做什么的，不重要。曾小婵也高兴，像见到自己的外公外婆他们一样。还拥着外婆好一会儿不放手呢。

高高兴兴地说话，欢欢喜喜地吃一顿饭。

离开时，李天佑、曾小婵分别给了外公外婆“利是”，外公外婆也回给。那是另一番的亲。

初三，大姑小姑的一家、小姨的一家，到李天佑家来，高高兴兴欢欢喜喜热热闹闹的大半天。

假期剩下三天，李天佑想和曾小婵回她阳西的家，曾小婵不同意，说时间过于仓促，花在路上不值得。两人去一趟县城，骑摩托去。

李天佑开得风驰电掣，像飙车一样。曾小婵在后面抱紧李天佑，嘴里不时地呼呼地叫喊。她那男孩子的性格，疯起来比李天佑还狂。

两人在太阳一竿高时到了孔庙公园。孔庙公园是新建的，近两百公顷呢，走一圈得花三个左右小时，要看所有的景点，一天都不够。

李天佑和曾小婵都是第一次进孔庙公园，先入眼的是人，令人的第一感觉像走进一个集市，人挨人，人挤人，接着的是说话声，却听不出一句能成句的，哪怕你在身边的人说的话。闹腾成一锅粥，而是一锅偌大无比的粥。

李天佑和曾小婵不由自主地被告卷了进去，身不由已随人流而行，擦肩撞身，被人踩脚跟、踩别人的脚跟。这哪是来看公园里的风景，用农村的话是“趁热闹”。

大冬天的，一路飙车而来，李天佑和曾小婵是穿着羽绒服，这么一挤，出了一身汗。两人挤出人流，上了一条石板路，到了半腰，抬头一看，岭上有一亭子，同样人头攒动。

曾小婵说：不上去了吧。

李天佑问：去哪呢。

曾小婵说：孔庙。

李天佑说：我不知在哪。

从岭上下来两个中年男女，李天佑问去孔庙怎么走，男人往西一指，又指着人流说，跟着走。李天佑和曾小婵相互看看，再看人流，站着不动，像看到了一条滚动的河流，怯怯地不敢跳进去。

曾小婵说：哪来的这么多人啊。

李天佑说：这公园是新建成的，新鲜，邻市邻县的都来看看吧。要不，到县城走走，下一次周末或周日再来？

曾小婵说：小小县城没看头。等人流稀疏再去。

李天佑张了张嘴，想说不知要等到什么时候呢，话没出口。

从亭子上下来一行人。

李天佑拉着曾小婵的手，说：上去看看。

亭子叫“望春亭”。站于亭子上，可以极目远眺四面八方，却不能尽收眼中。曾小婵拿出手机，绕着拍了一遍。李天佑没有拍，看曾小婵拍。拍完翻着照片看，看到一张时，两人停了下来，同时说：“孔庙！”的确，他们看的正是远景的孔庙。抬头朝西看，有点远，但可以看出庙宇的宏伟。细看，晃动的都是人影。

李天佑和曾小婵，没有等到人流稀疏去看孔庙，父亲给李天佑来电话，说：“你姑妈又屙又吐的，送县人民医院了。”李天佑拉上曾小婵急忙下亭子，边下边说了情况。

李天佑和曾小婵到了医院，不知姑妈住哪号房，打电话问父亲，父亲也不知道，说：“问你表妹吧。”李天佑便打电话给表妹，表妹告诉了他房间。李天佑和曾小婵到了病房，姑妈在打吊针，姑父和表妹守在床边。李天佑招呼过姑父姑母表妹，问什么情况。姑父说：“可能是吃错东西，没什么大事。”姑母微笑说：“好多了，没事。你们去玩你们的。”

李天佑和曾小婵没有立即离开，等到吊完针，见姑妈脸色红润，说话顺顺畅畅的，才放心离开。出了医院的门，看看手机，已是下午二点多了。中午还没吃呢，肚子饿了，李天佑和曾小婵到个小食店，叫了三样小食填肚子。

李天佑给表妹电话，确认姑妈没事，问曾小婵还去不去孔庙公园，曾小婵已没兴趣了，说回家。

第三十八章　集思广益

年初五上午，团结村召开了座谈会，参加会议的有：几个村外出工作回家过年的所有人包括做小老板的、打工的、村委会几位成员、李天佑、曾小婵、赵兴、赵毕来、林栋、巫生、孟仲明、赵杰和赵树强等困难户。座谈在村委会会议室召开。许多没有来，是他跟赵伟商量开这么个会的。

赵伟先总结目前团结村的情况，然后强调了几点：小老板们可以以资金的形式参加合作社；在外打工觉得没有前途的，考虑是不是可以回来；贫困户对自己目前的状况若不满意的，可以选择合作社的某种工，村委会慎重考虑作出决定。

赵伟讲完让大家发言，一时会议陷入沉静，你望望我，我望望你。会议室门外刮起一阵风，将地面的树叶吹得滚动着沙沙响。风没有进门来，但大家下意识地缩了缩脖子。会前没有人知道是这么个会，对的，没有人，连村委会的几个成员、李天佑、曾小婵都不知道。

赵伟会前没有告诉大家会议内容并不是故意的，是有点来不及，初四晚上许多给他电话说这事，所以他通知大家时只说是座谈会。而其实这会也算是座谈会。

过了一刻，有人开口了，是提问式的。赵伟作了不算很详细地回答，一个大概。这不能怪赵伟，临时的会议，他不可能做出详细、肯定的答案。有人不满意赵伟的回答，说你这算是哪跟哪啊。赵伟说这是个思路，大家可以建议嘛，集思广益，总会理得顺的是不是？眼前没想出个子丑寅卯，回去再想想，和家里斟酌斟酌。村委会要的结果是，对村好，对大家好，又不是强求。

林栋说：我觉得伟哥说得有道理，个人参不参加合作社，自己思量。许局帮助我开个摩托车修理档，靠一双“大小手”养活自己养活一家人，但这个修理档能开多久？有时感到茫然，镇子有几家修理摩托车的，而现在，农村许多家开始买小车了，那摩托车就少了。小车越多摩托越少，那修摩托的收入就会慢慢地寡淡。我想，我如果会修理小车就好了。大家不知道，我有时见毕来、阿杰放羊，羡慕呢。

有人对林栋说：你不是学过修理汽车吗，可以摩托、小车都修啊。

林栋说：汽车修理嘛是学过，但这么多年来没动过手，生疏了，梦里敢动这个念头，白天不敢。要是有一个懂得的，我们合作，两条腿走路，经营起来应该可以。

有人说：那你找一个合作的。

林栋说：我找着了，正在谈，收益分配上，七三开，他七我三，我觉得自己亏了，还没谈定。伟哥刚才的话，我回去考虑考虑，权宜一下，我的这双“大小手”能不能在合作社有一个位置。

孟仲明说：林栋的思路是对，我在想，我承包鱼塘，虽然没发大财，收入还是不错的。专业是我的本事，做自己喜欢做的，一定能做好。我老婆在合作社，我养我的鱼，挺好的。

一个在外倒腾水果生意的，红树林村人，叫巫国庆，说：火龙果我可以销售，以销售量来计，可不可以参股合作社?

赵伟说：可以，细节再谈。

一个在佛山开塑料制品厂团结村人赵百泉，“我从知道村里办合作社，就有心投资，但我的资金额度不大，又怕占村人的便宜，没提出来。今天伟哥这么说，我决定投资，拿不拿利润村里根据实际情况做决定，五年后，给回成本就可以。人家汪总、陈总是外村人，为我们村脱贫致富出力出钱，自己的村子，我们有能力的应该有所行动。”

听了赵百泉的话，其他小老板纷纷说了自己的意见。

在外打工的五十多人，有二十个表态考虑回来。

巫生说了一句：合作社万岁！

巫生这句话，有人知道意思，有人不知道。知道的笑了，不知道的也跟着笑了。

支芬说：看你以后还敢赖皮不赖皮。

巫生和外村来团结村干活的寡妇对上了眼，两人在一起了。

巫生说：男人有女人真好。

假期结束的第二天，许多下到团结村，问赵伟座谈会的情况，赵伟将情况说了。

许多说：农村的建设，要从长远目标考虑，像汪丰、陈新这样的投资人，当然是大好事，但单靠他们还不足够，像缺人工的现象还是靠我们来解决。有二十多个在外打工回来的，不单单是劳力问题，也是一种号召力。未来的农村，需要各方的合力才能不落伍于国家向前发展的步伐。

许多和赵伟去地里，远远地看到不少人在地里干活。

许多说：都说正月十五不过，年不算过，都来干活了。

赵伟说：以日记工，看着钱来呗。我有时想不明白，生产队时也是记工分的，就没有这般积极的。

许多说：生产队分配人口占比例大，现在人口不列入分配，只记出工出力。能者多劳，劳者多得。时代在变化，在进步，所谓改革，就是因地制宜做出改变。

许多看见李天佑在地里，说：座谈会上的事，让小李跟踪落实。

赵伟说：好的，这个娃，用一句过去的话：根正苗红，必定前途无量。

许多想到自己一路走来，说世事难料，人的一生坎坎坷坷的，谁知道前面等着自己的是什么呢。

赵伟说：许局这话有点悲观，人生路走得不顺畅？不是当上局长了吗。

许多不回话，望着火龙果地忙碌的身影，心情大开。种养基地形成规模了，几年后，团结村将不是现在的团结村，到那时，自己将要退休了，团结村委会的人能不能记住自己，并不重要，重要的是，自己对得起自己一生了。

曾小婵向许多和赵伟走来。到了跟前，许多说：听说你不回家过年？

曾小婵没有回答许多，说：许局，火龙果出现病害迹象。

许多说：病害？什么病？

曾小婵说：炭疽病。

“炭疽病？”许多不懂。

曾小婵说：对，炭疽病。茎部表面已现病斑，肉眼细看，可见白斑，若不及时处理，会散生，逐渐形成大量红色病斑，后期病斑扩大而相互愈合连成片，逐渐变为黄色或白色，表皮组织略松弛，很快干枯成黑色，外围有黑紫色晕圈，病斑上散生黑色小点……

许多说：我们不懂，怎么防止你做主。

曾小婵说声跟我去看看。许多和赵伟便跟上她向西北方向走。途中，见李天佑望过来，许多朝他招招手。李天佑动身跟过来。在西北角停了下来。

曾小婵指着一棵火龙果说：你们看。

许多和赵伟一下子没看出名堂来，李天佑更不知看什么。许多从挂在腰间皮带上的眼镜盒里拿出眼镜带上，认真看，隐约看到曾小婵说的叶茎上白斑。赵伟将眼睛贴近火龙果叶茎，也隐约看了。

曾小婵从衣袋里掏出放大镜递给许多，说：看看，更清楚。

许多看了，果然，将放大镜给赵伟。赵伟看了哦了一声。一直没看明白的李天佑拿过赵伟手上的眼镜，也看明白了。

许多说：怎么处理？

曾小婵说：我有办法。

许多问：几个村的都出现？

曾小婵说：目前只团结村出现。这一角比较明显。

许多说：什么原因。

曾小婵说：大概是团结村土地面积大，又是第三年种植了，容易在某一旮旯发菌，扩散开来。

许多说：需不需要请市或省的专家来？

曾小婵说：不用，发现得早，我有把握处理好。

许多说：那就好。小李，协助小曾处理好。

李天佑说：明白。

许多和赵伟往回走时，赵伟说：好在有曾小婵在，我们对病害方面是睁眼瞎，等病害明显了，就太晚了。

许多说：汪丰是谁？我们想不到的他能想到。

赵伟说：现在啊，做什么都得科学先行。

许多呵呵，他没想到赵伟来这么一句。

第三十九章　迎考

春节的气氛还未完全消退，全省扶贫考核全面铺开。

雷州半岛的春天来得早，百花争艳，为一年的开始增添新景象。

考核组来到团结村委会是个大晴朗天，门前的木棉花开得正艳。门前那棵老榕树还在，在木棉树中显得有些另类。三年前那场台风后，重围了围墙，种什么树时，赵伟征求了许多的意见。许多喜欢木棉树，在南方，木棉树又称英雄树，当过兵的许多，“英雄”两个字从小就在心中生了根。赵伟听许多的建设，种下十八棵木棉树。木棉树开的第一期花，赵伟看时，脸上露出孩子般的笑脸。

迎接考核组的人到的缺了一人，镇党委委员谭华中。

许多问：赵伟，没告诉谭华中？

赵伟说：往年考核都报告他，没一次来，这次没给他电话。他是负责两个村委会，或者去那个村委会了。

许多没回话，皱了皱眉。

考核组近十点到了团结村委会，镇扶贫办一位副主任陪同。相互招呼过，考核组立即进入工作，一项项查了纸质资料，又一项一项查了电脑系统。做了记录。

检查完，也不问话，姓何的组长对李天佑和支芬说：“你俩带我们走访困难户。”他话的意思是其他人不用跟着。

支芬和李天佑领着考核组下了楼。

留下的几个从愣怔中醒过来。

赵伟说：以前没这样啊。

许多说：好在有支芬带路，李天佑一个的话，可能找不全困难户，那就丢人了。

赵得福说：是啊，何组长点天佑时我的心狂跳一下，好在无碍。

支芬上了考核组的车，坐副驾驶座，带路。李天佑上了镇扶贫办的车，也坐副驾驶座。

何组长说先去看望五保户。

支芬先近后远，看望完团结村的五保户，后再到其他村子。考核组对五保户简单问一些身体好不好、日子过得开不开心，政府关不关心等话。然后看看房子，很用心地看，像一把尺子，丈量着，仿佛要量出尺寸来。考核组访问不像访问，慰问不像慰问。五保们往好里答。在每户五保户家，停留时间都不长。如果往认真上说，有点应付了事，而实际上，他们知道，五保户脱贫由政府包，问别的没意义。

去红树林村，巫生家大门关着；竹林村的林栋家，进门只见林栋的母亲，考核组是询问林栋情况的，自然对他母亲只问声好；到了水口塘村，倒是见了孟仲明，但不是在家里，而是在那口水塘边。孟仲明正在往水塘里撒鱼料，见几个人过来，停下手朝他们露出笑容。

支芬对孟仲明说：扶贫考核组的同志来问些情况。

孟仲明伸手，意思是想握一下，见自己的手脏着，立即缩了回去，一直笑着的脸有点僵。

何组长问：是承包鱼塘吧？效益如何？

孟仲明说：还算可以吧。

何组长说：怎么个可以？

孟仲明想了想，说：这么说吧，过去我给一个养鱼的老板打工，一个月二千五百元，现在自己养，平均每月不止这个数。

“哦，”何组长说，“那是多少？”

孟仲明又想了想，说：超三千吧。

何组长一眨不眨地看着孟仲明，显然，是在看孟仲明回答有没有假。孟仲明一眨不眨迎着他的目光。何组长微微地点点头，孟仲明的眼睛像泉水一样洁净，只有心真挚的人才有这样的眼神。

离开水口塘村，往团结村回。

何组长说：不会又找不到人吧。

支芬说：赵阿日的老婆阿莲应该在家。这个时刻，其他人大多在地里做活。

何组长说：那就先去地里。

支芬说好的，让司机在前面路口往西拐。到了杂树丛，叫司机停车。两辆车的人下了车，看到一群羊和放羊的赵毕来。支芬叫赵毕来过来。赵毕来快步来到了几个人的面前，脸上挂着与孟仲明的笑，他没有伸出手来，要和谁握，右手执着鞭子，左手放在肚子上。

何组长瞪大眼睛，惊讶地问：这么多羊啊。

赵毕来说：是啊，合作社的。

何组长没听明白，转脸看支芬。

支芬说：团结村村委会几个村的羊加起来有几百只。火龙果与养羊合并归合作社，种和养，分工不同，利润统一分配。

何组长点点头，表示明白了，说去火龙果地。

到了火龙果地头。

支芬叫赵杰，赵杰快步过来。

支芬对何组长说：他和赵毕来轮流着放羊，一人一天，闲暇的一天到地里来干活。

何组长没问赵杰话，挥挥手，示意他去干活。赵杰就去了。

支芬叫巫生。巫生屁颠颠地跑过来，睁一眼闭一眼看着考核组几个人，脸上的笑，看着别扭。

何组长说：你的眼疾天生的吗？

巫生笑道：不是，是和人打架，打残的。

何组长转脸向支芬。

支芬说：他是个孤儿，从小没人管，大了放荡不羁，惹是生非，打架斗殴，无所不为，是上面说的贫困中的“懒人”，现在不懒了。

何组长问巫生：怎么就生性了？

巫生说：再不生性，就得打一辈子光棍了。

何组长说：找到老婆了？

巫生脸上发光，说：有女人了，也在地里干活呢。

巫生转眼找他的女人，找着了指给何组长说：那个穿着碎花衣服的，身体壮着呢。

何组长点点头：好。

上车往回时，何组长对支芬说：团结村委会的路子走得对，脱贫致富，奔小康得这么干。你们村书记有脑子。

支芬说：他是命好，遇上贵人。

何组长问：此话怎讲？

支芬把许多、汪丰、陈新等人和事说了。没说完，车到了村委会办公楼门前，停下。

何组长说：我大概听明白了。这样，你俩回办公室，跟村书记他们说一声，我们不上去了，回镇政府。

支芬和李天佑下了车，向行驶的两辆车挥手。

进办公楼大门，李天佑抬头看木棉花，喃喃地说：木棉花开得真火红，是不是预示今年是个大好呢？

许多他们在办公室等着。考核组离开办公室大约十分钟，镇政府一名姓张的副镇长和司机到了办公室。许多他们觉得有点突然，张副镇长并不挂点团结村委会，很少来，在扶贫考核时到来，哪个意思？

招呼后，赵伟问：张镇长有事？

张镇长说：从今天起，我挂点团结村委会。考核组呢？

赵伟说：去走访困难户了，只叫支芬和天佑跟着去，让我们等着。

张副镇长说：明白，今年的考核与往年不同，考核组直接面对困难户。

许多问：谭华中换到其他村委会？

张副镇长想了想才说：这事早说迟说你们会知道，谭华中这个王八蛋，害己害人，他不也是挂点镇边村委会吗？昨天省考核组考核镇边村委会，走访困难户时，发现有三户危房改造漏水，晚上回来责令党委政府查原因。危房改造，谭华中是负总责的，追查到底，撤职查办是免不了的了，公职能不能保住说不定呢。弄不好镇领导班子也被追责。市委书记挂点海风镇啊，丢不起这个脸的。

所有人都望着张副镇长，不吱声。

张副镇长说：哎，你们团结村委会危房改造没问题吧，也是谭华中把的关啊。

赵伟说：没问题，我盯他盯得紧着呢，他对我的意见大着呢，我才不管他对我怎么样，他想找死，我才不陪葬呢。

赵得福说：我也看不惯他那副嘴脸，摆一副臭架子。

正说着，支芬李天佑进了办公室。赵伟向门外看。支芬说：考核组直接回镇去了，让我们跟大家说一声。

赵伟问：怎么样？

支芬说：顺顺利利的。我觉得挺好的，应该没什么问题。

赵伟说：觉得？应该？

支芬说：我只能这样回答，他们没跟我和天佑说什么，我们只有看的份。

赵伟问李天佑：你有没有发现有不对劲的？

李天佑说：没有，我也觉得顺顺利利的。他们脸上的表情是满意的。

支芬说：对了，何组长在车上对我说，“团结村委会的路子走得对，脱贫致富，奔小康得这么干。你们村书记有脑子。”

赵伟忙说：我算个什么，没那个脑子那个本事。

支芬笑道：我对何组长说，我们书记是命好，遇上了贵人。

张副镇长打断赵伟与支芬的对话，说：要是这么说，那是顺利了。

一直没说话的许多，说：十二点了，去镇子吃饭。

张副镇长说：走，我请吃饭。

下楼，许多和张副镇长并排走在前面。张副镇长将手搭在许多的肩上，嘴附在许多耳边，小声说：许局，你的功劳最大。

许多说：我也是不算个什么。一个人有多大的能耐？

张副镇长说：话是这么说，但一个团队，领队的很重要，以后呀，你指向哪，我打向哪。

许多说：你们镇政府，转移了主体，你们是要站在最前沿的，要时刻在战壕里，我们嘛，最多是烧火做饭的。

张副镇长说：是，我们一些工作确实没到位。

吃完午饭，大家回到团结村委会办公室，等考核组来走访剩下的几户困难户，到了三点钟没见来。

赵伟问支芬：考核组没说几点下来？

支芬说：没说。

赵伟说：也不问一下。

支芬说：我哪敢问，换你，你敢问啊。

赵伟问张副镇长：是不是不来了？

张副镇长没回话，拿出手机打电话：喂，是我，我想问一下，考核团结村的考核组现在还未见到……哦，不来了？哦知道了。

张副镇长挂了手机，说：扶贫办董主任说考核组中午吃完饭回市去了。团结村委会的考核结束了。

大家你看我，我看你，都不说话。

第四十章　拍苍蝇

谭华中吃危房改造工程款回扣的事上了市报。回扣数额不算大，共五万元，但社会上议论纷纷，影响极坏。中央三令五申，对扶贫过程中的贪腐现象，哪怕是一分一毫，坚决重拳打击，但还是有谭华中这类“雁过拔毛”“见蚊挤血”的人。

谭华中被判了刑。谭华中事件成为团结村茶余饭后的话题。团结村委会的危房改造也是他叫的建筑队啊，锅里有两鱼，猫偷吃了一条，剩下的那条能完整无损？有人说赵伟盯得紧，猫害怕不敢下嘴，躲开了。就有人说监守自盗的事多了。赵伟是听到了含沙射影的话语，却当没听到，嘴巴长在别人的鼻子下，你又堵不住，谁来说谁说去。俗话说，身正不怕影斜。俗话又说，不做亏心事不怕鬼敲门。

李天佑和曾小婵，晚上躺在床上，亮着灯，也谈论谭华中的事。

亮着灯，似乎说起话来更透亮。

曾小婵说：有人怀疑伟哥呢。

李天佑说：不是怀疑，是故意中伤。

曾小婵说：是故意中伤？

李天佑说：团结村委会的危房改造有问题吗？现实大家都看得见的，还监守自盗，嘁！按这么说，我回来之后监督谭华中，我也有事了？

曾小婵说：我还真担心你。

李天佑说：曾小婵，你要是真有这个心，要不是你瞎了眼，要不就是我瞎了眼。

话一出口，李天佑知道自己的语气重了。对于曾小婵，他是把她捧在心里的女人，不管她是真担心还是假担心，应该用另一种语气跟她好好讲。换转过来，她如此对他说，自己心里又如何？

不等曾小婵开口，李天佑侧过身将她抱在怀里，说：小婵，你男人啊，你放心，心是干干净净的，眼时是容不得沙子的，怎么可能跟谭华中这类人同流合污呢，何况，我跟他不“同流”呢。

曾小婵安安静静地让李天佑抱着，对于李天佑突然出口那样重的语气，她心里的确不受用，但也只是一点点而已。

曾小婵语气软软地说：我的男人，就算一部厚重的书，我也能读懂，只不过随口一说罢了。

李天佑将曾小婵抱得更紧。

曾小婵挣扎一下，娇娇地说：你坏。

李天佑哄曾小婵的形式，常常来这么一招，挺管用的。

第四十一章　私访

流言止于智者，有时不定是这样。团结村的流言蜚语，是止于市委曾书记的到来。陪省考核组下乡考核的一位市工作人员，私下向曾书记汇报考核情况，提及了团结村委会。曾书记很感兴趣，让他详细说。听完，曾书记说我找个时间到团结村。

曾书记到团结村，算是“微服私访”。他不告诉县上镇里，也不通知团结村，带着秘书来。秘书开车，他坐车。

到了团结村，秘书问一个村民，去火龙果地怎么走，村民向村西指，大声说顺路出村就见了。

曾书记和秘书在火龙果地头停车，下车。

赵伟从地里出来。

赵伟若在火龙果地界，无论哪路神仙来了，都到跟前问候一声。

赵伟说：两位老板好。

现在时兴，相互见了面叫一声老板，满世界通行。问过好，赵伟觉得曾书记似曾面熟，似曾相识却又无从想起。

秘书张嘴要说话，曾书记抢先说话：你是村干部吧？听说你们几个村组成合作社？

赵伟说：算是跟风吧，我们县早几年就有合作社了。他们的合作是成功的，我们是有模学样，形式不同内容同。穷则思变吧。

曾书记笑道：你这位同志，说话蛮有水平的嘛。

赵伟正要接话，李天佑站到他身边，叫了一声：“曾书记！”赵伟猛然想起，眼前这位中年汉子是市委曾书记。不是相见过，是从电视上看见过。

赵伟伸出手，又缩了回来，双手搓着，说失礼了，有眼不识泰山。

曾书记微笑着说：刚才还夸你说话有水平，转眼口花花了。

赵伟尴尬地笑着。

李天佑指着赵伟对曾书记说：我们村委会支部书记赵伟。

曾书记依然微笑着：能猜得出来，像个村委会书记。哎，小伙子，你认识我？

李天佑说：我是市农业局的，回乡。

“哦，”曾书记说：“‘十百千’。”

李天佑说：对。

曾书记说：好嘛，年轻人，天高任鸟飞。走走，你们带路。

赵伟说声好的，陪着曾书记和秘书走在田埂上，边走边回答曾书记的问话。

走着走着，曾书记回过头，不见李天佑，问：那小伙子呢？

赵伟说：干活去了。

曾书记说：好嘛，能将自己当成一名群众的干部不多。但你得和他说，他有他的职责，与群众还是有区别的。

赵伟说：来地里干活是他的副业。这个他明白。

曾书记说：你刚才提到的汪丰，我与他是大学同学呢。他资助你们村，也不和我说一声。这个汪丰，在多数同学的眼里是个另类。读大学时，他沉迷于写诗，听说现在还沉迷不醒。我闹不懂，一个沉迷写诗的人，怎么能成为一个大老板？

赵伟说：汪总要是不写诗，怕是与团结村搭不上。

曾书记问：此话怎讲。

赵伟就将汪丰与许多的故事说了。

“呵呵，”曾书记笑道：“你看看，一个写小说的和写诗的搞到一起了。”

三个人绕着田埂边走边看边说话一个小时多。

回到小车旁，曾书记说看看其他几个村。

三人上了车，赵伟坐副驾驶带路。赵伟看看秘书，这个戴着眼镜的中年人，长得斯斯文文，见面招呼后到现在没说一句话，想跟他搭上，却想不出话题，也就罢了。

竹林村出现在眼前时，曾书记看了路旁杂树丛中的羊群，问：羊一共有多少？

赵伟说：原来一千二百只，常常往外卖，成活率有所减少，现在多少，我不太清楚。小李有记录。

曾书记说：小李是那个小伙子吧，叫什么名字，哪个村人？

赵伟说：叫李天佑，龙湾潭村人，是我们团结村委会书读得最好的，中山大学研究生毕业。

看完几个村的火龙果，车返回团结村火龙果地头。

临近时，曾书记说：你们可以向省农业厅报立项基地嘛，争取资金支持。

赵伟说：按我们的计划是要报的，汪丰不让，若是资金不足，他来出，我们也就没报，但也不是完全听他的，发动各村几位小老板参股进来。

曾书记说：这个汪丰，做事凭着他的性子来。

车到火龙果地头，曾书记不下车，说：下午我有个会，得赶回市里。以后有什么困难，向我报告。

赵伟边下车边说感谢。

赵伟望着曾书记的车离开。地里劳作的人站直身子望曾书记离开。李天佑回到曾小婵身边时，曾小婵问他来的是谁，李天佑告诉她是市委曾书记，旁边一位妇女听到了，将李天佑的话传开了，一传一，十传十，地里所有人都知道了。

后来，几个村所有人都知道市委书记到团结村来，对赵伟的议论，流言蜚语也就断绝了。

农村的人，也是会见风转舵的。

第三天，许多来团结村，赵伟跟他说了曾书记来团结村的事。赵伟说当时想给他打个电话，让他赶来，见见曾书记。

许多说：你就是打电话，我也不来，人家大书记来，是看团结村的，我赶来什么意思，表功？

赵伟说：看你说的，你也有一份功劳嘛，有些人，没功还抢功呢。

许多说：别人是别人，我是我。再说，我这般年纪了，功不功的，不放在心上。如果年轻十岁，不敢说没有功利心。人啊，当没有奢望时，心就平静了。在其位谋其职吧。这次挂点结束时，我也差不多退休了。

赵伟说：我怎么听出悲观来了？

许多说：这是大实话，不是悲观。你我是一类人，要不你也不回团结村，是不是？

仲春，文化楼竣工。许多和赵伟商量，择一个日子剪彩，晚上演一场晚会，热闹热闹。文化楼嘛，没有气氛哪有文化？

剪彩定在上午。

阳光明媚。

新任镇委书记庞龙、镇长柯子声来了，县文化局长余民化来了，许多自然也来。几个村的村民能来的都来了，坐满文化楼前的广场。

原来定下庞龙和柯子声执剪刀，临时，两位镇领导推给许多和余民化。许多和余民化也就不客气了。

刀剪彩带，响起掌声、喝彩声、鞭炮声。

安排庞龙、余民化、许多讲话。庞龙讲了，余民化讲了，许多没有讲。

请来一队龙队，一队狮队，锣鼓喧天，龙腾虎跃，甚是热闹。

热闹了两个小时，散场。赵伟拉住庞龙、柯子声，怕他们离开回镇去，拉着进了团结村走走看。是事先和许多说好的，村场改造进度没跟上规划，缺资金。成正东、郑东良在位时，答应一定向上面要一笔资金，却迟迟不见动静。赵伟白跑镇上许多次。

进了团结村，赵伟陪在庞龙、柯子声身边，边走边诉苦。庞龙、柯子声只看，不回赵伟的话。赵伟一脸的焦急，不时地看看许多。许多不看赵伟，面无表情。村委会向镇政府要钱，许多是出不了声的，人家一级党委政府，你插嘴就是多嘴，至于挂点扶贫，是县上下达的任务。又至于，你一个挂点单位，做了属于镇为主体负责的工作，他们乐见着呢，甚至觉得本该是你们挂点的工作。本末倒置的事多去了。

在村巷里转了近一个小时，出村时，庞龙表了态：我们尽快解决部分资金缺口，但补不全的团结村想想办法。不要动不动就伸手嘛。赵伟张不了嘴，除了改造危房这类上头规定的资金，团结村不曾拿过政府一分钱，要不是有汪丰、陈新他们，恐怕团结村还是原来的团结村。

庞龙、柯子声离开后，赵伟问许多：他们会不会又开空头支票？

许多说：我哪知道。

赵伟说："那天曾书记来，你在场就好了，向他反映情况，说不定能给钱呢。"许多说："你怎么不反映呢？"

赵伟说：我哪敢开口。

许多说：我更不敢。

"唉，"赵伟唉声叹气："又不好向汪总、陈总他们开口。"

许多说：两位老总给的够多了，你再开口就太不懂事了。

赵伟说：是啊。我们团结村委会几个村底子太薄了。

许多说：底子薄的不只你们，所以才有脱贫攻坚、振兴乡村。

庞龙答应给部分缺口资金还真不是空头支票，前几天他接到曾书记秘书的电话，说曾书记指示，团结村委会若提出困难，希望镇政府重视。剪彩结束，赵伟不拉住他和柯子声，他们也会进团结村看看。

庞龙和柯子声回到镇政府，直接去饭堂。两人要了饭面对面吃，边吃边商量这笔钱怎么向上面要。家家都本难念的经，海风镇不是穷镇，但也不是富镇，向上面能要到钱，手头松些，要不到日子也艰难。有时候，开出的“支票”成为空头，也不完全是一句话的许诺了事，是落实下来没到实处。这类事不能定论某个人开口说白话，其间的变故花样多着呢，说了你不一定相信，认为是推搪，有时是有时不是。

庞龙的想法是找曾书记的秘书，他打的电话嘛。柯子声不同意，直接去市要，跨级了，还是在县“抢”，听说振兴乡村有配套资金了。书记县长看重团结村委会，曾书记也发了话，应该容易“抢”得到。

定了要钱的路子，庞龙和柯子声说起了许多。

柯子声说：他似乎不怎么把我们放在眼里。

庞龙说：同一级别，谁把谁放在眼里啊。不过，这个许多还是有点能耐的，团结村委会有今天，真的该记他一功。如果不是他，团结村还不知怎么样呢。在我们的地界，能有一个榜样，我们脸上也有光啊。

柯子声说：说的也是，要不曾书记的秘书会给你打电话？说不定是你以后往上高升的一条路子呢。

庞龙说：扯淡。曾书记挂点海风镇，正正经经做点正事才是正事。

柯子声说：开玩笑的。

第四十二章　文化楼

晚上演出的是苏娟的志愿者团队。苏娟是县曲艺协会主席，团队里有十多个曲艺协会会员，上一台粤曲晚会不用排练也能来，志愿者团队在不断壮大，懂音乐会唱歌的能挑出几个来，跳舞的呢，也有。这样，一场晚会能应付自如。

苏娟和她的团队来了，许多和赵伟他们在村委会会议室等着，桌面上已摆好了盒饭，见了面客气招呼过，坐下吃饭。吃完饭得赶紧化妆呢。苏娟找李天佑没找着，找曾小婵，也不见身影，问许多。

许多说：是备他们盒饭的，嫌盒饭不好吃，回家吃去了吧。不要管他们，一对小恋人，得闲黏糊得很。

苏娟说：晚会安排小李上节目，不知道他准备好了没有。

“哦，”许多说，“事先打招呼了吧。”

苏娟说：招呼了，也发节目单给他了。

许多说：那没问题，小李做事认真，不会误事。

村委会下午没事，李天佑去火龙果地里陪曾小婵。上午，曾小婵没参加剪彩仪式，一个人在火龙果地忙活，拿着放大镜查看已处理好的病害，是怕死灰复燃。曾小婵就是这样，做事认真，丝丝入扣。

太阳落在天角的时候，曾小婵和李天佑回家。李天佑本来是要回村委会的，他估摸苏娟他们到了，但衣服着脏了，得回家换衣服，晚上得上台唱一首歌呢。

父母做好了晚饭，李天佑和曾小婵就在家里吃了。

苏娟安排李天佑唱《我和我的祖国》，这首歌，李天佑熟烂于心了，不用准备。

晚会演出开始，广场和上午不一样，坐不满人。上午是强制性要求所有得闲的人都要来，晚上没强制，部分人就窝在家里看电视。

庞龙、柯子声、许多、赵伟等坐在前排。县电视台记者的摄影机拍了台上拍台下。

李天佑是最后一个出场，他一开声，台下就跟着唱：

我和我的祖国 一刻也不能分割
无论我走到哪里 都流出一首赞歌
我歌唱每一座高山 我歌唱每一条河
袅袅炊烟 小小村落 路上一道辙
我最亲爱的祖国我永远紧贴着你的心窝
你用你那母亲的脉搏和我诉说
我的祖国和我 像海和浪花一朵
浪是海的赤子 海是那浪的依托
每当大海在微笑 我就是笑的旋涡
我分担着海的忧愁 分享海的欢乐
我最亲爱的祖国你是大海永不干涸
永远给我 碧浪清波 心中的歌
我和我的祖国 一刻也不能分割
无论我走到哪里 都流出一首赞歌
我歌唱每一座高山 我歌唱每一条河
袅袅炊烟 小小村落 路上一道辙
我最亲爱的祖国我永远紧贴着你的心窝
永远给我 碧浪清波 心中的歌
啦……啦……
永远给我 碧浪清波 心中的歌

许多唱得热泪盈眶。“我歌唱每一座高山，我歌唱每一条河。袅袅炊烟 ，小小村落，路上一道辙。”他想起了吕芳菲，她在团结村这个村落，看几多袅袅炊烟，走过几多路辙。

许多回县城的路上，想一个问题，文化楼是建起来了，但目前算是一幢空楼，除了汪丰赠送各类书籍一千套，图书室有点模样，别的是空挂室名，墙上挂的语录算不得什么。

许多回到家里已十一点多了，老婆已睡觉。许多不急着洗漱，微信分别发给汪丰和陈新上午的剪彩和晚上的演出场面。之前许多是给他们打过电话的，希望他们能抽时间回来。汪丰回答是没时间回，陈新回答是汪总回我也回，汪总不回他也不回。建文化楼他们没有直接出钱，是经过人群的讨论，从种养收入截留少量资金。他们间接给了资金，是要记上的。

许多发过微信，进卫生间洗澡。洗完出来看手机，汪丰和陈新都回微信。汪丰回的是一个微笑，陈新回的也是个微笑。许多看着觉得是个嘲笑表情。心想，是不是笑你们出钱我出“洋相”？许多笑了，阴暗心理。

第二天上班，许多将拍的文化楼各个室内外照片发给汪丰和陈新。

陈新当即回了：竖两个拇指。回四个字：精神食粮。

许多叹道：这个陈新。

将近下班时汪丰才回：需要什么，你列个清单，我来办。

汪丰毕竟是汪丰，不是陈新。当然，陈新不是装糊涂，是没看出来，这点许多明白，要不自己又阴暗了。

许多回汪丰：我没这个意思，你明白我要说什么。

汪丰回：明白。的确不能当摆设，精神食粮要落到肚里。不过，若真的有困难，我力所能及也可以嘛。你不要有乞丐心理，为民众办点事，你当官的想着，我这奸商也可以想着，是不是？

许多发一个抓狂表情。

汪丰发一个咧嘴。

许多回：我和赵伟他们商量一下。

汪丰的脑瓜又天马行空了：你什么时候有时间上省城，我对《应物兄》又有新的体会。

许多回：我头痛。

汪丰回一个大笑。

其实，许多和赵伟在文化楼未建成之前对各室设置做了规划，做了方案，但规划跟不上变化，加上钱掌握在谭华中手里，他被盯紧了，故意或不是故意的，向赵伟诉苦，这要钱那要钱，钱就将规划中的钱全划进主体中去了，楼建成了，室内的布置就缺钱了。

赵伟斗不过谭华中，跟许多说，许多不管，他是管不了，谭华中是一级政府的班子成员，不归他管，不好说话。

汪丰和陈新的资金，许多要求村委会严格遵守专项专用，是考虑到，种养过程中，一旦出现新的情况，能应付过来。比如火龙果出现病害，是要投入资金防治的。来了台风，要投入人力资金防范的，反正吧，临时用钱的事经常出现。

各室要投入的资金缺口有点大：电脑阅读室购买电脑，娱乐室要置乐器，健身房要置器材……钱这东西，是人为的东西。

汪丰要大包大揽，许多真的不想这样，人家已经做得够多了，大老板的钱也是钱，不能动不动就伸手。

许多无奈，去找县长。许多最不想找的人是县长，汇报工作不算，这个找是指要钱。所有县长都一样，把钱看得比命还重要，问他要钱像要他的命，不轻易答应。不怪县长，县财政不宽松，全县千张嘴万双手向他要钱，他也难。

到了县长办公室，县长用有点怪异的目光看许多，等许多开口。许多一开口，县长就皱眉。

许多说：我一年没几次来您办公室的，真没办法了。

县长说：不是有汪总嘛。

许多说：我不好意思了，您是我们的父母，找父母比找别人强啊。

县长：许大局长啊，我正为发下个月工资发愁呢。

许多无语，望着县长，表情可怜。

县长拿手机打电话：是我，你来一下。

许多没听出县长叫谁来，以为是赶他走，便站了起来。

县长说：你不要钱了啊？

许多忙坐下，看着县长的额头：葫芦里卖的什么时候药？

县长不理会许多的疑惑，说：不管你许多平日怎么不买我的账，我还是高看你一眼的，做事亲力亲为，这点许多领导干部做不到。

许多笑笑：我是怕见你。

县长说：你去跟鬼说，鬼也不相信。你许多怕过谁？汪总性格怪异，你呢，孤僻。有人说不是孤僻是孤傲。

两人说着，余民化到了。余民化坐在许多身边，并排着，等待县长的指示。

县长说民化，许多说团结村的文化楼是一幢空楼，摆设，向你要点银子置家当。

余民化转脸看许多，眼睛问，问我要钱？我欠你的？

许多说：余局不要这么看我，是县长嫁祸于我。

余民化转脸看县长，县长哈了一声，说：许多你身靠大树乘凉呢，跑到我这里来了，我向余局借点转手给你。

余民化懵懂着，没听懂。

县长说：你们文体局有钱呀，县里按政策给足，省厅也给，存银行吃利息啊，看在我的面子上，借点给团结村。

余民化一脸的痛苦。

县长说：许多，你算个数给余局长，他呀，别的不好，有一点好就问要钱，他豪爽。

余民化在心里说，石大压死蟹，嘴上却说：豪爽归豪爽，有借有还的哦。

许多说：我叫团结村给你写个借条。

余民化说：光有借条算不行，我要的是你的人格担保。

县长大笑，说：余民化，原来你是个狠角色。

县长的手机响了，边接电话边朝余民化和许多挥挥手，意思你们可以走了。

余民化和许多并排着下楼。

余民化说：这个假（贾）县长，常常用权力压人这一招。

许多笑笑，他能说什么呢。

第四十三章　一幅蓝图

2020年团结村委会几条村会是什么样子，现在就能用翻天覆地来形容。因为，多哥他们用一支画笔，已描绘出一幅蓝图，只需些时间，必定是一篇杰作。

二十多年来，多哥在写一些作品，在我眼里，他依然在“平原”上行走，前面的“高原”就在他的眼前，他却没有登上去。或许，像他说的没能力登上去，但我想更多的是，他是无心登上去，登上去又如何呢，高原上集结着许许多多的人，梦想着向高峰攀登，没几个人能登上去，在他心里，等于半途而废吗？这种猜想是白猜想，只有他自己清楚。也是，有人有自知之明，像我就是，天赋不足，脚力也就不够，走不了那么远的路，到不了高原，在“平原”散散步也挺诗意的。执着不一定比爱好好。用“有所为有所不为”来安慰自己，一生也能活得顺心。我的这种心态，多哥应该也是。汪总的痴迷，说到底，与我们没有两样，要不，他去拿“诺贝尔奖”，而不是一个富翁。不管他怎么的痴迷，归根到底只能是一个富翁。

原来啊，多哥的路在乡村，在这一片土地，他才得心应手，舒展他的本质的能量，但有时我怀疑，如果没汪丰、没有陈新，他能任着他的本质来发挥他的能量吗？往深处想，否决自己的怀疑，一个人找到适合自己的角色，专心致志去演绎，必定能演出色彩来。没有汪丰、没有陈新，还会有江丰、沈新出现。

我想写一篇团结村未来的畅想曲，不知怎么下笔……

2018年9月20日

这是一篇是专门记录许多名字的日记。许多是浏览过的，有自己的名字，似乎不值一读。但到底，所有的日记，许多都要认真看一看的。

许多读这篇日记是2019年冬日一个周末的下午，从新历上说，再几天要进入新的一年了。都说时光匆匆，似乎是一觉醒来，总攻到了决战年。

许多在家里朝南的阳台上，安安静静地坐着。老婆和她的几个同学，一日游去了，要到晚上才回来。独自一人在家，无论你坐在哪里，都显得安静。

向南的阳台，阳光自然晒不着，却能令许多感到些许温暖。毕竟，吕芳菲离开一些日子了，再读她的日记，没那么揪心了。

安静的许多，突然有一种要倾吐的冲动。是的，他要向吕芳菲倾吐，有责任向她说说团结村委会的情况，告慰她的在天之灵。

许多说：芳菲呀，团结村委会提前一年脱贫啦。我们感谢汪丰、陈新，他们的投资也罢，捐资也罢，让团结村的集体经济一跃而起，从贫穷变成一个富裕村委会，不是夸大的哦，人均收入近两万呢。看起来有点怪异的汪丰，有点“猥琐”的陈新，他们的所作所为，实实在在是为团结村搭了平台，甚至起到了支柱作用。他们这帮先富起来的人啊，自觉不自觉地反馈社会了，对中国经济起了助推作用。

几个村的小老板们，参股了种养项目，算是锦上添花吧。

外出打工的，计算清楚的，回村的有三十多人呢。外围的一些村民，甚至不太清楚的一些人，也来到了团结村委会，拿一份工资，也算是带动一部分人致富吧。

文化楼建起来了，不是空摆的哦，图书室、电脑阅读室、乐器室、娱乐室、健身室……由着个人的性子，想进哪个室就进哪个室。

赵三现在在市一家蛋糕店工作，能养自己，还有余钱呢。未工作之前，本来交代支芬在节日、假期接他回家见见父母的，支芬没有做到。不能怪支芬，是我考虑不周，支芬不会开车，苏娟知道了，李天佑也知道了，苏娟就去接，她没得闲时李天佑去接。李天佑的驾照是在学校里学的，买了一辆“现代”，本意是得闲时开着曾小婵到周边的县市区看看风景。接赵三呢，也不误他们去看风景，可以顺带赵三回家。交代支芬去探望其他困难户，她是到位的，像你一样，和他们闲扯些体贴心里话，嘘寒问暖，同样做些琐碎家务事什么的，上心着呢，你在天之灵，是可以看到的吧。

赵杰和赵毕来继续放羊，村里有人眼热，想着要占这份活，他们放养得好好的，还是他们继续的好。不要小看放羊是谁都会的事，这里面有专业的东西呢，时间长了，他们吃透了羊的习性了，与羊成为一体了，这就是专业，轻易换人，弄不好会养砸了，哪能让那想占就占的人得逞呢。

赵杰的疯老婆半年前溺水死在一口小水塘里。好在他儿子老大长了几岁，懂事，能帮赵杰做些家务、照顾弟弟妹妹，不妨赵杰打工挣钱。

赵毕来和李月儿生了一个胖儿子。你在的时候，也是看到李月儿的肚子鼓鼓的了。李月儿孝顺着呢，照顾老父亲好好的。夫妻俩恩恩爱爱的。李月儿还在打扫羊舍、拉羊粪。不过，羊多了，增添了一个帮手。

赵光还在私营公司做门卫，加工资了，还办了五保一金，和赖小红又生了一个女儿。在镇子买了一套首付房子，不用住在亲戚家里了。

林栋是有考虑回村务农，最终还是开他的摩托车修理铺，不同的是，与别人一起开成摩托与汽车修理铺。铺子已经不在那街的拐角了，开在从县城到海风镇的入口处。生意不错。他的老婆符冬花不送报纸了，回村做地里活，更方便照顾婆婆。林栋的母亲，见人就说，我家的栋儿呀，做老板呢。

每次见我们就开口要女人的巫生，自从和一寡妇睡在一起，人模人样了。不知道他们有没有领证，成合法夫妻，不过，是事实夫妻了，寡妇，不，是老婆，已经见孕肚了。拆了原来狗窝般的烂房子，建了一屋平顶楼，人和屋，旧貌换新颜了。

孟仲明经营的鱼塘，他养的是白鲫，鱼苗是从他原来打工的老板那里进的。白鲫鱼现在很少人养，一是技术不好养不了，二是产值不高，但是价格好啊。白鲫啊，肉嫩、甜口。物以稀宝贵。闻名于外呢，镇子的饭店几乎都来订货，连县城的都来。跟他回来的女人，一时我记不起她名字了，本想和孟仲明一起养鱼，两人计算过，她还是参加到合作社更合算些，鸡蛋不能放在一个篮子里。夫妻刚得了小宝宝，是儿子。他母亲那个高兴，人活气了许多，重男轻女哩。

赵仁义的雕刻，我们动员他放到文化楼，占满一个室呢。外来参观的，懂的人惊叹不已：高手在民间啊。想不到有这般高的赞誉。不是口头上的哦，有人肯花大价钱买呢，说明赞誉不是假的了。赵仁义不肯卖，我问他何以不卖，他说现在不愁吃不愁住，钱不重要。一个农村的跛子，能分得清钱与声誉，不简单哩。或许，他不单单想着自己，还有团结村呢。

赵文彬到文化楼乐器室拉二胡，不过，他不动室内的新二胡，用自己拉了几十年的那把，像对爱情的忠贞不渝，不喜新厌旧。几个五保户也常来，这室走走，那室坐坐，回忆过去，扯扯现在。有时也听赵文彬拉二胡，但赵文彬一拉《二泉映月》，他们就做鸟兽散。那么悲凉的曲子，听着心里忐忑。

李天佑和曾小婵的事，你是知道的。他们骨子里，与现在年轻人没有差别，恋着恋着，住在一起了。无论他们是处在城市或农村，到了一定的程度，结果是一样。如果你还在，你会怎么想，我想哪，也和我一样，最多是心里别扭一下，没有别的更多想法。他们这一代常常用代沟来表达与我们的不同，其实，在我看来，有些许的差别，不算是代沟。起码，于我们，就算一时看不惯，也会慢慢看惯接受。能说是代沟吗，是不是？

曾小婵回省城去了，代替她为火龙果做技术指导的是龙湾潭村一个外出打工年轻人。这年轻人在“海南热带海洋学院”读书，毕业后给一个种植火龙果的私人老板打工，负责的是技术工作，他知道自己的村有合作社，又是种植火龙果，就回来了。汪丰知道有这么一个年轻人回来，就将曾小婵弄回省城。你知道吗，汪丰是在玩心计，他看上了李天佑，想“招安”他进他的公司，来这么个“阴招”：曾小婵回省城了，你李天佑完成几年的“回乡”期，为了与曾小婵在一起，看你上不上省城！这个汪丰，总按自己的思路行事，他也不好好想想，当初李天佑大学毕业，是可以留省城的，但他选择考自己的市招的公务员。

我有点生气，问汪丰，你这不是棒打鸳鸯吗？他还大笑：你许多说得严重了，我只不过是出一点难题，李天佑听不听我的是他的事。你许多不必担心，这一对鸳鸯将来在哪水域生活，是他们的自由，我一定尊重。你以为我疯了吗？看看，这就是汪丰。

袁婶的两个孙子，娟妈妈娟妈妈地叫着苏娟，听得人既心酸又感动。初时，两个离子这么叫时，袁婶抹泪，时间一长，没有泪了，是笑脸。她将苏娟当家人了，媳妇或女儿。袁婶到地里干些力所能及的活儿，村人劝她不用累了自己，她哪里听得入耳？她活得有盼头呢。

这个苏娟啊，有自己的生意的，可她“结帮对”的孤儿有十多个，得花多少时间啊。都说时间就是金钱，她花的“金钱”有几多，没有人算过。当然，这金钱与字典里的金钱的释义不同，但理解的人并不多。你吕芳菲啊，所做的，与苏娟又有什么不同呢，起码，在我看来是一样的。只不过，苏娟二十多年的坚持，想藏是藏不住的，她的善行公众于天下了。社会需要这种行为、品德，就上报纸上电视。荣誉是榜样，榜样的力量能唤起更多人明白什么是人生价值观。你吕芳菲所做的，默默无闻，却也是榜样呢，要不，你的离开，团结村的几个村也就不会用一场恸哭来送别。

我终于要到你写的所有诗的，是我问你的儿子，他从你家中的电脑 D 盘里找到的，他发给我一份。有的诗写得很好，像《高山》我看了，令我在恍惚间穿越八千年前，看到那高山发生的故事。是的，是故事，不是诗。或许，我说得不对，诗么，本来就是故事，怎么是故事不是诗呢？反正吧，诗也好，故事也好，写得挺好的。换作我，写不出那样的意象来。我打算给你出一本诗集，如果你同意，托一个梦给我。

脱贫攻坚战这一仗我们算是打胜了，最后一年，我们是打扫战场，巩固阵地。振兴乡村的路，等着我们去走。好在，有了阵地，团结村委会未来的路好走好多。不过，话又说回来，说路好走，却还远着呢，谁知道走着走着，到了一个岔口，会不会走错了呢？信心要有，小心也要有，是吧。

本来呀，我们不是主体单位，协助一下就可以了，但团结村委会被市、县盯上了，我好像也被盯上了，我们还得继续往前走。

目前，团结村委会急需解决的问题是生态文明建设。团结村先行两年了，推进速度还是慢，其他几个村呢，刚刚起步呢。

芳菲，有电话来了，哦，是的，前面来的几次电话我都掐了，这个不能掐，是汪丰打来的，哪怕他没要紧事，哪怕他又跟我扯文学，我还是要接的。